BUFFALO BIDE

DU MÊME AUTEUR

A compter de 2003, les San-Antonio seront numérotés par ordre chronologique d'écriture de Frédéric Dard, qui est aussi l'ordre originel des parutions.
Cette décision entraîne un changement de numérotation des S-A nº 1 à 107. Par contre, la numérotation des S-A nº 108 à 175 reste inchangée. (Voir à la fin de ce volume le tableau de correspondance entre l'ancienne numérotation et celle indiquée ci-dessous.)

1 *Réglez-lui son compte !*
2 *Laissez tomber la fille*
3 *Les souris ont la peau tendre*
4 *Mes hommages à la donzelle*
5 *Du plomb dans les tripes*
6 *Des dragées sans baptême*
7 *Des clientes pour la morgue*
8 *Descendez-le à la prochaine*
9 *Passez-moi la Joconde*
10 *Sérénade pour une souris défunte*
11 *Rue des Macchabées*
12 *Bas les pattes !*
13 *Deuil express*
14 *J'ai bien l'honneur de vous buter*
15 *C'est mort et ça ne sait pas !*
16 *Messieurs les hommes*
17 *Du mouron à se faire*
18 *Le fil à couper le beurre*
19 *Fais gaffe à tes os*
20 *A tue… et à toi*
21 *Ça tourne au vinaigre*
22 *Les doigts dans le nez*
23 *Au suivant de ces messieurs*
24 *Des gueules d'enterrement*
25 *Les anges se font plumer*
26 *La tombola des voyous*
27 *J'ai peur des mouches*
28 *Le secret de polichinelle*
29 *Du poulet au menu*
30 *Tu vas trinquer, San-Antonio*
31 *En long, en large et en travers*
32 *La vérité en salade*
33 *Prenez-en de la graine*
34 *On t'enverra du monde*
35 *San-Antonio met le paquet*
36 *Entre la vie et la morgue*
37 *Tout le plaisir est pour moi*
38 *Du sirop pour les guêpes*
39 *Du brut pour les brutes*
40 *J'suis comme ça*
41 *San-Antonio renvoie la balle*
42 *Berceuse pour Bérurier*
43 *Ne mangez pas la consigne*
44 *La fin des haricots*
45 *Y a bon, San-Antonio*
46 *De « A » jusqu'à « Z »*
47 *San-Antonio chez les Mac*
48 *Fleur de nave vinaigrette*
49 *Ménage tes méninges*
50 *Le loup habillé en grand-mère*
51 *San-Antonio chez les « gones »*
52 *San-Antonio polka*
53 *En peignant la girafe*
54 *Le coup du père François*
55 *Le gala des emplumés*
56 *Votez Bérurier*
57 *Bérurier au sérail*
58 *La rate au court-bouillon*
59 *Vas-y Béru !*
60 *Tango chinetoque*
61 *Salut, mon pope !*
62 *Mange et tais-toi*
63 *Faut être logique*
64 *Y a de l'action !*
65 *Béru contre San-Antonio*
66 *L'archipel des Malotrus*
67 *Zéro pour la question*
68 *Bravo, docteur Béru*
69 *Viva Bertaga*
70 *Un éléphant, ça trompe*
71 *Faut-il vous l'envelopper ?*
72 *En avant la moujik*
73 *Ma langue au chah*
74 *Ça mange pas de pain*
75 *N'en jetez plus !*

76 *Moi, vous me connaissez ?*
77 *Emballage cadeau*
78 *Appelez-moi chérie*
79 *T'es beau, tu sais !*
80 *Ça ne s'invente pas*
81 *J'ai essayé : on peut !*
82 *Un os dans la noce*
83 *Les prédictions de Nostrabérus*
84 *Mets ton doigt où j'ai mon doigt*
85 *Si, signore*
86 *Maman, les petits bateaux*
87 *La vie privée de Walter Klozett*
88 *Dis bonjour à la dame*
89 *Certaines l'aiment chauve*
90 *Concerto pour porte-jarretelles*
91 *Sucette boulevard*
92 *Remets ton slip, gondolier*
93 *Chérie, passe-moi tes microbes !*
94 *Une banane dans l'oreille*
95 *Hue, dada !*
96 *Vol au-dessus d'un lit de cocu*
97 *Si ma tante en avait*
98 *Fais-moi des choses*
99 *Viens avec ton cierge*
100 *Mon culte sur la commode*
101 *Tire-m'en deux, c'est pour offrir*
102 *A prendre ou à lécher*
103 *Baise-ball à La Baule*
104 *Meurs pas, on a du monde*
105 *Tarte à la crème story*
106 *On liquide et on s'en va*
107 *Champagne pour tout le monde !*
108 *La pute enchantée*
109 *Bouge ton pied que je voie la mer*
110 *L'année de la moule*
111 *Du bois dont on fait les pipes*
112 *Va donc m'attendre chez Plumeau*
113 *Morpions circus*
114 *Remouille-moi la compresse*
115 *Si maman me voyait !*
116 *Des gonzesses comme s'il en pleuvait*
117 *Les deux oreilles et la queue*
118 *Pleins feux sur le tutu*
119 *Laissez pousser les asperges*
120 *Poison d'avril ou la vie sexuelle de Lili Pute*
121 *Bacchanale chez la mère Tatzi*
122 *Dégustez, gourmandes !*
123 *Plein les moustaches*
124 *Après vous s'il en reste, monsieur le Président*
125 *Chauds, les lapins !*
126 *Alice au pays des merguez*
127 *Fais pas dans le porno*
128 *La fête des paires*
129 *Le casse de l'oncle Tom*
130 *Bons baisers où tu sais*
131 *Le trouillomètre à zéro*
132 *Circulez ! y a rien à voir*
133 *Galantine de volaille pour dames frivoles*
134 *Les morues se dessalent*
135 *Ça baigne dans le béton*
136 *Baisse la pression, tu me les gonfles !*
137 *Renifle, c'est de la vraie*
138 *Le cri du morpion*
139 *Papa, achète-moi une pute*
140 *Ma cavale au Canada*
141 *Valsez, pouffiasses*
142 *Tarte aux poils sur commande*
143 *Cocottes-minute*
144 *Princesse patte-en-l'air*
145 *Au bal des rombières*
146 *Buffalo Bide*
147 *Bosphore et fais reluire*
148 *Les cochons sont lâchés*
149 *Le hareng perd ses plumes*
150 *Têtes et sacs de nœuds*
151 *Le silence des homards*
152 *Y en avait dans les pâtes*
153 *Al capote*
154 *Faites chauffer la colle*
155 *La matrone des sleepinges*
156 *Foiridon à Morbac City*
157 *Allez donc faire ça plus loin*
158 *Aux frais de la princesse*
159 *Sauce tomate sur canapé*

160 *Mesdames, vous aimez ça*
161 *Maman, la dame fait rien qu'à me faire des choses*
162 *Les huîtres me font bâiller*
163 *Turlute gratos les jours fériés*
164 *Les eunuques ne sont jamais chauves*
165 *Le pétomane ne répond plus*
166 *T'assieds pas sur le compte-gouttes*
167 *De l'antigel dans le calbute*
168 *La queue en trompette*
169 *Grimpe-la en danseuse*
170 *Ne soldez pas grand-mère, elle brosse encore*
171 *Du sable dans la vaseline*
172 *Ceci est bien une pipe*
173 *Trempe ton pain dans la soupe*
174 *Lâche-le, il tiendra tout seul*
175 *Céréales killer*

Hors série :

Histoire de France.
Le standinge.
Béru et ces dames.
Les vacances de Bérurier.
Béru-Béru.
La sexualité.
Les Con.
Les mots en épingle de Françoise Dard.
Queue-d'âne.
Les confessions de l'Ange noir.
Y a-t-il un Français dans la salle ?
Les clés du pouvoir sont dans la boîte à gants.
Les aventures galantes de Bérurier.
Faut-il tuer les petits garçons qui ont les mains sur les hanches ?
La vieille qui marchait dans la mer.
San-Antoniaiseries.
Le mari de Léon.
Les soupers du prince.
Dictionnaire San-Antonio.
Ces dames du Palais Rizzi.
La nurse anglaise.
Le dragon de Cracovie.
Napoléon Pommier.

Œuvres complètes :

Vingt-neuf tomes parus.

Morceaux choisis :

1. *Réflexions énamourées sur les femmes*
2. *Réflexions pointées sur le sexe*
3. *Réflexions poivrées sur la jactance*
4. *Réflexions appuyées sur la connerie*
5. *Réflexions sur les gens de chez nous et d'ailleurs*
6. *Réflexions passionnées sur l'amour*
7. *Réflexions branlantes sur la philosophie*
8. *Réflexions croustillantes sur nos semblables*
9. *Réflexions définitives sur l'au-delà*
10. *Réflexions jubilatoires sur l'existence*

Mes délirades

SAN-ANTONIO

BUFFALO BIDE

Fleuve Noir

ISBN 2-265-07849-2
ISSN 0768-1658

— Tu sais ce que c'est que le rodéo sexuel ? demande Béru.

— Oui, lui dis-je.

— Non, tu sais pas !

— Si !

— Ben dis, qu'on voye.

— Tu enfiles une dame par-derrière, tu lui annonces que tu as le sida et tu essaies de tenir dix secondes.

Il renfrogne.

— Mouais, dans les grandes lignes c'est ça, mais je la raconte mieux.

Là-dessus, l'huissier nous prie d'entrer.

Achille est en tenue de chasse. Une gravure de *Vogue*. Tellement époustouflant qu'on n'ose pas y toucher. Il sent le neuf. Son fusil dans un étui gainé de toile attend, accroché au dossier de son fauteuil, de participer à l'apocalypse chez les garennes solognots. Chilou porte une veste dans laquelle le tissu écossais marron se marie avec le daim beige, et un chapeau façon tyrolien, orné d'une plume verte. Sa gibecière (mot que je préfère à carnassière qui me fout la gerbe) lui bat déjà le flanc.

— Vous avez failli me faire attendre, fait le Dirluche de sa voix la plus polaire.

— Nous sommes venus aussi rapidement que nous l'avons pu, objecté-je.

Il sort de sa poche à soufflet un petit pulvérisateur de bouche et se vaporise les muqueuses (mal de gorge ou lutte contre une haleine vieillissante, je l'ignore).

— Ou o essez e euṭenant or imer ? demande notre Vénéré en cours d'opération gargante.

— Je vous demande pardon, monsieur le directeur ?

— Et moi je vous demande si vous connaissez le lieutenant Mortimer, vous êtes sourd ?

— Mortimer, de la C.I.A. ?

— Il n'en existe pas d'autre !

Ce qu'il est bougon, le tartarin, ce morninge ! J'espère que ses battues à travers champs le défouleront un brin. D'ici qu'il zingue l'un des participants, l'ancêtre ! Faut dire qu'il n'a plus l'âge de ses artères ! Côté du scoubidou, l'enragé du trou normand colimaçonne, par contre il devient duret de l'écoutille, et si tu mates un moment ses paluches d'aristo, tu t'aperçois qu'elles commencent à sucrer.

Son regard bleu Delft s'assombrit.

— J'ai reçu un coup de fil de lui en pleine nuit ; ce veau, le décalage horaire, connaît pas ! Il avait une voix inaudible ; il était ivre, ou bien il nous fait un cancer de la gorge. Il m'a parlé de Bérurier, qu'il appelle Biroutier, soit dit en passant. C'est lui qu'il souhaite rencontrer d'extrême urgence à propos d'une affaire « top secret ». Je lui ai promis que Bérurier partirait le plus vite possible pour Washington en votre compagnie, San-Antonio. Je préfère que vous soyez deux.

Il m'adresse un clin d'œil signifiant qu'il tient Alexandre-Benoît pour un débile profond.

— Vous ne connaissez rien de ce qui motive ce voyage, patron ?

— Rien, mais je connais Mortimer et cela me suffit. S'il réclame la présence de Bérurier, c'est qu'elle lui est indispensable.

Il consulte sa montre et bondit :

— Misère ! Je suis là à papoter et je dois me trouver dans quarante-cinq minutes chez les Dubois de la Branche, en Sologne. Bon voyage, messieurs !

Il nous écarte avec brusquerie pour quitter son bureau.

— Il oublie son fusil ! s'exclame le Gros.

— Ça fera peut-être une ou deux vies humaines d'épargnées, réponds-je.

*
* *

Grâce à Concorde « on y est déjà ».

Je crois te l'avoir déjà dit, je ne voyage qu'avec un bagage à main : valise de cuir aux dimensions réglementaires qui contient un costume de rechange taillé dans un tissu infroissable, du linge de corps, ma trousse de toilette et la photo de Félicie. Le Mastar, quant à lui, s'est muni d'un simple sac en plastique célébrant la gloire du B.H.V., dans lequel il a placé un caleçon dépenaillé, un saucisson à l'ail, un kil de rouge ordinaire, et un rasoir Gillette dont il n'a jamais changé la lame depuis qu'il en a fait l'emplette (et d'ailleurs la chose serait désormais impossible, le modèle n'existant plus depuis une vingtaine d'années).

C'est nantis de ces vade-mecum que nous débarquons au *Connos Hotel*, aimable building de marbre noir situé à quelques encablures du musée de l'Aéronautique.

Deux belles chambres nous y sont réservées.

La magie du supersonique et des « fuselages aurifères » comme dit Béru (pour fuseaux horaires) fait que nous sommes à Washington avant d'être partis de Paris (au plan de la montre, du moins).

Une fois mon costar bis accroché dans une penderie capable d'en héberger cent quatre-vingt-quatre (en les serrant un peu), je tube au lieutenant Mortimer :

— Voilà, lieutenant, nous sommes à votre disposition.

— Merveilleux ! Je passe vous prendre dans une demi-heure !

Béru profite de cette rémission pour craquer quelques louises. Il explique que les vols supersoniques le font toujours loufer ; il accompagne cette assertion d'un commentaire scientifique un tantisoit fumeux ; avec lui, les lois de la physique sont aussi malmenées que les règles grammaticales.

J'écoute sa démonstration d'un intestin distrait. Dire qu'il me pompe l'air serait impropre, en réalité il me le pollue. Ecœuré, je branche la téloche et me mets à zapper comme un fou, mais vite j'abandonne devant la pauvreté niaise de ce qui m'est proposé. Et pour finir, le père Bush, avec sa tronche de clergyman qui se fait turluter le pollux pendant son prêche par une enfant de Marie placardée derrière son lutrin.

— Je me demande bien ce qu'un membre éminent

de la C.I.A. peut attendre de toi, répété-je pour la énième fois.

Philosophe, Sa Majesté hausse ses plantureuses épaules de déménageur de pianos (à queue).

— On va le savoir, me calme-t-il ; y a pas de problèmes insalubres, mec.

Il zieute par la fenêtre la ville largement aérée, aux vastes étendues verdoyantes.

— J'm'demande si qu'on trouv'ra du cheptel dans c'patelin, anxieuse le Mammouth ; j'f'rais volontiers un p'tit engag'ment dans l'rond central ! Moi, l'avion, ça m'file l'tricotin.

Je maugrée :

— Ça te fait loufer, ça te fait triquer, et quoi d'autre encore ?

— Ça m'donne faim.

Et il se coupe une tranche de sauciflard large comme une roue de formule 1.

— Tu briffes encore, après tout ce qu'on t'a fait claper dans le zinc ?

— Dans l'zinc, c'tait en l'air, slave n'a rien à lavoir ; ici on est sur terre, mon pote. La bouffe en jet, c'est d'la distrayance ; au sol, c'est d'la nécessité.

Il est en pleine mastication lorsque le concierge du *Connos* nous annonce Mister Mortimer.

Quand j'ai déclaré au Vieux que je le connaissais, je me suis un peu avancé. De réputation, oui. Il passe pour l'un des piliers de cette mystérieuse maison, Mortimoche. Le genre de gazier qui assume davantage de prérogatives que son grade ne le laisse supposer.

Drôle de bonhomme. Ricain jusqu'au bout du zob ! Pas grand, massif, la cinquantaine. Un costar marine, froissé pire que du faf à train après usage. Une limouille à carreaux qui ferait exploser un caméléon. Il est large de partout : cul, poitrine, tronche. Mais pas gros. Le muscle domine. Ses biceps, espère, c'est de l'engin pour travaux publics ! Quand il participe à une castagne, c'est pas de l'énervement de danseur mondain ! Le visage un peu plat, la paupière lourde pardessus un regard verdâtre comme deux belons sur une assiette, le nez tubercule, des cratères en veux-tu en voilà ! Le cheveu court, gris et rêche, favoris bas frisés : sa seule « élégance ».

Dès le premier regard, je sais que ce mec, je ne l'embrasserai jamais sur la bouche. Et pourtant j'ai l'effusion fastoche, l'accolade à fleur de lèvres. Je me vois très bien faire la bise à monseigneur Lustiger, à la princesse Anne, à Platini, à M. Arafat, à M. Gorbatchev (avec sa carte du Brésil sur le cigare), voire même à Madonna en cas de force majeure. Mais jamais je pourrais sauter au cou du général Jaruzelski non plus qu'à celui de Mortimer.

C'est physique, quoi ! On peut très bien sodomiser Jean-Marie Le Pen sans pour autant voter pour lui, ou bouffer la chatte d'Elizabeth Two sans être anglais, mais y a des gens absolument insurmontables. Ça te gêne de les savoir mammifères à part entière. Tu les préférerais reptiles ou batraciens pour bien justifier ta répulsion.

L'arrivant me jauge d'un regard sagace. Cézigue, il doit mettre des notes aux types qu'il rencontre, obéissant à des critères secrets.

J'ai l'impression de m'en tirer honorablement avec un 5 sur 10.

— Dave Mortimer ! se présente-t-il.

— Commissaire San-Antonio, réponds-je en lui tendant spontanément la main.

Il y jette un coup d'œil maussade comme si je lui proposais de la lui vendre et qu'il n'en ait pas l'emploi. Puis il se rappelle que je suis européen et me confie sa patte d'ours, épaisse, aux doigts courts dont l'auriculaire s'orne d'une chevalière à camée noir qu'on devine truquée et bourrée de cyanure.

Ensuite, il fait un pas et avise Béru.

Changement spectaculaire du personnage. Il a un sursaut, ses lèvres s'écartent et on distingue, plein cadre, le morceau de chewing-gum verdâtre plaqué contre sa gencive.

— Oh ! Seigneur ! murmure-t-il.

Juste ces deux mots : « Oh ! Seigneur ! » mais les points d'exclamation qui les escortent sont longs comme des alexandrins (ceux de Racine, qui sont beaucoup plus longs que les autres).

Il s'approche du Gros, hypnotisé.

— Mister Biroutier ? demande-t-il presque timidement.

— Yes, Sœur, en tout étretat d'cause, répond le Charmeur. Pourquoice ?

Mais ce rude homme aguerri n'a plus la tête en face des trous ni les yeux sur les épaules. Il se trouverait nez à NEZ[1] avec le Général de Gaulle qu'il pousserait une frime plus comestible.

— C'est sidérant ! déclare-t-il.

1. Le second « nez » de nez à nez en majuscule parce qu'il s'agit de celui de De Gaulle, dont le « pic-fraise » ressemblait à la flèche de Notre-Dame.

San-A.

Il se tourne vers moi et répète en américain : « Sidérant ». Comme on n'est pas venu ici pour créer le fameux ballet du *Casse-Nénette*, je presse Mortimer comme un quartier de citron :

— Dites-moi, lieutenant, vous avez voulu que Bérurier vienne vous voir d'urgence et il est arrivé, bien que vous n'ayez fourni aucune précision quant à la motivation d'un tel voyage.

Je déglutis dans les tons roses et ajoute :

— Peut-être serait-il temps à présent de nous fournir quelques explications ?

Mortimer se requinque.

— Encore quelques minutes de patience, mes amis. Suivez-moi.

On.

Il traîne son gros cul carré dans une Cadillac compacte bicolore (gris clair-gris foncé) pilotée par un superbe Noir pour feuilleton télévisé.

— On vous a appelé sur la quatorze ! annonce le chauffeur.

Dave Mortimer décroche le bigophone fixé au tableau de bord et se met à jacter flasque. Ce gus doit se montrer infect avec ses « inférieurs ». De son chien à son principal adjoint, en passant par sa femme, ses enfants et la petite coquine qui lui vernit le zob à l'essence de glandes, il fait chier tout le Landerneau, Mortimer ! Il raccroche en bougonnant jaune.

La Cad' roule à travers les larges avenues. On aperçoit la Maison-Blanche, au loin. Dans les actualités et sur les photos de presse elle impressionne, et voilà que je la trouve presque simplette sous le soleil fédéral de Columbia.

Une grande maison coloniale au fond d'un grand jardin. C'est pas un titan qui l'habite, mais un bonhomme comme toi et moi (un peu moins intelligent que moi, toutefois). La différence c'est qu'il a le droit de vie ou de guerre. A part ça, il fait le con à Camp David avec une gâpette longue visière, devant des photographes complaisants (encore une petite, Seigneur Président, mon flash n'est pas parti !).

— Vous êtes nombreux dans votre famille, Mister Biroutier ? demande Dave Mortimer sans se retourner.

— Non, mon 'ieut'nant, j'sus fils complèt'ment unique ; comme toujours chez les Bérurier. On n's'r'produit qu'un' fois et on a un garçon. J'ai un garçon, Apollon-Jules, qui marche su' ses cinq ans et y en aura pas d'aut', never. Plus grands limeurs qu'nous aut', vous pouvrez pas trouver, l'commissaire Sanan, ici présent, peut vous l'témoigner, n'empêche qu'on lâche un's'le fois dans not' existence la giclette porteuse. L'rest' c'est juste des brouillons ou d'la régalade…

Il demandait pas tant de discours, le gars D.M. Se tasse sur son siège, la tête dans ses épaules, le regard en incubation.

Au bout de peu, on se pointe devant un gigantesque building où y a écrit en doré « Potomac Hospital ».

Mortimer descend.

— Venez ! nous jette-t-il.

Une tire de police sommée d'un gyrophare (provisoirement éteint) attend sur le parking. Un officier galonné en descend pour nous rejoindre. Bref salut. Mortimer ne se donne pas la peine de faire les présentations. Cézigue, il a rayé le superflu de ses activés.

Nous pénétrons dans l'immense hosto, précédés de l'officier de police. Ascenseur. Y a des Noirs qui fourbissent le bâtiment avec cet acharnement que mettent les matelots à repeindre inlassablement la coque du bateau pendant qu'il navigue. Une foule impressionnante gravite dans l'hôpital. Tu croirais une vaste station de métro, riche en correspondances multiples. Des élévators sans fin, des gens de la maison, d'autres du dehors, des appareils distributeurs de n'importe quoi ; des coloreds, des malvalides, des enturbannés, des chauves, des pin-up qui te font grincer des couilles. Une entre autres, oh ! charognasse ! Comme dit j'sais plus qui, tu ramperais nu sur un kilomètre de verre cassé, rien que pour lécher le paf du dernier mec qui l'a tirée ! Je peux pas m'empêcher de me retourner ! Cette silhouette ! Et ce regard vert ! Je crois le voir encore bien qu'elle soit de dos !

On aboutit devant une porte marquée « Formellement interdit à toute personne non accréditée ». L'officier presse un timbre. Un judas est actionné, on nous frime, nous admet, car la porte s'ouvre.

Un poulardin en chemise bleue et casquette plate nous accueille. Lorsque nous avons pénétré, il abaisse un levier et l'huis se rebloque.

— *Number four !* fait-il.

On suit un couloir étroit et désert jusqu'à une porte portant le chiffre « 4 » au-dessus de sa sonnette individuelle.

Nouvelle cérémonie du judas. Cette fois, on déboule dans une chambre de clinique puissamment équipée. Un nouveau flic s'y trouve, revêtu d'une longue blouse verte aseptisée, un masque de tulle devant la clape. Il nous désigne une sorte de dressing et nous nous y rendons afin de nous munir chacun d'une blouse et d'un masque. Cérémonie muette, impressionnante.

La chambre, assez vaste, est coupée en deux par une cloison de verre. Dans la partie du fond se trouve un lit flanqué de tout un attirail de survie ultra-sophistiqué. Un homme gît sur le lit.

Le flic préposé à sa garde fait coulisser une paroi de glace.

— Approchez ! invite Mortimer.

Il s'efface et nous nous avançons vers la couche, le Gros et moi.

Et puis on se cabre sec !

Frappés d'incrédulité.

L'homme étendu sur le lit, avec des mèches et des drains partout, cet homme, visiblement à l'article de la mort, C'EST BÉRURIER !

Roulez, tambours ! Sonnez, trompettes !

J'aime les prodiges, les miracles, les mystères. Ils nous aident à supporter la vie laboureuse dont notre sueur arrose les sillons. Etre brusquement placé devant l'inexplicable est un bonheur. Cette seconde prodigieuse où tout chavire, où ton intelligence n'est plus qu'une capote anglaise jetée après usage, où ta raison ne peut même plus servir à caler un pied de table bancale, où tes sens abusés semblent être déclarés nuls et non avenus !

Je me penche sur le mourant. Avide de sa trogne mafflue, encore couperosée sous le masque de l'agonie. Je retrouve ce front bas où sont collés quelques cheveux en clairsemance, ces sourcils pareils à deux brosses à dents dépoilées, ces paupières lourdes, stores californiens en peau de couille tendus sur un regard pareil à deux sulfures dans des housses. Je « reconnais » les pommettes tuméfiées par la picole, presque crevassées de trop tout, les joues gonflées qui se muent en bajoues et composent une sorte de pré-goitre au sujet lorsqu'il est couché. Les lèvres tailladées de cicatrices se retroussent sur des absences de dents, trous noirs aux fétides exhalaisons. Les oreilles de boxeur malmené sont rigoureusement identiques à celles de mon compagnon. Les touffes exubérantes qui s'échappent de leurs conduits, idem. La barbe, façon Ribouldingue, est conforme au poil près.

Davantage qu'un sosie : une hallucination !

Seul un « vrai » jumeau atteint parfois à ce degré de similitude.

Je réalise maintenant pourquoi Mortimer a demandé au Gros s'ils étaient nombreux dans sa famille. Il croit qu'il s'agit du jumeau de Béru, seule explication *possible* du phénomène.

Goguenard, il nous observe.

Bérurier a une réaction stupéfiante.

— Il a pas le droit, hein ? demande-t-il.

Comme s'il se sentait volé, dépouillé de sa propre personnalité. Comme si cet autre lui-même usurpait sa vie, exerçait un abus de pouvoir, un crime de lèse-personnalité.

— Vous ne le connaissez pas ? questionne Dave.

— Si j'l' connaîtrerais, c'est qu' c's'rait mon frère ! s'emporte Béru. Comment y s'appelle-t-il, c'gonzier ?

— Jess Woaf, répond le lieutenant.

J'étudie l'ultime comportement du mec en question. Un râle menu, qui va s'affaiblissant, fuse de sa bouche entrouverte.

— De quoi souffre-t-il ? m'enquis-je.

— Six balles de .38 judicieusement réparties : trois dans le ventre, trois dans la poitrine.

Un médecin, mis au courant de notre arrivée, se pointe pour assister son patient, et une infirmière, comme je m'en souhaite une pour les vacances, l'escorte.

Après avoir étudié le tracé cardiaque du faux Béru qui galope sur un écran de contrôle, il donne l'ordre à la ravissante assistante de faire une piquouze au futur défunt.

Ça nous vaut d'admirer la gosse dans la position inclinée. Qu'elle manque laisser se tailler ses loloches, la blonde ! Qu'en tout cas on voit nettement (en se reculant un peu) le mince slip dont sa chaglatte fait ses beaux dimanches.

— Vous croyez que ça va changer quelque chose ? demande Mortimer, sceptique.

Le toubib, un jeune rouquin, bronzé de taches de rousseur, au nez pointu et aux yeux couleur praline, hoche la tête.

— Nous en sommes à la phase de l'acharnement thérapeutique, soupire-t-il.

— Il est impensable qu'il soit en état de parler ?

— Au Seigneur, peut-être, mais là nous tombons dans des supputations métaphysiques. Dans moins d'une heure, son tracé sera aussi plat que la piste du Lac Salé.

Il se tourne vers Béru.

— Condoléances, lui dit-il.

Car pour lui, il est évident que ces deux hommes sont jumeaux.

— Merci, que répond mon pote machinalement en écrasant la larme propitiatoire.

Nous sommes là, à attendre comme un troupeau de vaches repues devant une voie ferrée. Quoi ? La mort du sosie ? L'instant a quelque chose de terrifiant. « Et j'apprendrai ma mort en contemplant la sienne. » Où ai-je lu cet alexandrin ?

Alexandre-Benoît « se regarde » finir. L'homme est d'une immobilité marmoréenne. Pas un souffle ne sort de sa bouche entrouverte, aucun frémissement ne se manifeste sur la peau des paupières.

L'infirmière est la seule personne du groupe qui remue. Elle tire sur le drap de Jess Woaf, comme pour le border ; d'ici très peu, il va lui servir de suaire. Elle sent le parfum à base de musc. Malgré la gravité de la situasse, je ne peux m'empêcher d'envisager sa chatte que j'imagine légèrement renflée, avec la raie au milieu et des poils d'or pâle non frisés. En voilà une qui ne doit pas être triste à déguster. Dans une alcôve ombreuse, ça te fait grimper en mayonnaise, un sujet pareil, une fois débarrassé de ses préoccupations professionnelles.

— *Well, well, well*, chantonne soudain Mortimer.

Puis il bâille et consulte sa montre imitation acier.

— Mon opinion est que nous n'avons plus grand-chose à faire ici, messieurs, nous dit-il.

Un léger sifflement continu, évoquant celui d'une bouilloire, retentit.

— *The end !* annonce le toubib en nous montrant le cadran sur lequel un large trait blanc défile, sans la moindre saute.

Nous avons assisté en direct à la fin d'un type qui ressemblait à Bérurier, qui avait le goût du Bérurier, mais qui n'était que du Canada Dry.

Je promène tristement la peau de mes doigts sur la blouse de l'infirmière, vachement tendue à l'emplacement des meules. Elle feint de ne s'apercevoir de rien. J'ai bien fait de ne pas volter en même temps que les autres. J'avais trop envie de toucher. Je suis un obsédé de l'obsession sexuelle. Mais il est inutile de me féliciter : j'ai également des défauts.

*
* *

Tu crois qu'après cette théâtrale entrevue, le mec Dave va éclairer notre lanterne ? Que tchi ! Il s'est rencogné dans sa tire, comme il était en venant, et ne moufte pas. A un moment, l'appel radio retentit. Il la désigne au chauffeur noir.

— Dis-leur que je suis en train de chier, Pol.

Et puis il rêvasse. J'ose pas lui demander où nous allons, non plus que lui poser l'une des dix mille cinq cent trente-quatre questions qui m'assaillent avec vigueur. Où nous allons, je le verrai bien. Il est des instants où tu dois laisser flotter les rubans puisque la chance t'est donnée de ne pas avoir à décider.

Notre vie est un choix perpétuel. Ça commence le matin, devant ta garde-robe, quand t'hésites entre le costar bleu à rayures et le gris anthracite. Et tout de suite après, tu ne sais pas si tu vas mettre de la marmelade d'oranges amères ou de la confiture de fraises sur tes toasts ! Décider, toujours décider : par quel bout commencer, quelle fille on va baiser, pour quel con il faut voter, s'il convient de marcher à l'ombre ou au soleil, si ça vaut le coup de se laver les mains après avoir pissé (après tout, ta biroute est plus propre que tes paluches !).

Des choix ! Encore et toujours des choix ! Un cauchemar de choix ! T'es cerné, traqué par les choix.

N'en fin de compte, ton libre arbitre te pompe l'air ! T'empêche d'exister NORMALEMENT. Tu restes trop disponible, trop LIBRE pour profiter de la vie.

Là, on est dans une tire confortable, à rouler dans ce Washington aéré, et on nous emporte « quelque part ». N'importe où, je m'en torche ! Si Béru ne venait de mettre en circulation une louise consécutive à son sauciflard à l'ail, je me sentirais bénaise, rutilant de l'âme.

Une somnolence m'empare car je dors mal en avion ; toujours cette impression que le plancher va céder pendant mon sommeil et que je vais valdinguer dans le paysage. Y a lulure, un zinc avait vaguement explosé près de Paname. Un maraîcher m'a raconté, ensuite, qu'il avait vu pleuvoir des passagers encore attachés à leur siège. Et souvent, quand je vadrouille en jet, l'image magrittienne me hante. J'imagine ces gens gorgés de terreur, chutant sur la belle Brie humide, rivés à leur fauteuil. D'accord, c'était des Japonais (ça me revient), mais tout de même… En tire, j'ai pas de crainte, inexplicablement, et Dieu sait pourtant que j'en ai laissé des potes sur les routes !

Ça me rappelle l'histoire du gus qui a gagné un milliard d'anciens francs au loto. Il commence par le commencement, c'est-à-dire par virer sa femme, et ensuite il s'achète tout ce dont il rêvait. Et bon, ce con qui conduit comme un pied a un terrible accidoche qui oblige les toubibs à l'amputer du bras gauche. Son frangin est à son chevet quand il se réveille.

— Que m'est-il arrivé ? demande le blessé.

— T'as raté un virage, informe le frelot, et tu as emplâtré un mur.

— Ma Rolls ! Ma Rolls ! que se met à bieurler le gars.

— Si ce n'était que ça, poursuit le frangin, mais tu as eu le bras complètement écrasé.

— Quel bras ?

— Le gauche.

Et l'autre de hurler :

— Ma Rollex ! ma Rollex !

Je te bonnis cette blague, pas pour tirer à la ligne, c'est pas mon genre. Déjà que je surabonde (compare mes *books* avec ceux des confrères et tu comprendras la différence !). Mais je crois que de temps à autre, c'est pas mal de se refiler quelques chouettes balourdises pour meubler les dîners où on s'emmerde.

Et celle des deux cadors chez le véto, tu la sais ? Non ? Je te la placerai un peu plus loin, pour l'instant, je dois reviendre à mon sujet.

La Cadillac bicolore stoppe devant un fringant perron de granit rose. Le drapeau ricain flotte au fronton. Mortimer agit comme s'il était seul au monde. Il marche devant nous à travers une nouvelle foule composée en majorité d'hommes plutôt graves.

Ascenseurs ultra-rapides. Musique douce qui couvre à peine la mastication nombreuse du chewing-gum par cette horde silencieuse. Mâcher du caoutchouc, j'ai toujours trouvé ça con. Moi, un gars qui rumine cette saloperie, j'ai pas envie de le connaître. Je lui passe outre. Toujours ça d'énergie économisée.

Un couloir large comme les Champs-Elysées. Des cloisons en verre dépoli avec des ombres mouvantes derrière. Il y a, çà et là, des flics en uniforme, aux mines rébarbatives et aux bras poilus. Le lieutenant pousse une porte et nous la tient ouverte, preuve qu'il se rappelle notre présence. Vaste bureau. Au fond, un grand garçon sage, blond suédois, bricole un ordinateur. Il est tout pâlot, tout cerné. Un adepte du rassis ! Voilà un grand timide qui se martyrise la colonne. Le samedi soir, il doit se branler de la main gauche pour se faire la fête !

Dave accroche son veston à un portemanteau nickelé. On découvre son holster bien ciré, avec une crosse massive qui dépasse de l'étui :) l'arme de l'homme élégant *made in* Cartier, sûrement.

— Posez-vous ! nous enjoint-il (c'est VRAIMENT un ordre). Vous prenez de la bière ?

Et sans attendre notre acquiescement ou notre refus, il lance au grand masturbé scandinavet :

— Trois bières, Pietr !

Nous voici enfin à pied d'œuvre, me semble-t-il.

— Bon, fait Dave Mortimer, il y a un point sur lequel j'aimerais qu'on fasse l'unanimité. Vous êtes bien d'accord que le mec qui vient de crever est « au moins » sorti de la même paire de couilles que vous, Biroutier ? On a eu vu des ressemblances dues au hasard, mais de ce calibre, sans la génétique, c'est pas possible, O.K. ?

— Ça semble effectivement évident, conviens-je. Cela dit, ne serait-il pas judicieux que vous nous relatiez toute l'affaire de A jusqu'à aujourd'hui, Dave ?

— J'allais le faire.

Son mulot blond radine déjà, les bras chargés de bibines qu'il dépose en boisseau sur la table. Mortimer, bien organisé, a un décapsuleur fixé au rebord de son burloche. Il déponne les bouteilles et nous les propose.

On drinke au goulot. Béru feule comme le tigre en rut dans la jungle asiate.

— Il existe, quelque part en Floride, un Centre de recherches top secret de la N.A.S.A., commence le lieutenant. Ce qui s'y bricole, je ne pourrais pas vous le dire, même si je le savais. Secret défense ! Nous avons été avertis qu'un coup fourré se préparait, ayant ce Centre comme objectif. Les services compétents ont donc renforcé à toutes fins utiles le dispositif de protection. Bien leur en a pris car, voici cinq jours, ils ont mis la main sur le dénommé Jess Woaf, lequel circulait à l'intérieur du Centre. Vous entendez ça, *Frenchies* ? A L'INTÉRIEUR du Centre ! Ce qui veut dire que le sosie de Biroutier détenait une carte magnétique à son nom et que ses empreintes figuraient sur l'enregistreur contactuel permettant l'ouverture des portes les plus « infranchissables ». Il n'existe pas six personnes au Centre qui possédassent[1] un tel régime de manœuvre.

« Woaf s'est fait piquer à cause d'un attaché-case qu'il trimbalait et qui contenait une arme révolutionnaire, sorte de pistolet capable de projeter un gaz soporifique d'une efficacité inouïe. Le truc en question se trouvait entouré d'isorofulmiflube afin de le rendre inidentifiable par les arcs de contrôle. Mais ceux-ci venaient d'être changés contre un détecteur dernier modèle qui s'est mis à gueuler aux petits pois lorsque l'attaché-case a été soumis à ses rayons.

« L'alerte a été donnée ; une chasse à l'homme s'en est suivie. Woaf, qui avait les condés de passage pour

1. Le subjonctif est de moi, tu penses bien que c'est pas un enfoiré de Ricain qui pourrait l'utiliser !

circuler librement, a bien failli s'en tirer. Mais l'un de ses poursuivants a branché l'interjectif de solutré B 14, lequel déclenchait la chaîne de caméras vidéo couvrant entièrement l'intérieur du Centre. Le poste de garde a donc pu suivre sur un écran géant les déplacements de l'homme. Ils ont compris qu'il allait s'enfuir par le sas de sécurité et y ont tendu une embuscade ; le gars s'y est fait arroser de première et vous connaissez le résultat !

« C'est moi qu'on a chargé d'enquêter sur ce micmac. Mon premier soin a été de questionner le blessé, mais avec six balles de .38 dans le corps, on n'est plus un conférencier performant. Malgré une injection en douce de Talking 32, il s'est montré peu loquace. Impossible de savoir ce qu'il préparait au Centre, ni pour le compte de qui il agissait. D'ailleurs, je doute qu'il ait bien réalisé mes questions. Tout ce que ce salaud a proféré, c'est « Biroutier, Police parisienne ». »

— Si c's'rait une effervescence d'vot' bonté, tonne Alexandre-Benoît, mon blaze n'est pas Biroutier, mais Bérurier !

Mortimer consulte un dossier posé devant lui.

— C'est juste, admet-il, Bérourière, en effet. Avant toute chose, je me suis fait faxer votre curriculum. En découvrant votre photo, j'ai manqué d'air ! Un instant, j'ai cru que Jess Woaf et vous étiez le même personnage. Une conversation avec votre directeur m'en a dissuadé. Alors j'ai voulu que vous veniez pour qu'on essaie d'y voir clair dans ce pot de merde, *you see* ?

Tu parles si on *see* !

— Je suppose, interviens-je, que vous avez enquêté dur sur feu Jess Woaf ?

Il lève ses yeux en forme de presse-papiers au plafond figurant le ciel, où deux grosses mouches s'enculent, la tête en bas (ce qui est particulièrement périlleux pour qui n'est pas un insecte diptère). Ensuite, Dave ouvre son putain de dossier, en extrait un fourre jaune contenant des feuillets manuscrits, et le jette devant moi.

— Résumé de la vie du gars, commissaire. Vous pourrez le lire à tête reposée ; en attendant, je vous livre les grandes lignes. Né à Lyons, Colorado. Père mineur, tué par un éboulement de galerie. Sa mère, Martha, trime dure pour élever ses deux garçons. Elle est serveuse dans un *steak-House* et se fait tromboner assez volontiers par les clients de passage, si bien qu'il lui vient une fille en plein veuvage ! Nancy ! A seize ans, la môme est déjà pute et va négocier son cul à Denver.

« Pendant ce temps, les deux frères Woaf qui sont jumeaux s'engagent dans un cirque. Des vauriens qui fricotent à la lisière des lois, sans toutefois devenir truands complètement. Ils sont inséparables, comme la plupart des jumeaux. Mettent au point un numéro de tir au revolver assez spectaculaire qui consiste à se flinguer réciproquement. Ils ont une coiffure de plumes, kif les Indiens, et se revolvérisent jusqu'à ce que chacun ait sectionné toutes les plumes de son vis-à-vis. Ils traînent à travers l'Amérique : U.S.A., Mexique, Canada. Des périodes de chômage, mais dans l'ensemble ils s'en sortent. Parfois, retour aux sources, c'est-à-dire chez la vieille Martha, à Lyons. Se mettent à picoler et ce qui doit arriver arrive : un soir, Jess file une praline dans le cigare de Standley, son jumeau. Drame ! Le gus n'en meurt pas, mais il est complètement à la masse et on l'enferme dans un hospice. Fin du numéro ! La vieille maman défunte peu après.

« Quelques années s'écoulent, pendant lesquelles la trace de Jess Woaf devient floue. Sa frangine, qui continue de travailler des miches à Denver, prétend avoir perdu le contact avec Jess. Elle sait seulement qu'il s'est rabattu sur New York où il serait devenu vaguement clodo, point à la ligne. Et puis, stupeur ! L'ancien tireur de cirque est retrouvé au Centre si hermétique de Floride. Il y est entré au début de l'année sur la recommandation du sénateur de Floride, Robert Gaetano, mort le mois dernier dans un accident d'avion (un jet privé qu'il pilotait lui-même, ce con !).

« Ce que Jess Woaf foutait au Centre ? Vous voulez que je vous le dise, les gars ? Rien ! Il avait titre d'inspecteur. Inspecteur de quoi ? Personne n'en a jamais rien su. Ces endroits sont tellement secrets qu'on n'ose même pas dire bonjour aux gens qu'on y croise. Il y disposait d'un bureau dans lequel on n'a strictement rien trouvé. Une histoire de dingue !

« Comment a-t-on récupéré ce type de cirque devenu clodo ? Comment est-on parvenu à le rendre sobre et à lui donner bonne apparence ? Pourquoi un sénateur s'est-il compromis au point de ménager son entrée dans un endroit mieux protégé que Fort Knox ? Mystères ! Sur toute la ligne. Je vous le répète : c'est une histoire de fou ! Personne n'a entendu parler de lui en haut lieu. Ce mec surgit et se fait zinguer. Avant de passer l'arme à gauche, sous l'effet d'un stimulant puissant, il prononce trois mots. Seulement trois. Il murmure : « Biroutier, Police parisienne. » Et voilà le tracé de cette curieuse affaire, mes camarades français ! »

— On pourrait-il avoir un' aut' bière ? demande Bérurier.

Le mulot suédois a ramené un pack, à la vaste satisfaction du Gros.

— A quoi pensez-vous ? demande Dave Mortimer à mon pote, le voyant sourire doux.

— Vous connaissez la blague des deux chiens chez l'vétérinaire ?

Le salaud ! Il me la pique !

— Non, avoue Dave, surpris.

Et Béru :

— C'est des cadors chez l'véto. Un caniche et un doberman. L'doberman d'mande au caniche :

« — Pourquoi t'est-ce tu viens ? »

« — Parle-moi-z'en pas, dit l'caniche, c'est l'printemps qui m' bricole les sens. Hier, en voiliant la chatte dans l'salon, j'y ai fait crac-crac. La patronne m'a surpris et elle s'est fâchée comme quoi é n'voulait pas d'ces cochonnances chez elle. Alors é m'amène châtrer ! Et toi ? »

« — Moi aussi, c'est l'printemps, déclare l'doberman ; mais j'y sus été plus fort que toi. La patronne encaustiquait l'plancher. En aperc'vant son gros cul, j'ai pas pu m'retiendre et j'lai fourrée à mort. »

« — Eh ben ! dit donc, j'comprends qu'é t'amène châtrer ! » fait l'caniche.

« — Et m'amène pas châtrer ! E m'amène pour qu'on m'coupe les ongles. »

Béru hurle de rire. Dave demeure de glace.

— Et alors ? il fait. Qu'y a-t-il de risible là-dedans ? Vous croyez que c'est agréable les griffes d'un gros chien en train de vous mettre ? A ce propos, Biroutier, votre père a-t-il fait un séjour en Amérique, il y a quarante-six ans ?

— Mon vieux n'a jamais venu aux Etats-Unis, rebuffe Alexandre-Benoît, vexé du bide qu'il vient de prendre avec sa blague. Grande gueule comme il était, papa, vous parlez qui s'en s'rerait fait péter l'bec d'un pareil voiliage !

— C'est donc Mme Woaf qui aura fait le voyage en France, conclus-je.

— Non, déclare Mortimer, cette dame n'a pas quitté le Colorado de toute sa vie !

— Donc, conclut le Gros en décapsulant une boutanche de bière avec ses dents, on n'a pas l'moind' degré de parenterie, vot Jess et moi ! Not'r'semblerie, c't'un phénomène d'la nature. On est bon pour l'liv' des records !

C'est un zig pugnace, Mortimer. Accrocheur du style vérole-morpion. Ne se laisse pas terrasser par le temps ni par le mystère. Les pires objections, il les balaie d'une reniflade.

A la dixième bière, il se lève pour aller licebroquer. Tu diras que l'habitude est une seconde nature : il coiffe son feutre pour se rendre aux gogues. Il revient des tartisses les yeux pleins de larmes, tellement son besoin était intense.

— Vous comprenez, déclare-t-il avant même d'entrer dans le bureau, preuve que sa pensée est encore plus pressante que son envie de pisser, vous comprenez, n'importe les supputations qu'on puisse faire sur cette damnée ressemblance, un fait domine tout le reste : avant de crever, ce rigolo a cité Biroutier. *Biroutier, Police parisienne*. Ces mots, il ne les a pas inventés dans un délire. Ils correspondent bel et bien à du réel. Le bougre a connu Biroutier ou a entendu parler de lui. Et moi, tant que je ne saurai pas pourquoi il les a prononcés, ces trois mots, je ne lâcherai pas mon os !

— C'est moi, votre os ? réagit le Mammouth.

— Mettez-vous à ma place ! plaide Dave Mortimer.

Le Gros vide sa bière en cours, émet un rot forcené qui fêle la vitre du fond et déclare :

— Si vous aurez pas suf'samment d'mémoire pour vous rapp'ler qu'j' me nomme Bé-ru-rier et non Bi-rou-tier, faudrait mieux qu'vous changeasse d'boulot, gros lard. Salut !

Et, presque digne, il marche vers la lourde.

— Stooooop ! hurle alors Mortimer.

Le Mastar s'immobilise.

Le lieutenant m'apostrophe :

— Commissaire, je ne veux pas tourner autour du pot. Nous sommes en présence d'une affaire exceptionnellement grave qui intéresse la défense des Etats-Unis. Bérourier est le seul élément positif dans l'histoire. Je dois l'avoir à ma disposition.

C'est à mon tour de fulmigéner :

— Mais, putain de vous, Dave, mon collaborateur est un fonctionnaire français d'une intégrité absolue dont je réponds comme de moi-même. Notre grand patron aussi répond de lui et, si c'est nécessaire, le président de la République française en répondra également. Vous avez souhaité le rencontrer et il s'est rendu à votre appel. Certes, l'affaire est incompréhensible, mais Bé-ru-rier n'y peut rien. A vous de trouver la solution sans porter préjudice à cet officier de Police émérite sinon je vous promets de déclencher un patacaisse international qui ne sera pas à la gloire de votre pays !

Mortimer me regarde avec émotion. Je lui chanterais le grand air de la *Tosca* que ça ne l'émeuvrait pas davantage.

— On ne va pas refaire une guerre du Golfe, grogne le sanglier. Tout ce que je lui demande, c'est de ne pas quitter les U.S.A. pendant huit jours. Une semaine de vacances aux frais de la princesse ! Avec vous, si vous acceptez !

Son ton n'est pas conciliant mais empreint d'obscures menaces.

— O.K., si nous avons la possibilité d'aller et venir où bon nous semble, réponds-je. Nous détestons perdre notre temps, Bé-ru-rier et moi, et votre affaire à la con nous excite. Une supposition que nous vous donnions un coup de main ?

C'est la première fois que je vois rire le lieutenant. Un rire insultant, un rire de commisération ! Le pot de fer qui se gausse du pot de terre !

Puis il redevient sérieux.

— Vous ferez ce que vous voudrez pendant votre séjour, en attendant, il faut que Biroutier me confie son passeport !

— Pardon ?

— Je veux conserver son passeport, répète Mortimer. Je lui ferai établir un reçu et nous le lui rendrons lorsqu'il repartira en France.

Dominant ma rage, j'invite le Mammouth à remettre le document demandé.

Il est très bien, le Plantureux. D'un geste calme, il tire son passeport de sa poche. C'est une chose flasque et graisseuse, couleur aubergine pourrie, à l'intérieur de laquelle séjournent un tronçon de peigne, une tranche de saucisson incomplètement consommée et une touffe de poils pubiens prélevée sur une dame de ses pensées (qu'il a oubliée depuis). Il jette le tout sur le bureau de Mortimer.

— J'vas vous dire, les Ricains, déclare l'Hénorme, v's'êtes des emmanchés, râpés, finis. Dans dix piges l'Albanie s'ra plus fort' qu'vous ! Tout c'dont vous êtes bons, c'est à palabrer, à rouler, à montrer vos porte-avions rouillés et vos bagnoles qui font gerber jusque z'aux romanichels. On s'torch'rait l'cul av'c vos dollars qui vaut balle-peau s'ils seraient plus larges. Allez, *ciao*, Burnecreuse, j'ai assez vu ta tronche à caler les roues d'corbillard !

Ainsi prit fin notre première rencontre avec le lieutenant Dave Mortimer.

Allongé sur une bergère (une vraie, recouverte de velours et non de cellulite), je potasse les feuillets que m'a remis le foutu Dave.

— Tu croives qui z'ont des choses corrèques à becter dans c't' crèche ? m'interrompt le Grossissimo. Y commence à faire faim !

— Demande qu'on t'apporte le menu du service en chambre, conseillé-je.

Tout en lisant, je griffonne des notes en marge des pages dactylographiées. J'en ai bientôt un saladier qu'il me faudra retranscrire au net ensuite.

Cette histoire de prodigieuse ressemblance me fascine. Peut-être que si je n'avais pas vu le sieur Jess Woaf, je ne me passionnerais pas pour son étrange destin. Mais d'avoir eu sous les yeux l'agonie de ce faux Bérurier m'a traumatisé et, nonobstant le comportement peu courtois du lieutenant Mortimer, je me sens gonflé à bloc pour collaborer à l'élucidation de ce mystère.

Il a raison, Burnecreuse, quand il dit que les trois derniers mots de Woaf conditionnent tout.

Cet ancien homme de la balle devenu épave après avoir garenné son frelot puis, curieusement promu espion d'un coup de baguette magique dans un Centre de recherche, connaissait l'existence d'Alexandre-Benoît. Il savait qu'en France, à Paris, vivait un homme en tout point semblable à lui, et que cet homme était policier. Or, voilà que blessé à mort il mentionne ce sosie lointain. Des flics de grand style l'interrogent au fond de son coma, et il trouve la force d'articuler : *Bérurier, Police parisienne*. Il est normal que Mortimer tienne à conserver Béru sous le bras, puisque quand on demande à cette « taupe » pour qui elle travaille, elle parle de Béru !

Un maître d'hôtel asiatique se pointe, portant un immense menu relié plein cuir. Mon ami se jette sur ce document comme un pasteur sur une bible.

— Vous pourreriez traductionner en français ? bougonne-t-il.

L'autre ne casse pas une broque de notre patois et sourit en frétillant jaune.

— Bon, j'vas faire une bouffe-surprise, décide Béru. Servez-moi toute la page de droite, qu'en général c'est là qu's'tient les plats de résisdance.

Il précise sa commande :

— You give me all the right page, my pote. With two bottelles of win red, you hundestandez ? For my friende, one sandwich. Clube, il love ça ; il est very bouffe-merde, trop pressé for savourer the good food. Maniez-vous the rondelle biscotte I am hongrois, non : hungry !

Et il cloque généreusement une pièce d'un quart de dollar au pingouin :

— Tiens, Jaunassou, tu t'achèteras une capote anglaise, paraît qu'y z'en fabriquent des toutes mignardes pour les sapajous !

Le maître d'hôtel se retire sans marquer une reconnaissance excessive pour cette libéralité du Gravos.

— Ces gaziers de palace, y sont blasés, déplore mon valeureux compagnon.

*
**

Du Mozart, indiscutablement.

On a décroché le biniou mais le correspondant met du temps à répondre, comme dans les entreprises où une zizique te fait prendre patience.

La Petite musique de nuit. De circonstance, vu qu'il ne doit pas être loin de minuit en France.

Je distingue des gémissements ouatés, des plaintes d'une modulation de fréquence délicate.

« Ta tata tatatata tata, tsoin tatsoin tatsoin tatsoin-tatsoin » fait Wolfgang Amadeus.

« Haerrr haerrr », roucoule une pigeonne humaine.

J'attends un peu, puis une voix de femme, d'une faiblesse extrême :

— J'écoute…

— Je suis chez M. César Pinaud ?

— Je suis madame Pinaud.

— Ici San-Antonio, chère amie. Que vous arrive-t-il ? J'ai cru entendre des gémissements…

Elle langoure :

— Je suis dans les mains de mon masseur. Et il est d'une force, si vous saviez…

Ma parole, elle se faisait embroquer par le kinési, la vioque ! Depuis qu'ils ont de la fortune, chez les Pinuche, leur existence est totalement chamboulée. Paraît que cette perpétuelle malade qui passa plus de temps dans des lits d'hôpitaux que dans le sien, et subit une opération par organe (au moins), a tourné casaque et remplacé ses vieux peignoirs de pilou par de la lingerie suggestive.

J'entends la dame qui chuchote :

— Non, Kémal ! Pas pendant que je téléphone ! Je t'en supplie, grand fou ! Et sans vaseline ! Oh ! Seigneur, il va me défoncer ! Allô, San-Antonio ? Je suppose que vous voulez parler à César ?

— Si les circonstances vous permettent de me le passer, ce sera très volontiers.

— Ne quit... Aie ! Brute ! Mais tu vas me faire éclater le pot, grand dégueulasse ! Ne quittez pas, Antoi... Ouïeeeee !

Des combinaisons de transfert de poste, puis la voix cachouteuse du Débris, endormie mais urbaine :

— Oh ! Antoine, je te croyais parti pour les Etats-Unis avec Bérurier.

— Nous nous y trouvons. Il est presque minuit à Paris, non ?

— Pile ! Mon carillon du salon est en train de sonner, tu l'entends ?

— Et ta rombière se fait masser à minuit ?

— C'est-à-dire que... Elle est au mieux avec son kinési : un Turc, immense, tout noir : la bête ! Tu sais, mon petit, elle est à l'âge où les démons se réveillent. Après avoir mené une vie édifiante et douloureuse, elle se permet un peu de bon temps, la chère âme. J'en suis ravi pour elle. C'est bien, à son âge, d'avoir trouvé un partenaire de trente-six ans, haut d'un mètre quatre-vingt-dix, beau comme un dieu et fort...

— Comme un Turc ?

— C'est un garçon qui fait fortune à Paris grâce à son appétit d'enfer. Il est spécialisé dans les personnes mûres et il se prodigue jusqu'à sept ou huit fois par jour. Des vraies « fois », Antoine. Pénétration recto verso. Certes, ses tarifs sont très élevés, mais quand on a les moyens de s'offrir un traitement de ce niveau, au moment où la plupart des femmes abdiquent…

— Et comment !

— Tu verrais ma chère épouse, tu ne la reconnaîtrais plus : elle passe son temps dans les instituts de beauté et chez les couturiers.

— Et toi, César, des masseuses ?

— Non.

— Comment, tu es seul dans ton lit pendant que Mme Pinaud monte en mayonnaise ?

— Bien sûr que non. Tu te rappelles Violette ? La jeune femme énergique que vous avez connue à Riquebon-sur-Mer où elle vous fut d'une si grande aide[1] ?

— Ah ! la rouquine surchauffée ? La tout-terrain qui passe les hommes et les femmes à la casserole ?

— C'est cela même. Elle était contractuelle, alors. Sur ses prestations exceptionnelles de Riquebon, elle vient de passer inspecteur et je suis chargé de la former !

— Toi ?

— Ils font confiance à l'expérience, mon petit.

— Tu la… formes, jusque dans ton plumard ?

— Cela constitue le repos du guerrier et ce serait plutôt Violette qui me servirait de monitrice. Quel tempérament d'exception !

Je l'entends déclarer :

— C'est San-Antonio, ma colombe ; il appelle des

1. Cf. *Au bal des rombières*, San-Antonio, n° 145.

Etats-Unis. Tu veux lui dire un petit bonjour ? Attends, Antoine, ne quitte pas.

Un temps.

Voix rauque de la môme Violette :

— Allô, commissaire ?

Ça se transforme en miel, c'est doux, onctueux :

— Ce que ça me fait plaisir de vous entendre !

— Je n'ai encore rien dit ! objecté-je.

— C'est pareil, votre silence déjà me fait mouiller. Quand vous rentrerez, il faudra absolument qu'on se voie. J'ai modifié mon *look* en pensant à vous et je ne suis plus rousse mais blond cendré.

— Compliment. Ça marche avec le père Pinuche ?

— C'est un amour d'homme. Il lèche pendant des heures sans respirer. Moi qui raffole de ça ! C'est unique comme performance. Il a une façon de vous suçoter le clitoris tout en le titillant de la langue qui est proprement étourdissante !

— Ah ! ce sont encore des manières de l'ancien temps, ma poule. Le dernier carré des chevaliers de la minette ! Et le boulot ?

— J'adore. J'espère que je travaillerai bientôt sous vos ordres.

— Facile ! T'as des *news* de Jérémie Blanc ?

— Sa femme vient d'avoir des jumeaux ! Il cherche une maison à la campagne pour sa tribu.

— Ravi de ces bonnes nouvelles, Violette. Tu me repasses le père La Liche ?

— Je vous adore, commissaire !

Le Fossile bêle dans l'appareil :

— N'est-elle pas exquise, Antoine ?

— On en reprendrait ! Maintenant parlons travail, cher Mathusalem, ouvre grand tes étagères à mégots.

Et je lui relate succinctement l'affaire que tu connais déjà. Lorsque j'ai achevé le récit, j'attends l'appréciation de mon homme lige, étant toujours friand de ses considérations.

— Les choses comportent sûrement une explication des plus simples, déclare César. Il ne faut pas se laisser impressionner par l'aspect stupéfiant de cette ressemblance, non plus par le fait que ce type ait mentionné Alexandre-Benoît dans son coma.

Cher Pinuche ! Comme il « garde raison » (les gens de politique, dans leurs déconnes emphatiques déclarent fréquemment et doctoralement « il faut raison garder », pour faire accroître qu'ils ont des lettres, alors qu'ils n'ont que des mots). Bien sûr que tout doit être très simple. Il me réconforte, le bon archange bouffeur de clitos.

— Tu as la date de naissance de ce Jess Woaf, petit ?

— 6 avril 1944.

— Par conséquent, il a été procréé en juillet 43. C'était l'Occupation, en France et je doute que le père Bérurier ait pu se rendre en Amérique !

— Notre gars de la C.I.A. prétend que la mère Woaf n'a jamais quitté le Colorado. C'était une femme modeste qui avait épousé un mineur.

— On va voir, Antoine, on va voir. Je suppose que tu m'appelles pour que j'aille enquêter à Saint-Locdu-le-Vieux auprès des contemporains encore vivants du papa d'Alexandre-Benoît ?

— Gagné ! exulté-je.

— Tu aimerais savoir ce que faisait le bonhomme en juillet 43 ?

— Tu as tout compris.

— Eh bien, nous allons nous mettre au travail dès demain, Violette et moi. Où puis-je t'appeler ?

— Envoie-moi des fax à l'hôtel *Connos*, Washington. Je préviendrai le préposé et je téléphonerai régulièrement pour qu'il me les lise, car nous allons nous déplacer pas mal.

Je vais mater le numéro de fax du *Connos Hotel* sur son papier à en-tête et le dicte à Don César de Pinuche.

Je souhaite « bonne continuation » au Branlant et vais ouvrir la porte à l'armada de serviteurs galonnés qui se pointent avec une demi-douzaine de chariots lestés de plats d'argent recouverts de cloches.

Les repas de Sa Seigneurerie Béru sont avancés !

Il bouffe pendant trois heures et douze minutes d'horloge, l'ogre de la Grande Taule. Posément, scientifiquement, dirais-je, attaquant chaque plat dans l'ordre où il se présente, ne passant au suivant que lorsqu'il est redevenu aussi étincelant qu'à sa sortie d'usine. Il briffe avec application, comme on déboise la forêt amazonienne. Son visage rouge violit, acquiert une luisance étrange dont les points les plus paroxysmiques sont les oreilles et les pommettes.

Au bonheur de claper se mêle une inquiétude sourde qu'il finit par me confier, la bouche pleine, après un turbot mayonnaise, des côtelettes d'agneau à la menthe, un pigeon farci, des filets de sole « normands », un contre-filet grillé et un chiche-kebab pimenté.

— J'croive qu'j'ai vu jeune, balbutie-t-il. Deux boutanches, c'est dérisesoir, d'autant qu'tu m'en as éclusé un godet. J'vas pas pouvoir faire la soudure, mec. Soye gentil : d'mande au rome-service d'me ram'ner deux quilles, vu qu'y m'reste encore cinq plats et qu'ça va commencer à peiner dans les montées !

Docile, je souscris à ses désirs.

— Tu es bien sûr de pouvoir avaler tout ça, Gros ?

Je lui parle comme à un grand malade, ou à un débile.

— A la romaine, ouais ! assure-t-il. D'alieurs, j'vas faire la p'tite pose Néron !

Il quitte sa table roulante (qui ne roule pas pendant les repas) et se rend dans la salle de bains. Un instant, je crois entendre la bande sonore de *L'Aventure africaine*, la scène où les lions attaquent le campement. Et puis le Gros réapparaît, en pleurs, souriant.

— J'sus paré pour la sute des événements, assure-t-il.

Il soulève une cloche et s'extasie :

— Du porcelet aux fruits confits, Sana ! J'eusse pas cru jaffer aussi bien dans c'pays d'cons.

Et Sa Grâce mange, mange, mange, après avoir démangé. Elle est heureuse, épanouie, neuve !

— Tu sais ce que c'est que le cholestérol ? lui demandé-je brusquement.

Il secoue négativement la tête, avale sa fournée en cours et demande :

— Ça se mange ?

*
* *

Ce qu'il y a de positif avec la C.I.A., c'est que ses agents, quand ils font un « papier » sur quelqu'un, ne laissent pas de blancs. Tout est archidocumenté, avec les lieux, les dates, les adresses, et jusqu'aux numéros téléphoniques.

Un grand zinc bleu avec des lettres noires peintes sur le pucelage (Béru dixit) nous crache à Denver. Il fait un temps superbe et les crêtes des Rocheuses scintillent à l'Ouest. L'air est vif, le type de chez Avis à qui je loue une Jeep Cherokee l'est aussi. Carte de crédit, quelques signatures et il me remet une enveloppe de plastique.

— Votre carrosse est dans la travée 8, la clé de contact se trouve sur le tableau de bord. Bonne route !

Dix minutes plus tard je circule le long d'une large avenue où se succèdent motels et stations d'essence. L'un des motels s'appelle *Cheyennes Village*, une enseigne gigantesque éclairée même de jour l'annonce en caractères géants. Un Indien emplumé décore l'immense panneau. Il manque des ampoules à sa coiffure, ce qui crée des brèches fâcheuses. Les bungalows sont en forme de tentes. Me rappelant l'exercice de music-hall auquel se livraient les frères Woaf, je décide de descendre dans cette pittoresque urbanisation, histoire de plonger dans l'ambiance.

Un gros type à lunettes, rouge de visage (lui c'est pas le sang indien mais la couperose) s'interrompt de lire *Les Fondements de la métaphysique des mœurs*, de Kant, illustré par Wolinski, pour me piquer cent dollars en échange de la clé 37. Il a dû me reconnaître, car il me fait signer son registre d'hôtel.

Béru et moi prenons possession de notre tente de béton, laquelle se compose d'une grande chambre circulaire à deux lits et d'un cabinet de toilette qui pue les bains-douches publics de Conakry. L'endroit n'est pas très luxueux : on voit la trame des tapis mieux que celle d'une pièce de patronage, l'unique armoire de pitchpin est de guingois et la photographie couleur de Marilyn ornant le mur (il n'y en a qu'un, la pièce étant ronde !) est si constellée de chiures de mouches que la malheureuse semble avoir attrapé la peste bubonique.

Le Mastar dépose son sac de plastique sur la table (en anglais : *on the table*) et pivote sur lui-même à l'instar de Copernic quand il préparait son traité intitulé, tu t'en souviens : *De revolutionibus orbium coelestium, libri VI*.

— C'est rond, finit-il par décréter.

— Non, rectifié-je : c'est circulaire.

— T'as une préférence pour le plumard ?

— Oui, dis-je. J'aimerais celui que tu ne prendras pas !

Il pouffe.

Et pour ne pas être en reste :

— Tu connais l'histoire de Ouin-Ouin chez le médecin ?

— Probablement, fais-je. Je connais l'histoire de Ouin-Ouin au cirque, à la messe, chez le pédicure, au bordel, sur la tour Eiffel, au zoo, à l'armée, chez le boulanger, au cimetière, au golf, au marché aux puces, chez le masseur, à la gendarmerie, dans la lune, à cheval, sur des skis, au café, chez sa sœur, au Palais Fédéral, sur le lac Léman, en ballon dirigeable, chez le pape, alors tu penses que je dois connaître également Ouin-Ouin chez le médecin.

Alexandre-Benoît me laisse déferler de la menteuse sans s'émouvoir. Il est monolithique, d'une patience monstrueuse.

Lorsque je prends souffle, il enchaîne :

— C'est Ouin-Ouin qui va au docteur.

— Tu m'avais dit « chez le » docteur.

— Souate. Il va CHEZ le docteur, et il lu fait comm' ça :

« — Docteur, chaque fois qu'j' prends mon café j'ai mal à l'œil, d'où cela vient-ce-t-il ? »

Le docteur répond :

« — Il faut enlever la cuiller de votre tasse quand vous buvez ! »

Sa Majesté cesse de rire. Ses traits se sévérisent. Il m'enveloppe d'une œillée flagelleuse :

— On croive qu't'es bon, dit-il, n'en réalité, y a pas pire charognard qu'toi, Antoine ! Tu pourrerais t'marrer, merde !

Et bon, on s'allonge tout loqués sur nos plumzingues, les bras derrière la nuque, à mater les lézardes du plaftard, des fois qu'on y lirait des présages.

— Caisse on attend ? demande Bébé-Lune.

— La nuit.

— Biscotte ?

— Parce que les beuglants n'ouvrent que le soir.

— On pourrait manger, au lieu d'perd' son temps ?

— On a becté dans l'avion. Si tu as encore faim, va grailler tout seul, ta boulimie s'accélère, mon drôle. T'as encore pris du poids ces temps derniers, alors que la chose semblait impossible !

— C'est ma faute si j'ai de l'appétit ?

— A ce degré-là, c'est plus un coup de fourchette que tu as, mais un tout-à-l'égout. Tu finiras par bouffer sur une lunette de gogues pour ne pas interrompre le cycle de l'azote. Quand je te vois t'empiffrer, je rêve de devenir fakir et de jeûner pendant des semaines sur une planche à clous. Tu me flanques des haut-le-cœur.

Le Gros reste un instant silencieux, puis :

— Hé ! Sana ?

— Oui ?

— Tu voudras qu'j't' dise ?

— Dis.

Il se met en arc de cercle comme un gonzier qui se tétanise et balance un pet long et soyeux comme une déchirure d'étoffe.

— Ça ! fait-il.

— J'aime ton éloquence, soupiré-je, la manière percutante dont tu te résumes. En une sonorité tu laisses ton message. Ta vie, ton œuvre sont exprimées avec un sens du raccourci qui rappelle Robbe-Grillet.

— Et c'est pas fini, Grand. Attends l'odeur, tu comprendreras la force d'espression du bonhomme !

On toque à notre porte 37.

— Cominge ! lance le Vigoureux.

Une élégante jeune femme paraît. Un peu colorée, l'un de ses aïeux ayant dû signer un contrat de travail avec quelque négrier. Du jais ! Tout est sombre et brillant chez elle, sauf ses lèvres peintes de couleur cyclamen. Regard ardent, pommettes de déesse noire, cou long et fin, cheveux décrêpés, coupés à la garçonne, et je passe son cul sous silence : une Noirpiote, tu penses ! On peut s'asseoir dessus pendant qu'elle est debout ! D'énormes anneaux d'or s'agitent à ses oreilles et un saphir gros comme un œuf d'autruche met des lueurs de gyrophare sur ses doigts fuselés.

Very bioutifoul !

Estomaquant !

Cette apparition dans notre chambrée de caserne, madoué !

Je me délite instantanément.

Gêné, Béru évente les retombées radioactives de son pet avec sa main godilleuse.

— Bienvenue au club, Miss ! fais-je. Que pouvons-nous pour votre service ?

Elle sourit.

— C'est moi qui peux pour le vôtre. Je suis la fille de J.B. Ross, le propriétaire de la chaîne des *Cheyennes Village*. L'un de vous deux, celui qui a franchi cette porte le premier, est le millionième client de la chaîne et gagne ce chèque de mille dollars !

Elle ouvre son sac et y prend un beau chèque grand format, dans les tons orange, avec plein de zéros écrits dessus.

Tu parles qu'on éberlue ! Gagner le coquetier sans même avoir acheté de billet, c'est pas courant ! On est là, à se pointer au pif dans ce campement bidon et, à peine entrés, une pin-up noire nous bascule mille verdâtres sur la coloquinte !

— C'est moi qu'a entré l'premier ! déclare le Mastar, mais comm'd'toute manière on partage...

La superbissime a déposé le chèque sur la table bancroche. Je le mate, il est tiré (à quatre épingles) sur la Chase Manhattan Bank et tamponné au nom des *Cheyennes Village*. La môme sort un stylo de son réticule à main.

— A quel ordre dois-je l'établir ?

— La Recherche contre le sida, fais-je.

— Non, mais t'es louftingue ! égosille l'Enflure. Moi que j'voulais jus'ment rapporter un bijou à Violette, des Zuessa !

— Tu l'achèteras sur notre note de frais, Gros. On ne va pas se mettre à palper du fric de loterie, merde ! Bientôt ça sera « La Roue de la Fortune » ou « Le Juste Prix » !

Il bougonne :

— Son côté vanneur, à c'te tête d'nœud ! Ah ! dis donc, l' petit prince ! Bientôt y va mett' des gants pour toucher l'carbure, crainte de s'soulier les salsifis !

— Votre geste est superbe ! gazouille la colombe noire.

— Moins que vous, ne manqué-je pas de placer opportunément. Est-ce que vous me permettriez de vous inviter à dîner pour fêter l'événement ?

Elle dépourve un peu, Miss Ross. Mais ma gentlemanerie l'a impressionnée.

— Pourquoi pas ? agrée-t-elle.

— Où c'qu'on va la driver ? demande Gradube.

— Hé ! calmos ! Une poupée commak, c'est comme une poularde demi-deuil : y en a un peu trop pour un, mais pas suffisamment pour deux. Tu permets que je sois seul pour lui faire les honneurs de mon corps !

— Et moive ?

— Toive, je te déposerai dans un *steak-house* et tu boufferas jusqu'à ce que ta bedaine éclate !

Nous convenons de nous retrouver à huit plombes devant l'office, la Noiraude et moi. Elle rouvre la lourde pour m'annoncer qu'elle s'appelle Peggy.

Moi, avec un cul pareil, elle pourrait se nommer « Balayette de Chiottes » ou « Poil de Bite » que j'y verrais aucun inconvénient.

— T'es quand même pas croyab', rumine le bœuf normand. Une nana se pointe avec plein d'artiche que tu refuses ; elle accepte de sortir et tu m'fous au rancard ; faut vraiment qu'j'soye c'qu'j'su pour encaisser !

— J'espère qu'elle s'est fait également décréper les poils pubiens, rêvassé-je.

— Pourquoive ? T'es cont' l'astrakan ?

— Le crépage m'abîme les lèvres.

— Ecoutez-moi ce douillet !

— L'aventure n'est pas banale, murmuré-je. Si ce chèque ne comportait pas en impression la raison sociale des *Cheyennes Village*, je croirais à un coup monté. Mais là, pas à tortiller, c'est du textuel.

— C'est pas d'not' faute si on a d'la chance ! objecte Bibendum. Quand j'pense qu'tu vas t'éclater c't' négresse ! J'eusse dû prend' l'devant : moi, j'raffole les Noires ! J'peux déjà t'porter à la connaissance qu'son slip est blanc, j'l'aye aperçu quand elle s'a assis pour délibérer l'chèque. J'l'imagine la cressonnière, Ninette ! La boîte à lett' rose dans c'sombre ! Si j'comprends bien, la visite à la frangine des frères Woaf, c's'ra pour une aut' fois, quand y aura une année bitextile.

— Pas du tout ; les beuglants sont ouverts tard dans la nuit !

— Tu t'croives à Nouille York ! Dans l'canton de la Colle au Radeau, y doivent s'zonner en même temps qu'les poules, y compris les poules ! T'as vu leurs bouilles à l'arrivée ? C'est tout des ploucs d'la montagne. Et ici, s'agit pas de montagnes neigeuses, comm' chez nous ! Non, ell' sont uniqu'ment rocheuses ! Y font d'la luge en autoch'nille.

— Te gratte pas, Gros. Contente-toi de bouffer en

m'attendant. T'es en pleine neuvaine boulimique, mec ; usine du pancréas et laisse faire l'grand chef !

— L'grand chef indien, hé ? rigole-t-il.

*
* *

Moi, Denver, je veux bien, mais c'est pas là que j'viendrais me planquer si j'étais truand et que j'aie engourdi l'osier de la Banque Fédérale Suisse. Pour l'ambiance, tu repasseras ! La ville est populeuse avec sa ration de gratte-ciel, ses constructions aéronautiques, son musée d'art moderne, ses éventaires où l'on vend du pop-corn et des saloperies frites ; mais tu repères au premier coup d'œil combien on doit s'y faire chier la bite et le reste ! Oh ! dis donc, c'est craignos ! Y a des tas d'endroits, sur la planète, je comprends pas que des gus les habitent, quand bien même ils y sont nés !

N'importe les pays ! Même en France t'as des agglomérations gerbantes. Des fois, je regarde par la vitre d'un T.G.V. en contrebas : un ruisseau rectiligne et dégueulasse plein de choses dépecées et rouillées. Une vallée sinistre ; des maisons lépreuses en queue leu leu ! L'horreur ! De temps en temps, tu devines une gueule, à l'intérieur. Tu te dis que c'est pas possible ! Même des chiens, t'en vois pas ! Mais des êtres, si. Ils habitent cette abomination cafardeuse, y bouffent des soupes, y procréent, y élèvent des petits enfants blafards et regardent la téloche. Pauvres de pauvres ! Faudrait tous qu'on puisse habiter Madère, les îles Borromées, Bora Bora, Marbella, ou la Cinquième Avenue de Beethoven. Seigneur ! tous ces égarés ! Ces mal venus ! Pataugeurs de gadoue, sanie, merde à haute teneur microbienne ! Toutes ces existences purulentes dans des contrées honteuses où la seule note de gaieté est un panneau rouillé pour Coca-Cola.

La môme Peggy, Denver, elle a l'habitude : elle est née laguche. Ils habitent la Californie, ses dabes et elle, mais elle revient pour « la chaîne ». Quand je la retrouve devant l'office, elle s'est changée. Porte un pantalon bouffant de soie noire, un corsage noué avec plein de plis. Des bijoux en veux-tu en voilà !

Elle propose qu'on prenne sa Porsche décapotable.

J'accepte.

Elle me demande si je connais, chez *Charly*.

Je réponds que non.

Alors on y va. Ça se veut cossu et original, ça n'est que prétentieux et passe-partout. La plupart des gens, pour eux, l'acajou représente l'aboutissement du luxe. Charly, il a dû en foutre jusque dans ses cuisines. Je gage que le fourreau est en acajou massif ! Murs tendus de velours pourpre, *my tailor is rich*... Des tableaux à se tap' dans de larges cadres moulurés et dorés aux mille-feuilles ! Eclairage table de nuit. *The* club, quoi !

La gentry de Denver s'y presse. Chacun prend trois bourbons bien tassés avant de passer à table. Toujours aussi cons, ces Ricains. Les deux tiers sont alcoolos et l'autre moitié boulimique.

La belle Peggy commande une salade et du poulet frit avec beaucoup de ketchup. Je me rabats sur un *strong steak*, commande une boutanche de faux bordeaux californien en persuadant ma compagne d'abandonner un instant le Coca pour tremper son joli nez dans ce divin breuvage. Y a du « Ray Charles » de la bonne cuvée en fond musical. Brouhaha nasillard.

Je contemple la gracieuse posée en face de moi, supputant ses charmes et la manière dont je vais les conquérir. Marrant de se trouver en plein Colorado pour une affaire tellement fumeuse que les pompelards vont finir par se la radiner ! La Peggy, elle me rappelle une histoire de Noirs. Un poste de douane entre deux pays africains. Une voiture s'arrête, cinq personnes à bord. Le douanier examine les passeports et décrète :

« — Hou, dis donc, ça va pas du tout, ça. »

« — Pourquoi ? » demande le conducteur.

« — Parce que vous êtes cinq dans une Audi Quattro ! Quattro, ça veut dire quatre, ji ai fait du latin, mon vieux ! »

« — Mais ça n'a rien à voir ! », s'emporte le chauffeur.

« — Si, si, mon vieux, ça a voir ! Ji peux pas laisser passer cinq personnes dans une Audi Quattro ! »

« — Allez chercher votre chef ! » tonne l'automobiliste.

« — Il est occupé avec les deux types de la Uno, là-bas ! »

— Pourquoi souriez-vous ? demande Peggy.

— J'étais en train de me raconter une histoire drôle que je ne connaissais pas !

La bouffe, c'est bien commode. Dans les débuts d'une aventure, elle prépare la baise ; sur sa fin, elle la remplace.

Elle a reçu une bonne éducation, la Noirpiote. Elle briffe délicatement ; tout juste si elle garde pas le petit doigt levé, tel que jadis dans le beau monde. Elle me raconte que son père est le fils d'un politicien noir. La carrière de son papa lui battant les couilles, il s'est tourné vers les affaires et y a réussi au-delà de toute espérance. Peggy est son unique enfant. Elle tente de reprendre le flambeau, pour le plus grand bonheur de son paternel, mais en secret, elle aimerait se vouer au chant ; elle possède une jolie voix (lui assure-t-on) et adore chanter des cantiques avec les gens de la chorale à laquelle elle appartient.

Comme elle achève ces aimables confidences, un type bizarre autant qu'étrange s'approche de notre table. Gare au gorille ! Un petit visage plein de poils. Ses tifs arrivent à ses sourcils et il est barbu jusque sur ses pommettes. D'imberbe, y a que ses yeux de rat, et les deux énormes incisives de chameau qui lui sortent de la bouche pour se poser sur sa lèvre inférieure. Mon Dieu qu'il est vilain ! Sa maman a dû forniquer avec un primate, c'est pas possible sinon. Il porte un attirail de photographe.

Peggy lui fait « Hello ! Horace » et me le présente : « Horace Berkley de *L'Eclaireur de Denver*. Il vient nous tirer le portrait pour son canard. Ne suis-je pas le millionième client des *Cheyennes Village* ? Ici, la pub est souveraine. Il en veut pour ses mille dollars, papa Ross ! Je me prête complaisamment à la petite séance, rapprochant mon siège de celui de Peggy et riant béat en heureux « gagnant » que je suis.

— Je vais en faire quelques-unes avec pose, annonce le vilain velu.

Il campe un trépied dans le restau, sans se soucier des serveurs maugréateurs et branche tout un chenil. Dis, ils sont performants dans le Colorado, les photographes. L'appareil dont il se sert, j'en ai encore jamais vu de semblable. Le corps lui-même est cylindrique. On dirait un tronçon de télescope. Par contre, l'objectif est long et étroit. L'ensemble fait songer à un bébé dinosaure stylisé. Au-dessus de la lentille, se trouve une espèce de viseur lumineux, intense comme un rayon laser, qui se promène sur ma frite pour arrêter le cadrage idéal.

Soudain mû (du verbe mouvoir), je me lève et contourne la table.

— Etonnant, cet appareil, dis-je. Moi qui suis un passionné de photos, voilà qui m'intéresse. Vous permettez !

J'écarte fermement king-con pour prendre sa place à l'œilleton. Le faisceau de cadrage se perd sur le dos d'un convive placé derrière la chaise que je viens de quitter.

Je déplace légèrement l'appareil de manière à la braquer sur Peggy.

— Je vous demande pardon, mais vous me le déréglez ! objecte Horace Berkley.

Je ne réponds pas. Le faisceau est en plein sur la sombre frimousse de ma compagne. Je presse la détente placée sous l'instrument. Un léger chuintement retentit. Peggy se lève précipitamment.

— Oui, j'arrive ! fait-elle.

Et à nous :

— On m'appelle au téléphone.

Elle s'éloigne entre les tables.

Je me relève et regarde le singe aux dents longues.

— Sérieusement, c'est quoi, cet outil, mon vieux ?

— Une nouveauté japonaise, répond l'autre, de mauvaise grâce.

— J'aimerais bien trouver le même.

— N'y comptez pas trop, c'est nouveau et notre patron l'a eu grâce à des appuis.

— Des appuis très haut placés, non ?

Je chope son Nikon avec lequel il nous a flashés, la môme et moi, l'ouvre et en sors la bobine impressionnée. Je la glisse dans ma poche.

— Maintenant, fais-je au macaque, tu plies bagage et tu te tires, sinon je te fais bouffer ton appareil perfectionné !

Il me regarde sans émotion apparente, acquiesce et dégage les lieux en un peu moins de pas longtemps.

Je reprends ma place. Peu ensuite, la Peggy revient, souriante.

— Il est parti ? s'étonne-t-elle.

— A l'instant. Il m'a fait deux ou trois « poses » prolongées qui vont ensorceler les lectrices de *L'Eclaireur*.

On continue de manger, bien que nos mets délicats se soient passablement refroidis.

Tout en clapant, je me pose la question suivante :

« Ils » ne pouvaient pas prévoir que je descendrais dans ce motel. Comment ont-« ils » pu se procurer un chéquier au nom de celui-ci en quelques minutes ?

Dommage que j'aie refusé le chèque ! Il devait être intéressant à étudier de près.

Je note que la fille m'observe à la dérobée. On dirait « qu'elle attend quelque chose de moi ». Un comportement particulier ? Qu'est-ce que ce gros appareil insolite était censé me faire ?

Ma pensée fait de la surchauffe. Ça cigogne plus vite dans mon caberluche que le bigoudi d'un taulard relâché après dix ans de gnouf dans la tirelire à moustache de sa bien-aimée qui l'attendait en haut du donjon !

Je me dis que lorsque j'ai braqué l'objectif sur elle, elle a joué cassos : donc, ledit représentait un danger. Quel ? Irradiation ? Ce serait pas aussi rapide. Je te parie ce que maintient arrimé mon slip kangourou contre l'entre-deux de ta femme que c'est un coup de la C.I.A. Ils me veulent quoi donc, ces branques ? M'est avis que le dénommé Jess Woaf aurait été mieux inspiré d'avaler son bulletin de naissance avant de parler de « Biroutier ». Ce faisant, il nous a filé la tronche dans un sacré baquet de gadoue pas fraîche, le tireur d'élite !

Je prends le parti de chiquer les comateux. Qu'est-ce qu'on risque ? Si l'engin du macaque possède des propriétés nuisibles, celles-ci doivent probablement se traduire, avant tout, par un état de somnolence, non ? Ou si je m'abuse ? comme disait le docteur du même nom.

Je laisse choir ma fourchette et feins de ne pas pouvoir la ramasser.

— Je… ne sais… pas… ce qui… m'arrive…, balbutié-je.

Et de porter ma main à mon front de penseur mondain.

— Vous avez un malaise ? demande la noire enfant.

— Il… me… semble…

Elle est très bien. Un signe au loufiat. Elle lui tend sa carte de crédit :

— Mon ami est malade, je passerai reprendre ma carte plus tard.

Elle m'aide à me lever. J'embarde un brin. On nous regarde. Plus vrai que nature, l'artiste. Je me mets dans la peau d'un gonzier groggy. Ça m'est arrivé, je connais le rôle. On gagne le parking ; moi flottant, accroché à son bras. Elle doit faire du tennis, ses antérieurs sont en nickel-chrome. On parvient à la Porsche. Je m'écroule dedans.

— C'est... ridicule, déploré-je.

Et maintenant, que va-t-elle décider ?

Sa tire sent bon le cuir, la mécanique allemande. Y a que ça que je leur aime, les Frizous : leurs belles bagnoles cossues. Tiens, tu connais l'histoire de l'accident ?

Une grosse Mercedes rutilante et une 4 L en haillons se télescopent. Par un de ces hasards propres aux chocs frontaux, les deux voitures sont pareillement en miettes ! Un gros P.-D.G. sort de la Mercedes et considère le désastre.

« — La valeur d'une journée de travail perdue ! » dit-il.

Un Arabe se dégage des décombres de la 4 L.

« — Une journée ! s'exclame-t-il. Eh bien pour moi, c'est deux ans de travail foutus ! »

Alors le P.-D.G. lui met la main sur l'épaule et le sermonne :

« — Deux ans ! Ecoutez, mon vieux, vous êtes fou d'investir tant d'argent dans une bagnole ! »

Et bon, je t'en reviens...

Peggy se place au volant.

— Allons chez moi, décide-t-elle ; j'ai un appartement à l'année au *Colorado Palace*.

L'aubaine !

Je feins la somnolerie. La dodelinance. Finis par poser ma joue gauche sur l'épaule droite de la conducteuse. Elle se parfume Anaïs-Anaïs. J'espère qu'elle s'en met pas sur le tablier de sapeur : ça me fait éternuer au milieu de mes politesses. Et y a rien de plus glandard que de se payer le rhume des foins en pleine minette. J'en causais l'autre jour à la reine Fabiola : elle est tout à fait de mon avis.

Le trajet est bref. La Porsche stoppe devant un vaste porche (c'est marrant, non ?) copieusement illuminé, avec des grooms en livrée qui s'affairent et un portier en gibus de couleur crème.

Je m'extrais. On m'aide. Les quatre marches, la traversée du hall gigantesque, à la nage dans cette mer de clarté. Un ascenseur grand comme l'apparte de ma cousine Noémie à Pont-à-Mousson (rue du Général-de-Gaulle, au-dessus de la librairie). Ensuite c'est un couloir, au dernier laitage du palace, là que se trouvent les suites princières.

Les lourdes ne comportent pas de serrure à clé, ni même de fente pour carte magnétique, mais un petit clavier de chiffres sur lequel tu tapes ton code. Je guigne. Elle échancre trois « 6 », suivis de trois « 9 ».

Le sas de l'entrée, auquel succède un vaste salon qui ressemble au hall d'exposition d'un grand magasin de meubles. Ce n'est que tissu à vilaines rayures sur les murs, fauteuils recouverts d'impossibles velours, tentures de satin chamarré, tapis « perçants », coussins baroques, tableaux croûteux (sous-bois, chasses à courre, satyres gambadeurs, connasses frivoles sur escarpolettes, biches humides aux abois, jetées de fleurs, lièvres foudroyés suspendus par les pattounes arrière, etc.).

Quand on a traversé les Galeries Je Farfouille, on accède à une chambre du même tonneau. Plumard en 200 de large, avec tête de lit capitonnée fleurettes, meubles de palissandre style Louis XIX ! Statuettes d'albâtre en matière plastique, descente de lit en peau d'ours synthétique (la tête est tellement bien imitée que tu jurerais un vrai).

— Allongez-vous sur le lit, conseille Peggy après en avoir rabattu le couvre-lit de soie bleu à rayures mauves et jaunes.

Je largue mes mocassins et m'étends sur sa couche.

Moi, vieux renard des sables épargné par la rage, la peste noire et la myxomatose, je te parie le culte du droit contre un doigt dans le cul que cet apparte est inhabité. J'entends par là qu'on n'y séjourne présentement car il est dépourvu d'objet personnel. Pas le moindre tube de rouge à lèvres dans un cendrier, pas la plus insignifiante boucle d'oreille, pas un foulard, pas un Tampax de premier secours, pas une photo, pas une enveloppe de lettre récemment reçue, pas une revue : RIEN !

Les yeux mi-clos, j'observe les allées et venues de la donzelle. Elle est en train de neutraliser les lumières, ne laissant briller qu'une lampe posée sur une console, à l'autre bout de la chambre.

Ensuite elle vient s'asseoir sur le bord du lit, tout contre moi. Me saisit la main, palpe mon pouls en loucedé.

— Comment vous sentez-vous ?

— Vertiges, balbutié-je.

— Vous voulez boire quelque chose ?

— Non.

— Je vais appeler un docteur !

Ça y est, nous y sommes ! L'appareil de « Dents de chameau » te cotonne les méninges. Tu deviens docile. On te drive dans un lieu propice et un « docteur » se pointe pour te faire une piqûre de perlimpinpin, de celles qui poussent aux confidences les plus confidentielles. On te questionne à bloc pendant que tu vadrouilles dans le schwartz. Ensuite tu récupères. Tu ne te rappelles plus rien. T'es guéri. Retour à la case départ après une grosse bise à la dame ! Le tour (de con) est joué !

— Ce… n'est… pas… la peine, réponds-je. Je… me sens… déjà… mieux.

— Il n'est pas normal que vous ayez ces vertiges, ces éblouissements (ai-je parlé d'éblouissements ?) et ce grondement dans les oreilles (bon, je devrais avoir des bourdonnements, merci du tuyau !). Un de mes amis est médecin, il habite tout à côté.

Rien à fiche, elle va le faire. C'est inscrit dans sa « mission ».

Elle me lâche la menotte, se lève et marche au bigophone, lequel se trouve de l'autre côté du paddock, sur une table de chevet.

Juste qu'elle finit de contourner ma couche et qu'elle s'incline pour s'emparer du turlu, ton Sana bien-aimé (je l'espère du moins ?) opère un saut de carpe, prolongé par un ciseau. Mes chevilles enserrent le cou de la Noirpiote. Seconde secousse, et la môme se retrouve en travers du pucier, à suffoquer.

Je relâche mon étreinte sud et m'accroupetonne en tailleur auprès d'elle.

— Guéri ! jubilé-je (car je fête mon jubilé d'une façon très anticipée).

Elle se masse le cou en me défrimant.

— Qu'est-ce qui vous a pris ?

— Je ne veux pas de médecin ici ; nous sommes si bien, tous les deux ! Rassurez-vous, belle des belles, mais le Martien de vos laboratoires n'a pas eu l'opportunité de me pratiquer ces fameuses poses qui flanquent la migraine ; je suis dans une forme indicible. Avez-vous déjà fait l'amour avec un Français ?

Elle ne répond rien.

— Non, n'est-ce pas ? Alors, mon bébé tendre, l'occasion est unique et, pour tout dire, inespérée. Vous tombez sur un spécimen rare. Bon, résumons la situation : vous aviez pour mission, je gage, de me « neutraliser » pour me faire parler. Fiasco ! Cela dit, ça n'a aucune importance, ma chérie, vu que je n'ai rien à dire. Mon copain et moi débarquons dans ce sac d'embrouilles en toute innocence, et vos manigances ne sont que du temps perdu. Vous pouvez ne pas me croire, mais ce serait dommage.

Tout en jactant, je caresse négligemment son cou endolori, descends jusqu'à la naissance des seins, puis enveloppe ceux-ci de mes mains conquérantes (en conques errantes). Entre deux phrases, je pose mes lèvres sur les siennes, pas pour un baiser goulu, mais pour un simple effleurement agaceur, de ceux qui, tu le sais, titillent les sens.

— Vos collègues, sachant par le « photographe » que la petite séance a raté, se manifesteront dans un laps de temps que je ne saurais estimer. Mettons celui-ci à profit pour connaître l'ivresse, ma radieuse. Vous êtes belle et ardente, je suis ardent et salace, nous sommes donc faits pour en connaître davantage sur les lois de l'attraction terrestre.

Et poum ! j'ai suavement décroché son pantalon bouffant ! Là, faut se risquer avec précaution. Terrain miné ! Je joue « Patrouille dans la savane belge ». Aller plus loin risque de déclencher la monstre rebufferie !

La réaction sauvage ! Elle peut rameuter la garde, Peggy ! Dégainer un stylet de ses mignons harnais et me le planter dans la boîte à fou rire !

— Vous êtes belle comme un lever de soleil dans les Rocheuses.

Elle parle, dit comme ça :

— Les Rocheuses sont à l'Ouest.

— C'est juste, admets-je, donc vous êtes belle comme un *coucher* de soleil dans les Rocheuses, mon ange. Vous ressemblez à la panthère Cartier en métal noir. Votre souffle m'embrase. Si vous aviez l'obligeance de déplacer votre chère main de trente centimètres, vous pourriez alors palper le siège de mon émoi, constater que c'est pas du toc mais de la loupe d'homme surchoix. Le cœur de buis, en comparaison, n'est que pâte à modeler. Si je tarde à laisser l'énergumène dans sa niche, ce sera la mort de ma fermeture Eclair et je devrai tenir mon pantalon à deux mains pour quitter votre hôtel.

Elle a un sourire léger. J'en profite pour faire glisser son futal. Dedieu ! Ce slip blanc sur cette peau noire ! INTENABLE ! Est-il encore temps de stopper la manœuvre, Tonio ? Non, hein ? Le processus de baise est engagé, tu ne crois pas ? Ma pointe de non-retour est franchie. Rengainer son compliment à ce stade de l'opération ressemblerait à une déculottade (si je puis dire). Fonce, Alphonse !

Alors tu sais quoi ? Comment ? Faut pas y dire maintenant ? Les enfants ne sont pas encore couchés ? Qu'est-ce y z'attendent, bordel ! Tu vois pas qu'ils tombent de sommeil ! Amène ton esgourde, je vais parler bas.

Cette môme, je la place en position de Y majuscule

et je fourre ma tronche dans son bonheur du jour. Elle sent bon de partout, parole ! Je mordille l'étroit slip, avec précaution. Elle a pas la cressonnière à ressort, c'est curieux pour une Noiraude, non ? Tu penses qu'elle s'est fait défriser la chattounette aussi ? Ou alors, elle est métissée avec des infrisés, Sud-Américains ou autres, non ?

Ma manœuvre semble l'intéresser car je sens passer une sorte de courant électrique dans ses cuisses, un léger frémissement, un ondoiement, si tu vois mieux ? Tu vois mieux ? Bon, je suis content. Moi, j'enhardis, dès lors. *The finger !* En douce. Je passe le médius (il fait davantage d'usage étant plus long que ses voisins) sous l'étroite bande d'étoffe. La taupe cherche son gîte ! Le trouve sans peine et s'y engage courageusement malgré un début d'inondation.

Alors là, miss Peggy, la C.I.A., c'est plus son problo. La v'là qu'arque. Oh ! cette décarrade express, *my* neveu ! Le sang chaud (pansa) s'exprime. Du coup, trêve de slip, je le sectionne à coups de dents. Ça les impressionne toujours, les mômes ! Elles s'imaginent rempartées par ce bout de chiftire et, cric-crac ! l'ogre sanantonien se joue de la dérisoire barrière. Maintenant, à la régalade, Antoine ! Sus ! Suce ! Le môme clito à beau monter sur son ergot, plus rien ne saurait freiner la minouche victorieuse (non, je ne VEUX pas être de l'Académie française !). Je clape à tout-va, à tout ventre, à tous vents !

Miss Peggy s'attendait pas à un pareil déferlement. Bon, elle savait que ça existait, bien sûr, et quelques glandus lui ont déjà fait le coup de la langue pâteuse ; mais si piètrement ! Ploupe ploupe, juste pour dire, faire le malin, comme un qui cachette sa lettre :

plome plome ! Zéro ! Nib d'extase. A peine une friandise. Là, pardon du peu ! Elle a droit à la bouffe artistique intégrale ! Tout participe au repas du fauve : la menteuse, les chailles, les lèvres ! Elle est débigornée d'importance, mamz'elle ! Elle découvre loin ! Ça la met en roucoulance. Bientôt elle monte le son ! N'est pas loin d'appeler sa *mother* à la rescousse ! Elle griffe le couvre-lit, se tend, se tord, se disloque ! Et Mister Sana, faut le voir au labeur. Tu peux filmer, c'est tout bon. La manière péremptoire qu'il lui maintient les cuisseaux à l'équerre ! Bloqués des coudes ! Que pendant ce temps, ses mains cherchent Europun et Luxembourg (moi bien) de gauche et de droite sur ses loloches tendus à craquer.

Ah ! elle se gaffait pas d'une séance aussi épique, la mère ! On fait pas dans les batifolances, mais dans le sérieux. En baisance, il rejoint les bâtisseurs de cathédrales, le commissaire. C'est du costaud, comme au Creusot ! Le haut-fourneau de la pointe, Sana !

La voilà qui se chope un panard monstrueux ! A glapir pire que les renards et les grues ! Tout le palace doit effervescer. Y a des birbes qui demandent des explications à la réception. Elle en finit pas d'égosiller, pire que si on lui faisait prendre un bain de siège dans de l'huile bouillante.

Et puis enfin elle repousse ma tête à deux mains, avec énergie. En amour, c'est marrant, mais quand t'as franchi le mur de la jouissance, ça fait mal ! Interdiction d'aller plus loin ! Fin de section, tout le monde descend !

Bon, je la laisse gésir en travers du lit, morte de s'être trop donnée.

— Vous voyez, ma douceur, je murmure, ça, c'est

juste les hors-d'œuvre ; dès que vous aurez récupéré, on va passer aux choses sérieuses, Mister Popaul entrera en scène avec son équipement de spéléologue. J'espère, sans fatuité, que cette petite mise en action vous a plu et que vous êtes d'attaque pour le grand choc pétroleur.

Elle émet un gémissement puis, à grand-peine, se redresse. La voici qui se dirige vers la salle de bains. Elle titube, comme moi tout à l'heure. Mais ma pomme, c'était du bidon. Elle a les cannes fauchées, la chérie. Qu'est-ce que ce sera dans un peu plus tard, lorsque mam'zelle aura dégusté son infusion de chibre !

Pendant son absence, j'explore l'apparte. Vraiment vide de tout indice d'installation. On l'inaugurerait que ce serait pareil. Je me carre dans un bon fauteuil après avoir branché la télé. Mais y a trop de chaînes et qui toutes sont sans intérêt. La connerie multipliée donne le tournis.

Au bout d'un instant, je sectionne les programmes au lieu de les sélectionner. Un gentil tricotin s'obstine dans mon hémisphère sud. J'ai hâte de lui déplisser sa colerette à pafs, Peggy. La grimper cosaque, je m'en ressens farouche. Mon impatience fait croître mon désir, comme l'a écrit si souvent la chère comtesse de Paris dans son ouvrage fameux intitulé : « Les tribulations d'une poire à lavements ».

Elle s'éternise, ma Noirette. Je perds patience ; un si beau goume, faut pas le laisser dégonfler. Classique et lamentable histoire des soufflés qui poireautent.

Je traverse le dressinge en hélant :

— Peggy, mon petit cœur, vous venez ? La grosse bébête s'énerve.

Elle ne répond pas, et pour cause : elle a mallé, la

garce, par une petite porte ouvrant sur le couloir et qu'elle ne s'est pas donné la peine de fermer. Etant « démasquée », elle s'est esbignée. Logique. N'empêche qu'il reste avec sa belle bibite sous le bras, l'Antonio !

Je réclame après miss Peggy Ross à la réception, mais on me répond qu'elle est inconnue au bataillon. Je demande alors qui a loué la suite « Rose Bude », l'escogriffe de corvée m'assure qu'elle est disponible. A quoi bon insister. C'est la conjuration du silence. Motus vivandière, comme dit Béru, et bouche cousue.

Je regagne en taxi *Cheyennes Village*, songeant qu'une douche froide me débarrassera de cette bandaison qui me transforme en contrebandier de godemichets.

Je ne me doute pas, en déponant, qu'une des plus fortes émotions de ma vie m'attend.

Que dis-je ? LA plus forte.

Poor of us !

Nous sommes vraiment peu de chose. Et même moins que rien !

T'es là, dans ta peau, avec ton existence autour de toi, ton sang dans tes veines, tes pensées sous ta bigoudène, à vivre l'instant benoîtement, sans y penser. Et puis, avec une fulgurance salopiote, le destin tourne la page. Du coup, ta joie est anéantie, ta quiétude volatilisée, ta vie racornise, et c'est l'horreur.

L'horreur inattendue, éperdue, incoercible ! L'écroulage de tout et du reste. L'abominance hors raison, tu es déserté par ta foi, ton suc gastrique, tes rêves, ton appétit. Une douche froide, voulé-je, pour me calmer la queue ? Ah ! pauvre de Sana ! Celle qui t'attendait au motel est la pire de toutes.

J'entre, donne la lice.

Et vlan ! Plein cadre ! Pleine gueule ! Je suis énuclé par un atroce spectacle.

C'est si incrédulisant que me voilà paralysé, non : tétanisé, comme complaisent à écrire mes confrères de la confrérie.

Cauchemar ou réalité ?

Odieux mirage ?

A propos, tu connais celle du guide africain qui cicérone des touristes à travers le Sahara dans un car climatisé ?

Il dit :

« — Midames, missieurs, les gros palmiers qui tu vois devant nous, c'est pas palmiers, c'est mirage. Mon zami Mohamed, li chauffeur, va foncer didans pour ti montrer ! »

Mohamed accélère pour traverser le mirage. Hélas, le car est disloqué par l'impact. Dans les décombres, on entend la voix du chauffeur qui dit :

« — Mais qui c'est ci t'enculé qu'il a dit mirage ? »

Je te repose mes questions :

Cauchemar ou réalité ?

Odieux mirage ?

Oh ! Dieu, l'étrange peine.

Béru.

MON Béru. Là, sur le plancher, beau milieu, égorgé goret ! Son large cou sectionné d'une oreille à l'autre. On voit poindre son larynx dans l'horrible plaie. Ça a déjà séché, ou presque. Mare de raisin vernissée. Des mouches. Bleues : les plus belles. Sa pauvre gueule entrouverte sur ses chicots (chicots chicots par-ci, chicots chicots par-là). Grosses lèvres tuméfiées, exsangues. Il s'est défendu comme un fauve car il est esquinté de partout, le malheureux ; couvert de plaies, de bleus, de bosses. Roué vif, puis roué mort. L'égorgement n'a été qu'un dernier geste complémentaire : le coup de grâce ! Ses fringues arrachées, ses doigts écrasés, il a morflé horriblement, mon Mastar, mon Gravos, mon Mammouth ! Le voilà terrassé, tué malproprement, saccagé !

Je m'agenouille devant sa dépouille déshonorée par la cruauté aveugle de ses meurtriers (pour vaincre Béru, ils devaient être plusieurs !). Je le palpe doucement. On ne lui a rien dérobé, hormis la vie !

Tu t'imagines que je pleure, hoquette, hurle ?

Non, mon gars : *the* silence. Dans une épreuve de ce genre, tu la fermes.

Combien de temps s'écoule ainsi ? Impossible de te le préciser et tu t'en fous tellement qu'à quoi bon surmener ma mémoire ?

Bérurier est mort, assassiné comme Cyrano.

Cyrano ! Ce nom me galvanise comme si j'étais plongé dans du zinc fondu. Il était une sorte de Cyrano, dans son genre, Bébé Rose. Ma main continue d'errer sur sa dépouille, comme pour prendre congé d'elle.

Combien de fois déjà ai-je cru le perdre, tant il était gravement atteint, blessé à en crever, pensait-on ; et puis il s'en remettait. Son corps bâti à chaux de pisse et à Sable-d'Olonne finissait par prendre le dessus. Mais ce soir, c'est bien fini. Egorgé, exsangue, Alexandre-Benoît est bel et bien mort.

Au champ d'honneur !

Je me relève pour aller au téléphone et forme le numéro du lieutenant Mortimer. On me répond qu'il est chez lui à roupiller. C'est vrai qu'il y a plusieurs heures de décalotage horaire entre Washington et Denver, combien ? Deux, trois ?

— Donnez-moi son fil privé ! demandé-je.

— Impossible, nous n'avons pas le droit.

— Je suis un confrère français qu'il a fait venir de

Paris : le commissaire San-Antonio. C'est terriblement urgent.

— Je regrette.

L'acier, le béton, le cœur d'un marchand de bagnoles d'occasion seraient plus faciles à attendrir.

— Très bien, alors téléphonez-lui vous-même et dites-lui qu'il m'appelle immédiatement au *Cheyennes Village*, un motel de Denver.

— Il est trop tard pour…

Là, tu verrais et t'entendrais ton Tonio, mon pote !

— Qu'est-ce que ça veut dire « trop tard » ? Vous êtes de la C.I.A. ou vous vendez des aspirateurs, bordel ! Je veux parler à Dave dans les cinq minutes ! C'est pas une question de vie ou de mort : c'est une question de mort ! Vous m'avez compris ? Commissaire San-Antonio, *Cheyennes Village*, Denver. Si vous ne vous grouillez pas le cul, vous irez vendre des cannes à pêche dans le désert du Nevada avant la fin du mois !

Je raccroche.

Voilà.

J'espère que ma gueulante portera ses fruits. Je m'assois pour espérer plus confortablement.

***

— Allô, patron ?

— Oui, dites-moi ce que vous avez à me dire, San-Antonio, car je suis terriblement occupé ; s'il ne s'était agi de vous, je n'aurais pas pris la communication.

« Terriblement occupé, Achille ? »

— Elle est blonde, patron ? risqué-je.

— Non, brune. Mais qu'est-ce que vous me faites dire !

— J'ai une terrible nouvelle à vous annoncer, monsieur le directeur : Bérurier est mort !

— Allons donc ! Crise cardiaque ?

— Egorgement !

Je lui résume. Je m'attends à des sanglots, au lieu de cela je perçois des gloussements, ce vieux con est en train de perpétrer une Zouzou. Il lui folichonne la craquette pendant que je narre l'abomination. La fille fait des « Chilou, voyons ! Tu me fais mal avec tes ongles ! »

— J'espère que vous allez prévenir sa femme, fais-je, et téléphoner au lieutenant Mortimer pour les formalités de rapatriement. Si vous voulez bien retirer votre main de la chatte de mademoiselle et noter mon adresse… Motel *Cheyennes Village*, Denver, Colorado.

— Un instant, mon bizouillet bizouillard, dit le boss à sa pétasse.

Il n'a pas besoin de s'humecter le doigt pour tourner les pages de son agenda, le sagouin ! Pauvre cher Béru, flic d'élite, âme somptueuse, homme de courage dont la disparition laisse Achille superbement indifférent ! Ah ! que son noble sang versé retombe sur son supérieur sans cœur ! L'ingratitude est la plaie de l'humanité.

Je me tourne vers le pauvre cadavre. Se peut-il que cet être qui était un hymne à la vie soit à jamais immobile ? Se peut-il que ce semeur de pets se corrompe ? Que ce bâfreur s'asticote ? Que ce buveur se dessèche ? Que cette voix claironnante se soit tue ?

Je me courbe, non comme un fier Sicambre, n'ayant rien de germanique heureusement, mais comme un arbre forcé par le vent de la vie ! Ah, misère infinie ! Comme nous avons choisi un terrible métier ! Peut-on, d'ailleurs, appeler nos étranges occupations un métier ? A force de mettre sa peau en jeu, on finit par la perdre. Ça a été le tour du Gros aujourd'hui, ce sera le mien demain. La roulette russe est un exercice où l'on ne peut gagner qu'une seule fois. Celui qui continue d'y jouer est un homme mort !

Du temps s'écoule avec ma tristesse profonde. Je m'abandonne à une noire débâcle de l'âme. Le raisonnement tarde à venir.

Mais une nature poulardière comme la mienne retrouve automatiquement le chemin de ses pensées professionnelles. Je finis par songer, en fixant le corps, que ce meurtre ne peut être dû à la C.I.A. Pas qu'on se noie dans les scrupules chez les archers de Lincoln, mais un tel forfait va à l'encontre de leurs desseins.

Dave Mortimer, de toute évidence, croyait que Béru détenait un secret. Le fait que Jess Woaf ait prononcé son nom lui en donnait l'absolue certitude. Il aurait voulu le faire parler ; le mettre à mort réduisait à néant (comme on dit puis dans le polar : « réduire à néant », c'est très usité, très b.c.b.g.) ses chances de « l'interroger ».

Alors, qui ?

D'autres gens qui eux aussi croyaient le Gros détenteur d'un lourd secret et qui, au contraire de Mortimer, tenaient à lui clouer le bec d'urgence ?

Je suis là, perplexe sous ma tente de béton, avec mon Béru mort et mes chagrins, quand la porte s'ouvre brusquement. Un grand type en uniforme brun foncé, ceinturon, chapeau à la Baden Powell, étoile dorée sur la poche supérieure, entre de deux pas en brandissant une pétoire grosse comme une caméra vidéo. Un autre gus pareillement saboulé, pas mal asiatique, le flanque.

Le premier jette un regard dans le bungalow, avise le cadavre de Sa Majesté, ensuite le futur mien, et me lance :

— Restez où vous êtes et levez les bras !

Le nombre de fois que j'ai entendu cette belle phrase, au cinoche. Dialogue western dans toute sa splendeur ! Je me conforme et chope les nuages. D'être assis avec les brandillons dressés, je trouve que ça fait con. M'enfin, puisqu'on me le demande poliment, hein ?

Le shérif, puisqu'il faut bien l'appeler par son blaze, adresse une mentonnerie à son jaune acolyte. Celui-ci s'approche de moi.

— Debout ! me dit-il.

Job t'en perds.

— Mains au dos !

Faut savoir ce qu'ils veulent. Partant du principe qu'il est bon d'obéir au dernier qui commande, je main-au-dosse. Clic-clac ! C'est pas Kodak mais une paire de menottes.

— Messieurs, fais-je, permettez-moi de vous déclarer que vous allez un peu vite en besogne.

— Yellow, fait le shérif à son subordalterne, allez à la voiture dire qu'on m'envoie des renforts et qu'on prévienne les beaux messieurs.

Exit l'ancien Chinois devenu américain.

— Shérif, murmuré-je calmement. Je suis un officier de police français, de même que la victime. Au lieu de m'arrêter de but en blanc, vous feriez mieux d'écouter ce que j'ai à vous dire.

— Vous parlerez en présence de votre avocat, répond l'homme à l'étoile.

Il s'accroupit auprès de mon vieux Béru en prenant soin de ne pas marcher dans le sang et se met en devoir d'explorer ses hardes. Il en retire ces humbles choses qui personnalisaient si bien mon vieux copain : reliefs de boustifaille, papiers gras, photos froissées, tire-bouchon pliable, Opinel ébréché, bouton de jarretelle, préservatifs pleins de miettes de pain et de tabac (Alexandre-Benoît en avait sur lui pour rassurer ses conquêtes, mais étant surdimensionné du paf, il faisait seulement semblant de les « chausser »).

Le shérif dépose ses trouvailles dans des enveloppes de plastique tirées de ses nombreuses fouilles.

Ensuite il se dresse et s'approche des lits. Il découvre des traces sanglantes sur l'un d'eux : le mien ! Il rabat le couvre-pieu et alors on aperçoit un rasoir rougi sur le drap.

Il n'y touche pas. Se penche bas pour l'examiner.

— *Made in France*, murmure-t-il.

Il a un hochement de tête entendu et me regarde :

— Vous pouvez vous asseoir, déclare-t-il, presque courtoisement.

Merci de l'autorisation.

***

Il y a eu du monde, beaucoup de monde. Trop ! Des flashes en pagaille ! Toute une agitation quasi silencieuse.

Chose étrange, ces gens ne faisaient pratiquement

pas attention à moi. A peine m'accordait-on un regard dépourvu de curiosité. Chacun accomplissait sa tâche : l'Identité judiciaire, le légiste, le magistrat équivalant à notre procureur de la Raie publique, des poulets de la Criminelle.

Au bout d'un moment, ils m'ont fait grimper dans une grosse tire bleue et blanche, au pare-brise surmonté d'un fluo tricolore, avec le mot « Police » écrit en caractères géants de part et d'autre de la carrosserie. Trois poulardins m'emportaient, des armoires mâcheuses de gum, t'aurais cru des cervidés du Grand Nord en train de ruminer.

La sirène ! Pas d'erreur, je me retrouvais en plein feuilleton T.V. On traversait des carrefours à vive allure. Le centre de Denver ruisselait de lumières multicolores dues principalement à l'accumulation d'enseignes. J'apercevais des Noirs, sur les trottoirs, des obèses, des putes en manteau de fourrure synthétique.

A un moment donné, nous sommes passés devant la boîte de Charly. Dans le fond, je me bilais pas trop pour mon arrestation, sachant bien que je n'aurais aucun mal à fournir un alibi : on m'avait vu à ce restaurant, ensuite au *Colorado Palace* tandis qu'on bousillait Béru.

Ça été l'hôtel de police. Deux de mes escorteurs m'ont convoyé jusqu'à une volière où macéraient déjà des mecs camés, pleins de tics, et un chourineur à barbe de prophète hindou.

Assis sur un banc de fer scellé au sol, je me demandais ce qui avait incité le meurtrier à filer son rasif dans mon pageot avant de les mettre. Il n'espérait tout de même pas me faire endosser son acte grâce à une aussi lourde ruse. Seigneur, quelle nuit !

Le chourineur m'a demandé si je n'aurais pas une cigarette à lui offrir. Je lui ai répondu que je ne fumais pas, à l'exception d'un Davidoff, parfois. Il m'a alors fortement conseillé d'aller me faire sodomiser par un paratonnerre, déplorant de n'avoir pas un tesson de bouteille à dispose pour pouvoir me l'enfoncer dans l'oigne, et il a ajouté encore, en homme disert, qu'il aimerait me voir crevé à ses pieds, ce qui lui permettrait de me pisser sur la gueule.

J'ai pensé que c'était là bien des misères qu'une simple cigarette pouvait conjurer. Pour la première fois de ma vie, j'ai presque regretté de ne pas fumer.

Je pensais naïvement qu'on allait venir me quérir d'un instant à l'autre pour un premier interrogatoire, mais la nuit s'est écoulée sans qu'on s'occupe de moi. D'autres flics ont amené d'autres épaves, écume de la nuit, champignons vénéneux poussés sur le fumier du crime[1].

Le jour se faufile jusqu'à notre clapier. J'ai somnolé en pointillé, adossé à la grille qui m'a meurtri les côtelettes. Me sens lugubre des tripes, du foie, de la vessie et un peu de l'œsophage. Frustré, dépouillé de ma liberté. Grave atteinte aux droits de l'homme ! Pauvres droits de l'homme ! Utopie serinée de génération en génération. Doigt de Dieu, droits de l'homme. Dans le cul ! Perpétuel bafouement ! Tant qu'il en aura un, l'homme, et tant que « l'AUTORITÉ »

1. Une phrase de cette qualité prouverait si c'était nécessaire, que San-Antonio se doit d'être des nôtres le plus rapidement possible.

Paul Guth (de l'Académie française).

aura un pied, l'homme fera botter ses miches revêtues de droits-de-l'homme en fil d'Ecosse ou d'araignée.

Dis donc, elle est longuette, ma garde à vue. On vient chercher les camés. Ils sont ahuris, transis, avec des grands yeux de dessins animés (ceux du chat qui vient de s'assommer en voulant passer par le trou de la souris qui lui fait la nique).

Un peu plus tard, c'est le chourineur qu'on emporte. Comme il a la rancune tenace, il forme, avant de partir, le vœu qu'on m'arrache les testicules et qu'on emplisse de poivre rouge le cratère ainsi formé. Je le remercie d'un sourire.

Après son départ, je hèle un des gardes en train de souffler sur un gobelet empli de café chaud pour lui demander de me conduire aux chiches, qu'autrement je ne réponds de rien.

Il me dit O.K., mais il prend le temps de boire son caoua avant de délourder. Un autre gardien s'est joint à lui. Les deux hommes me font traverser le poste, lequel est hermétiquement bouclarès : fenêtres à gros barreaux, lourdes à grosses serrures. Dans le fond il y a une vague espèce de porte pas finie et c'est les chiottes, vu que ça fouette la merde et le désinfectant. On a l'obligeance de me l'ouvrir. Le panneau ne va ni jusqu'en bas, ni jusqu'en haut, si bien que tu aperçois la tête et les jambes de l'usager pendant ses prestations. Ça fait plus intime. Je libère mon pauvre cher corps ankylosé. Bon, ça aide à mieux réfléchir. Une flûte n'émettrait pas de sons harmonieux si elle n'était évidée.

Tout soudain, je pige des vérités en chaîne (d'arpenteur). Hier, la Peggy est venue nous exécuter son numéro du millionième client pour entrer en relation.

Elle s'est fait lever et emmener au restau afin qu'on puisse « traiter » Béru pendant ce temps. On a filé le rasoir (de marque française) dans mon lit pour donner plus de poids à mon arrestation. Si on ne me questionne pas, *c'est parce qu'on n'attend rien de mes déclarations*. On SAIT que je suis innocent. Cependant on me retient parce qu'on a besoin que je reste « off » un certain temps ! Voilà ! Tout cela est dans le bronze !

Chasse d'eau ! Le bruit le plus puissant de l'existence ! Bruit réparateur ; bruit d'absolution. L'homme, libéré de ses résidus, peut à nouveau se tourner vers l'avenir. Et c'est quoi, dans son cas organique « se tourner vers l'avenir » ? Eh bien, c'est se remplir, c'est manger. Il gagne quoi, l'homme ? Son pain ! Le plus formidable P.-D.G. ne dira jamais qu'il gagne sa Ferrari, son yacht, son pardingue de vigogne. Non ! Il gagne SON PAIN ! C'est-à-dire de quoi bourrer ses intestins. Ensuite il le défèque, son pain, l'homme. Et pourquoi le défèque-t-il ? Afin de retourner le gagner, comprends-tu ? C'est le cercle infernal. Le mammifère, homo sapiens compris, est un *boufchi*. Il bouffe, il chie. Point à la ligne. La fatalité du conduit ! Ça rentre, ça sort. Inexorablement. De la serviette de table au papier cul, pour marquer sa civilisance, l'homme. Sa seule différence avec l'animal : il s'essuie la bouche après avoir mangé, et rognasse après avoir dépaqueté.

J'en défrise en écrivant cela ? Tant mieux. La prose qui décoiffe, l'Antonio : tifs et poils confondus. J'horrifie. C'est chouette. Ces bouches culs-de-poule, à ma lecture ! Tous les convenables, les convenanceux, les cons venus ! Pouah ! Du Sana ! Ils avaient pas compris que ça leur était *prohibited* par leur esprit mesquin-bourgeois. Trop tard ! Ils ont mis le pied dedans et crotté la semelle de leurs principes.

Heureusement, j'ai mes féaux, mes potes, mes frangins : tous ceux qui connaissent, comme mézigo, les affres d'être informés et impuissants. Que notre ultime recours c'est de montrer le cul de notre âme en place publique, de compisser leurs conventions. La vessie est l'arme des protestataires. Pistolet à eau chaude. Alors on se retrouve, bite en main, mes aminches et moi, pression maximale : le jet d'eau de Genève ! On vise la connerie. L'arrose copieusement. Ça séchera, tu dis ? Bien sûr, mais il est inutile de vouloir lui faire du mal puisqu'elle ne peut pas mourir !

La porte se referme dans mon dos.

Je regarde mes anges gardiens.

— Y aurait pas moyen d'avoir un petit café ? demandé-je en montrant l'appareil distributeur.

— Vous avez un nickel ? répond le plus vieux des deux matuches.

Je fouille ma poche et lui présente une pincée de piécettes. Il en sélectionne une et va puiser mon caoua. Je songe qu'ils ne m'ont même pas fait les vagues. Rarissime qu'on emballe un petit malin soupçonné d'assassinat et qu'on le dépose simplement dans la cage à poules en compagnie d'épaves, sans avoir vérifié le contenu de ses poches ! Du jamais vu ! Sont-ce les méthodes ricaines ?

Je sirote mon café : de la flotte teintée !

Commence une nouvelle attente.

*
* *

On vient enfin me chercher dans le milieu de l'après-midi.

Mon estomac crie famine et j'ai des fourmis dans les paturons. Deux « civils » du genre débonnaires : un gros avec un nœud papillon et un chapeau mou, un jeune portant un jean et un blouson de cuir.

— Venez avec moi ! me proposent-ils.

Je m'apprête à leur présenter mes poignets, mais il n'est pas question de menottes. On déambule à travers les larges couloirs de la Maison Pébroque de Denver. Le blousonné siffle une chanson de la mère Madonna, les mains aux poches, ce qui soulève son blouson et permet d'admirer la crosse du feu que l'aimable garçon coltine sur sa hanche. Le gros au chapeau m'assure qu'il fait un « tout à fait beau temps », ce qui met le comble à mon allégresse.

On se biche un ascenseur en acier pur fruit et on finit par débarquer dans un vaste bureau abondamment vitré où pousse dans un pot le drapeau américain. Ils en font la culture ici, et doivent bien les arroser car ils sont forts et pimpants.

Trois personnages devisent autour d'une table basse en ébène à poil ras. Un homme aux cheveux précocement blanchis, avec une gueule de Sioux converti, le brave lieutenant Mortimer et – cramponne-toi à la fermeture de ta braguette –, le Vieux !

Parfaitement ! Achille en personne, rupinos dans son blazer bleu croisé, orné d'un flamboyant écusson britannique.

Si je m'attendais à trouver le dirluche ici ! Et moi

qui le traitais de traître, d'ingrat, de bas fumier ! Il a sauté dans un zinc en apprenant l'assassinat du Gros. Oui, il a fait ça, le Superbe ! A tout plaqué pour bondir par-dessus l'Atlantique.

Des larmes me viennent.

— Patron ! balbutié-je. Comment vous exprimer…

L'émotion m'étouffe.

Il se lève et m'accolade spectaculairement devant les Ricains.

— Vous ne pensiez tout de même pas, Antoine, qu'après la terrible nouvelle de cette nuit, j'allais rester dans mon bureau à me faire…

Il a un hochement de tête nostalgique.

— Et cependant, Antoine, Dieu sait qu'elle est belle, la garce ! Un camaïeu ! Dans les tons cuivre rouge. Bronzée. Taches de rousseur. Chevelure blond cendré. Yeux noisette. La chatte en furie ! Vous verrez la bête ! N'en reviendrez pas. Je l'ai eue au charme de ma conversation.

Puis, réagissant :

— Dans les cinq minutes ma décision a été arrêtée : je venais. Longue conversation avec le bon Mortimer, et puis l'avion. Changement à New York. Me voici ! J'arrive à Denver pour apprendre votre arrestation. Je bondis ! Rameute ! Qu'est-ce à dire ? Vous, assassiner aux Etats-Unis ce con de Bérurier que vous avez sous la main à longueur d'existence ! Votre meilleur élément, presque votre ami ! Attention : pas de ça, Lisette ! Et me le tuer comment ? En lui tranchant la gorge ! C'est un crime de souteneur arabe d'avant-guerre, ça ! Vous, LE commissaire San-Antonio ! Avec un rasoir ! C'est comme si moi je mangeais le poisson avec un couvert à gâteau !

« Mortimer arrivé à la rescousse intervient, vous fait relâcher. N'est-ce pas, lieutenant, qu'il est libre ? Ah ! vous voyez, Antoine, Mortimer en convient : maldonne ! Autant pour eux ! J'espère, lieutenant, que vous allez déclencher le plan *number* ouane pour éclaircir cette sombre affaire qui se greffe sur l'autre. Vous réclamez la venue à Washington d'un de mes guerriers d'élite, je vous l'envoie ; vous commencez par lui confisquer son passeport et le surlendemain de son arrivée, on me le zigouille ! Sont-ce des façons, lieutenant ? J'entends qu'on trouve son meurtrier coûte que coûte. Je réclame vengeance, moi, mon cher Mortimer. Au nom de la Police française. Que dis-je : au nom de la France ! J'ai téléphoné au président avant de partir : il était outré.

« Bon, maintenant, je dois rejoindre la veuve Bérurier qui m'attend à l'hôtel, pour la conduire à la morgue voir la dépouille de son cher mari. »

— Comment ! m'étonné-je, Berthe est ici ?

— Dès qu'elle a su la nouvelle, elle a voulu venir. Requête légitime, non ? Je compte sur vous, Mortimer, pour faire activer les formalités de transfert du corps. Nous entendons qu'il soit inhumé en terre normande, dans le caveau familial des Bérurier.

Le directeur de la police de Denver prend la parole pour nous proposer de mettre l'un de ses seconds à notre disposition, ainsi qu'une voiture. Achille accepte avec grâce, comme si c'était lui qui accordait une faveur.

Chose amusante (si l'on peut dire), Chilou est descendu au *Colorado Palace*, l'hôtel où m'a conduit la mystérieuse Peggy.

Dans le hall immense, aux fortes colonnes de marbre, une surprise m'attend.

De taille !

Dans un coin du salon en forme d'archipel, qu'avisé-je ?

Tu donnes ta langue ?

Donne !

Pouah ! non ! Elle est trop chargée.

Se trouvent assis en carré : Berthe, la belle personne aux tons cuivrés mentionnée par le Dabe, Pinaud et Jérémie Blanc.

De saisissement, j'en laisse pendre ma queue !

— Mais, patron, vous ne m'aviez pas dit…

Achille aux pieds légers sourit.

— Eh oui, vos hommes ont voulu venir chercher leur camarade mort au champ d'honneur, mon pauvre Antoine. C'est cela une véritable équipe : soudée jusque dans la mort !

Bertaga s'est levée en ahanant de son fauteuil club. Jupe grise, corsage noir, pas de fards : *the* veuve ! Dramatique, pathétique ! Elle me saisit par le cou, me roule une pelle en chialant comme vache qui pisse.

— Antoine ! O mon Antoine ! Un destin si tragique ! Quelle infortune ! Cet être d'exception ! Un sexe pareillement surdimensionné ! Son indéfectible gentillesse ! Ses vents qui gonflaient les voiles de notre couche matrimoniale ! Disparus ! Envolés ! Fumée ! Ah ! la cruauté du sort ! Mais où Dieu a-t-il la tête, parfois, pour permettre de telles vilenies !

Je lui tapote les bourrelets du dos en prononçant des mots de réconfort parmi lesquels : *courage, force d'âme, il voudrait que vous soyez forte !* La lyre. Je suis confusément intrigué par le parler fignolé de la

Baleine. La peine édulcorerait-elle son langage ? Le fin Pinuche qui comprend ma surprise, me souffle à l'oreille :

— Depuis quelque temps, Berthy est la maîtresse d'un poète de son quartier, un vieux type qui a écrit une plaquette de vers intitulée : *Ecoute mon cœur et lis dans l'infini* ; très belle œuvre en alexandrins, hugolienne d'inspiration.

Mais le Vieux me happe :

— Antoine, venez que je vous présente Mlle Amélia, la grande rencontre de mes derniers beaux jours.

La môme me zoome franco de port ! Direct du producteur au consommateur.

Je dois puer le renard après cette nuit passée dans la cage à poules de l'hôtel de police. Ma barbe a poussé et mes fringues sont froissées comme un brigadier des gardiens de la paix qu'on vient de traiter de con ! C'est un recruteur idéal pour ma pomme, Chilou. Le rabatteur de rêve. Il sélectionne du beau linge, l'emballe et... me le présente.

La dame dit bonjour et je fais le reste. Le Big est indupe, mais dans un sens, ça l'arrange. Lui, le carat venu, c'est moins une épée, que veux-tu. Sorti de la minette gloussée, il lui reste plus que des restes. A peine présentables ! Alors que son plus fringant collaborateur apporte une embellie à ses frangines, dans le fond, ça rejaillit sur lui. Il en a indirectement le mérite, comme s'il baisait en play-back.

J'envoie mon message codé à la cuivrée. Elle l'encaisse cinq sur cinq, m'en accuse réception. Ce sera pour « dès que possible », elle et moi, sitôt que la conjoncture le permettra, promis-juré.

Maintenant, ce sont mes deux aminches : César et

Jérémie qui me gratulent. Mes derniers ! Béru disparu, c'est sur eux deux que je vais déverser ma tendresse. Pinaud pleure.

— L'être que nous avons perdu est irremplaçable ! murmure-t-il. Il semblait avoir beaucoup de défauts, mais quand tu les regardais de près, tu découvrais qu'il s'agissait en fait de qualités rares.

Bel éloge funèbre. J'opine, le corgnolon bloqué par l'émotion.

M. Blanc, à son tour, déclare :

— Je croyais que je ne l'aimais pas beaucoup, mais comme la vie est triste sans lui ! Pinaud m'a offert le voyage pour venir chercher sa dépouille. Je suis soulagé d'être là.

Ah ! les gentils !

Chilou qui taille bavette avec l'homme de la Poule déclare :

— Il est temps de nous rendre à l'institut médico-légal, mes amis !

Et on s'entasse dans l'immense limousine garée devant le palace.

Toutes les morgues se ressemblent. C'est vaste, carrelé, froid et plein d'une sale odeur douceâtre.

Nous commençons par bivouaquer dans un salon d'attente dont les sièges tubulaires ajoutent à l'aspect glacial des lieux.

Le poulaga cicérone part s'informer.

Berthe soupire, les yeux baissés :

— Ça ne va pas être simple de refaire ma vie après la disparition d'un tel époux ! Les partis ne me manqueront pas. Vous pensez : une femme jeune et jolie, dotée d'une pension confortable, voilà qui ne court pas les rues. Si je vous disais : lorsque M. le directeur m'a informée, hier, de la funeste nouvelle, je me trouvais en compagnie d'Aristide Boglant, mon poète. Imaginez-vous que cet être pourtant tourné vers les nuages m'a immédiatement déclaré qu'il m'épouserait sitôt révolus les délais légaux. Cette profession d'intention m'a presque choquée. « De grâce, mon ami, ai-je protesté, laissez au moins refroidir le corps de mon époux ! »

« Ah ! je vois se profiler le cortège des soupirants : Alfred, le coiffeur, comme premier de cordée. Aristide, qui a déjà pris date. Et M. Lanture, notre voisin du troisième, qui est veuf. Eugène Montgamin, l'orthopédiste du quartier. Le brigadier Bauchibre. Samuel Rosenbaum, mon fourreur de la rue des Rosiers. M. Finfin, le restaurateur du *Rendez-vous des Auvergnats*. Amédée Gueulasse, le garagiste d'Alexandre-Benoît, avec sa pine pleine de cambouis à force de la montrer à tout propos aux clientes. Le docteur Bézu, mon gynéco. Le fils Malandrin, que la mère fait teinturière, rue Rambuteau. Francis Lamotte, l'assureur-conseil. Amadeus Wolfgang Durand, le commis de la pharmacie du Cygne Vert.

« Et aussi Florent Goumi, Agénor Pradel, Sauveur Nazeaux, Riquet Malbuisson, Xavier Dulard, Paulo Faïsse, Jean Peuplut, Moktar Belkassem. Loïc Van de Pute, André Durosier, Abel Hélabaite, Claude Lapoche, Raphaël Trou, Nicolas Sornette, Hans Dupanié, Jean-Paul Belmond (d'Hoche), Adrien Locdu, Félicien Torchetois, et puis encore : Maumau, Riton, Ziquet, Fanfan, Lulu, Dédé, Milou, Tintin, Bibi, Paulet, Nono, Riri, Léo, Quiquette, Manu, Ludo, Cloclo, Babou, Zidor, Théo… »

En état d'hypnose, la Gravosse ! Braquée sur son avenir, elle passe une revue infernale de tous les gueux qui l'ont tirée et qui vont postuler à la succession d'Alexandre-Benoît. Le roi est mort, Berthe se cherche un prince consort pour l'aider à assumer la régence.

Belle preuve de vitalité, sinon d'amour.

Retour de notre mentor.

Un hermétique. Grand diable blondassou à l'expression ennuyée. Le Big a eu raison de nous l'affecter, il semble parfaitement apte à mener à bien ce genre de besogne.

— Un petit instant encore, s'excuse-t-il, le médecin légiste a terminé l'autopsie et… heu… on veille à rendre Mister Bérurier présentable.

Effectivement, cinq minutes plus tard, un gonzier en blouse verte vient nous chercher.

Notre cortège s'achemine jusqu'à une sorte de petite chapelle (une croix immense fixée au mur donne cette impression de chapelle) au centre de laquelle se trouve un cercueil opulent posé sur deux tréteaux. La partie supérieure de la boîte à osselets est vitrée, livrant une vue imprenable sur le buste de l'occupant. Le cher Béru repose sur un oreiller de satin. On a entortillé de la gaze à son cou et mis un bandeau adhésif sur sa tête pour maintenir fermée sa boîte crânienne qui a été sciée.

Une morbide curiosité m'empare : il ressemble à quoi, le cerveau d'Alexandre-Benoît Bérurier ? Un bloc de pâté de foie ? Un casque de scaphandrier ? Ou bien à une noix desséchée ? Je voudrais m'enquérir, mais auprès de qui ? Le légiste vaque à d'autres macchabées et je n'ai pas qualité pour réclamer son rapport.

A travers la fenêtre, il est touchant, le Mastar. L'air d'un gros petit garçon hydrocéphale. Une grande gentillesse transparaît sur ce visage boursouflé, trognu, mafflu, rubicond, aux couleurs mal éteintes par la mort et l'exsanguination. Il était brave, Bérurier, intrépide, plein d'un rude bon sens. Il aimait baiser, boire et manger. Il avait la force de Jean Valjean, la gaieté de Gavroche, l'intransigeance de Javert. Il allait bien à la vie, parce que la vie lui allait comme un gant de boxe ! Il s'y sentait à l'aise comme dans une paire de charentaises. Il punissait les méchants, enfilait les gentilles, donnait aux pauvres, sans prendre aux riches. C'était le chevalier Gras-Double, mais je ne l'aurais pas échangé contre le chevalier Bayard.

Il avait la plus belle queue de la police française ; réussissait les pets les plus puissants de ce siècle, depuis le pétomane (que Dieu ait son anus !). C'était le Français qui pissait le plus loin, tellement il disposait d'une pression impétueuse. Il ne parvenait pas à licebroquer d'un trottoir sur l'autre des Champs-Elysées, mais de la rue de Rivoli, si !

« Seigneur ! Puisque Ta volonté a été de nous reprendre cet être d'exception, accorde-lui une place de choix dans Ton saint Paradis Latin. Fais-moi un élu de ce cher gros connard, ô Seigneur. Ne le mets pas à Ta Droite, parce qu'il fouette des pinceaux, mais juste un peu plus loin. Amen. »

La faible assistance est recueillie, pleurante, à l'exception de la jolie personne cuivrée qui n'en a rien à secouer.

Le visage de Berthe ressemble à une pissotière sous la pluie. Elle voudrait parler, le chagrin la muettise.

Elle essaie, mais coaque de la clape. Elle se couche sur le cercueil en sycophandre veiné et plaque d'énormes baisers gluants, enrichis de morve, sur la lucarne.

Il a l'air télévisé, le cadavre du Gros. Image fixe. Image de fin. Plus qu'à lancer le générique. « C'était Bérurier Story », conçu et réalisé par ses parents. Le rôle de l'épouse était interprété par Berthe Bérurier, ceux de ses fidèles compagnons par San-Antonio, César Pinaud, Jérémie Blanc. Dans celui du Vieux : Achille, dit Chilou, dit le Tondu, dit le Scalpé. Une production « La Vie ».

Adieu, Béru !

Dave Mortimer a beau être « très bien », je lui garde un chien de ma cheyenne. S'il n'avait pas réclamé la venue du Gros aux States, mon pote serait toujours en vie.

Cela dit, il a facilité tout le bigntz, le lieutenant. Zob pour les délais de ceci-cela, la paperasserie, le reste. On a placé le cercueil de bois dans un autre de zinc, et fouette cocher ! A présent, on assiste à la mise en soute. Il a organisé un semblant de cortège officiel : quelques personnages inconnus, compassés, bien qu'ils mâchassent du chewing-gum et, tiens-toi bien : un drapeau français sur le cercueil. Y a même deux policiers en uniforme d'apparat au garde-à-nous, de part et d'autre du sarcophage béruréen. Tout juste qu'il a pas convoqué le Philharmonique de Boston pour nous gratifier d'une solide *Marseillaise* !

Mais bon, on souscrit à ces démonstrations officielles. Jeu du serrement de paumes. On nous drive à la passerelle des *first* et nous prenons place en priorité dans l'avion. Ultimes condoléances. Il promet de tenir Chilou au courant du développement de l'enquête, Mortimer. Bon baisers, adios, salutations au Président

Bush ! De même chez vous : il n'a pas bonne mine, ces jours.

Berthe est installée au côté de Jérémie Blanc ; moi à côté de Pinuche, et le Vieux auprès de sa donzelle. La veuve dit combien c'était émouvant, ce départ du cercueil entouré de hautes personnalités américaines, avec le drapeau français, la « troupe ». On sent que la chose va prendre de l'ampleur dans ses futurs récits. Cela va devenir une cérémonie sous l'égide du Président des Etats-Unis en personne, avec le cercueil posé sur un affût de canon et plusieurs détachements de l'armée U.S. rendant les hommages. Nous sommes tous les transis de l'imaginaire, les délirants du rêve éveillé.

Elle dit :

— Mon Béru aurait été fier d'assister à ça ! Vous croyez à une survie, vous, Jérémie ? Il est vrai que vous êtes nègre et que chez vous on meurt pour tout de bon, n'est-ce pas ?

— Comme les animaux, en effet, dit M. Blanc, pince-sans-rire.

— Naturellement, approuve Berthe, et pourtant vous êtes des hommes, dans votre genre, n'est-ce pas ?

— Nous avons l'outrecuidance de le penser, admet Jérémie.

Elle glousse :

— Et d'en ce qui vous concerne, vous êtes même franchement bel homme.

— Merci du compliment.

— Ce qui est formidable, ce sont vos muscles si durs ! poursuit l'ogresse.

Sa main doit se promener sur le pantalon de Jérémie (je perçois un glissement) car elle commente :

— Ecoutez, des cuisses pareilles, on jurerait du bronze. Si le reste est à lavement, mon cher, vous devez donner beaucoup de bonheur aux dames.

— Mon épouse ne se plaint pas, répond chastement mon *black* pote.

Il se penche dans l'allée centrale et me chuchote :

— Elle est chiément pute, cette vache ! J'ai déjà vu des pétasses chiées, mais aussi chiées qu'elle, jamais ! Tu crois que je vais pouvoir tenir le coup jusqu'à Paris en me laissant caresser les roustons ?

— Essaie de la supporter au moins jusqu'à New York, exhorté-je. Là-bas, on quitte le groupe organisé, toi et moi ; elle branlera Pinuche pendant le reste du voyage : les cas désespérés sont les cas les plus beaux.

— Et pourquoi quittons-nous les amis ?

— Pour retourner à Denver, grand. Mon enquête n'a pas encore commencé.

— Nous sommes partis en même temps que les autres pour donner le change ?

— Affirmatif ! comme déclarent les cons et les soldats. Ces Ricains de la C.I.A. ne me disent rien qui vaille. En les laissant croire que je décrochais, j'acquiers une liberté de mouvement indispensable et je retourne dans le Colorado, bien décidé à découvrir le fin mot de ce circus. Tu es d'accord pour m'accompagner ?

— Tu parles ; ça me surprenait aussi que tu laisses tomber le morceau aussi facilement, ce n'est pas ton style.

Il reprend sa position habituelle.

On décolle. Berthe murmure :

— Jérémie, sans vouloir empiéter, c'est pas votre pistolet ce que je sens sous mes doigts ?

— Non, convient le Noirpiot.

— Ah ! bon ! fait-elle, rassurée. Vous ne pensez pas qu'on devrait demander des couvertures à l'hôtesse pour se mettre sur les jambes ? Ils ont dû mal fermer un n'hublot : je sens des courants d'air.

Jérémie assure que tout est O.K., mais elle insiste :

— Je vous affirme qu'on s'enrhume par les jambes, mon chou. Laissez-vous dorloter ; c'est pas quand on éternue qu'il faut aller s'acheter un mouchoir.

Elle appelle l'hôtesse et obtient gain de cause, grâce d'ailleurs au Noirpiot qui parle anglais à ne plus en pouvoir.

Tandis que la Bérurière se livre à ses louches entreprises dont j'entrevois distinctement l'issue, j'éveille tendrement Pinaud-lapinuche dont les ronflements concurrencent le bruit des réacteurs.

— César, comment se fait-il que tu te sois trouvé à Paris à l'annonce du décès de Béru ? Je te croyais en train d'enquêter en Normandie, comme je te l'avais demandé.

— Je m'apprêtais à m'y rendre, mais j'ai eu l'idée de questionner Berthe sur la famille du Gros afin de mieux diriger mes investigations. Il m'intéressait d'avoir la liste des parents encore vivants de notre pauvre ami : oncles, cousins, etc. Et c'est pendant que je me trouvais chez elle que la terrible nouvelle est arrivée !

Le Fatal déploie son mouchoir grand comme une toile de parachute ascensionnel et y dépose des larmes, de la chassie, et un rien de morve liquide.

— De le savoir raide dans la soute de cet avion me

tue, Antoine. Je crains de ne pouvoir lui survivre longtemps car il insufflait aux autres son amour de la vie. Cher Alexandre-Benoît ! Il faisait des projets d'avenir. Il rêvait, lorsqu'il aurait été à la retraite, de se lancer dans le commerce. Il voulait ouvrir une lingerie-charcuterie, tant il raffolait des froufrous et du cochon ! Te souviens-tu de lui, pratiquant quelque luronne ? Ou bien à table ? Ou les deux à la fois, Antoine ?

« Tiens, je me le rappelle un soir, dans une auberge de Sologne où nous avions débarqué tardivement. La patronne fermait. Elle a bien voulu nous accueillir et nous préparer un repas. Accorte personne, bien en chair, rieuse. Pendant que nous mettions à mal son plateau de charcuterie, elle est venue bavarder avec nous. Bien sûr, le Gros lui a envoyé la main sous les jupes. Comme elle n'était pas déconcertée, la chère femme, il l'a prise sur la table, au milieu de la boustifaille. Il la sabrait à la romantique, avec son énorme membre qui tant ravissait ces dames. Elle criait de plaisir et lui, content de ce bonheur qu'il donnait, continuait de manger.

« A un certain moment, il s'est même coupé une tranche de pâté et l'a étalée sur son pain sans interrompre son va-et-vient. Il lui parlait en mastiquant. J'entends encore sa bonne voix : " Tu grimpes au fade, Ninette ? Tu la sens venir, ta béchamel d'amour ? Attends que je te ralentisse l'extase. Je rétrograde, pas te mouliner le trésor trop fort. Comme ça, t'aimes, ma frivole ? Ça t'agace bien la glandaille ? A la Roméo, mon trognon. Je t'embroque Valse de Vienne ! C'est du Strauss que t'as dans les miches, ma poulette ! Du gros Strauss calibre travailleur de force ! »

« Il savait leur parler, le bougre. Il avait son vocabulaire bien à lui, des manières pas toujours orthodoxes, mais il enfilait comme un seigneur, ce soir-là, en Sologne, Antoine, la bouche pleine de pâté de lièvre. Il était un peu trop assaisonné pour mon goût, le pâté, mais pour Béru, c'était jamais suffisamment corsé. Il aurait mangé des piments rouges en croyant qu'il s'agissait de pralines ! »

J'ai idée que Dalle Mortimer a fait le grand jeu au dirlo, car une hôtesse vient lui dire que le commandant de bord serait honoré de l'accueillir dans le poste de pilotage.

Ravi, le vieux paon s'empresse.

Du coup, je prends sa place auprès de la belle fille cuivrée. Je coule un regard en chanfrein au tandem Berthe-Jérémie. Y a du brouhaha sous la couverture. Ça s'agite vilain, comme si Berthy tenait un lapin par les oreilles au-dessus de la braguette du Négro et que le mammifère lagomorphe rebiffe des quatre pattes. Il paraît rêveur, Jéjé. Ses deux sulfures font les boules de loterie en cours de tirage dans la sphère. La veuve est en train de lui assaisonner une salade de phalanges pas triste.

De l'autre côté de leur travée, une dame japonaise suit l'opération de son regard en trous de pines. Elle ne semble pas surprise, à peine intéressée. C'est une pratique qui n'a pas cours, au pays du Soleil Levant : les mâles y ont des trop petits bistounoches, gros comme des noix de cajou. A saisir délicatos entre pouce et index ; même les gallinacés leur font la pige, question dimensions. Alors tu penses, la mère Yamamoto, elle peut pas cerner la vérité. D'autant que le braque de Jérémie est plus grand que son époux !

— Vous me permettez de faire l'intérim ! je demande en m'asseyant auprès de la nouvelle élue d'Achille.

Sourire vorace du sujet.

— Oh ! oui, fait-elle avec tellement de sous-entendus que j'en rougis jusque sous les bras.

— Vous connaissez l'histoire du type qui secoue un tapis sur son balcon ? Il y a un fort coup de vent et le bonhomme bascule dans le vide. Il a juste le temps de saisir un barreau. Mais ses doigts glissent et il va s'écraser six étages plus bas.

« — Au secours ! crie-t-il. Est-ce que quelqu'un m'entend ? »

Une voix retentit :

« — Oui, moi. »

« — Qui Ça ? »

« — Dieu ! N'aie pas peur, lâche ce barreau, je te doterai alors d'ailes qui te permettront de voler jusqu'en bas. »

Le type réfléchit un quart de seconde et se remet à hurler :

« — Est-ce que quelqu'un d'AUTRE m'entend ? »

Ça ne la fait pas marrer. Intelligence au-dessous de la ligne de flottaison, la Cuivrée. Mais comme ce qui m'intéresse chez elle se situe également dans cette région, je pose ma main sur ses cuisses.

— Tu as du charme, lui susurré-je, et c'est ce qui fait ton charme !

Là elle rit. C'est fin, tu comprends, racé, spirituel.

— Vous allez vite en besogne, dit-elle.

— Sauf quand je suis à l'établi, alors là, je ralentis un max. Va aux toilettes poser ta culotte et demande toi aussi une couverture à l'hôtesse, qu'on puisse s'exprimer avec discrétion.

— Mais Chilou va revenir !

— Lui ? Bien trop heureux de se pavaner avec le personnel navigant ! On ne le revoit plus avant New York où il prétendra avoir posé tout seul le Boeing.

Elle a un long sourire de levrette, quitte son siège en me balançant dans les naseaux, au passage, une bouffée de « 5 » de Chanel, intense comme le nuage de Tchernobyl.

Les adieux furent brefs.

Nous prîmes chacun notre bagage à main, Jérémie et moi, et nous nous dirigeâmes vers les vouatères. Un simple clin d'œil à Achille, un autre à Pinuche. Rien aux deux femmes. Sobres ! Qu'à quoi bon attirer l'attention ? Le dirlo prévint les services d'embarquement que nous ne prendrions pas le vol Air France sur lequel nous étions inscrits, afin qu'il n'y ait pas ces appels des derniers instants qui rameutent tout l'aéroport.

Une fois aux chiches, compartiment gentlemen, je conseillai à M. Blanc de profiter de l'eau chaude disponible pour débarrasser son bénouze des traces de foutre consécutives aux manœuvres de la veuve Bérurier.

Il me remercia et m'invita... à procéder de même, nos ébats sous carouble avec la « Cuivrée » ayant également laissé de fâcheuses virgules sur le mien. Nous nous refîmes donc de concert une virginité, ensuite de quoi, nous sortîmes en catiminet afin d'aller acheter des billets pour Denver.

Nous y parvînmes au milieu de la nuit, après avoir beaucoup dormi dans le zinc du retour.

Nous laissâmes nos deux valdingues dans une même consigne de l'aéroport et frétâmes un taxoche à qui je confiai la périlleuse mission de nous conduire à une taule appelée *Blue Mountain*. Ma demande n'eut pas l'air de le mettre en liesse.

Comme j'avais le bras gauche appuyé au montant de sa putain de portière, il demanda :

— Elle est en or, votre montre ?

— C'est du moins ce que prétendait le bijoutier de la rue de la Paix qui me l'a vendue, oui. Pourquoi ?

— Si j'ai un bon conseil à vous donner, mec, ce serait de l'ôter de votre poignet pour la mettre dans votre chaussette, sinon des malins vous l'arracheront pour la glisser dans leur poche !

— Nous allons dans un coupe-gorge ?

Il haussa les épaules :

— Plutôt un coupe-bourses.

— Qu'entendez-vous par bourses, l'ami ? Celles qui vous pendent au cul ou celle qui contient vos dollars ?

Il me regarda d'un air indéfinissable, haussa les épaules et nous fit signe de grimper dans son tas de ferraille. Sur la photo ornant son compteur, il semblait avoir une sale gueule, mais c'était parce qu'on avait dû la prendre le jour où il avait bouffé des moules pas fraîches ou celui au cours duquel il avait surpris sa gerce en train de se faire embroquer par une bande de Portoricains poivrés.

— Bon, alors explique ? demanda Jérémie en bâillant.

— Nous allons à la recherche d'une pute, dis-je. Cette radasse est la frangine des deux jumeaux, sosies de Bérurier. J'aimerais l'interroger à propos de ses étranges frelots.

— Tu penses bien que les gens de la C.I.A. ont dû s'en charger !

Je haussai les épaules.

— Tu sais, après la moisson, il reste toujours des épis de blé à glaner. Je vais même te faire un aveu : je ne déteste pas questionner des gens qu'on a déjà passés sur le gril : ils sont sonnés et donc plus faciles à dénoyauter.

Le quartier où nous crache le chauffeur, t'aimerais sûrement pas y passer tes vacances.

Il ne s'agit pas de venelles tortueuses et obscures, style *Mystères de Paris*, d'escaliers lépreux, d'enseignes borgnes, de rebuts pestilentiels évoquant une grève prolongée des éboueurs parisiens. Non, à toute première vue, c'est des rues larges et géométriques, bordées d'immeubles de six étages. Mais ce qui déconcerte assez vite, c'est la faune bizarre qui déborde des trottoirs et palabre sur la chaussée.

Quand une bagnole s'amène, les « fauniens » mettent un moment à s'effacer pour la laisser passer. Les *colored* sont en écrasante majorité : des Noirs, des Jaunes, des bistres avec, franchement, des accoutrements et des frites pas pensables. Impossible de trouver un visage dépourvu de cicatrices, des bras sans tatouages, des coiffures qui ne soient taillées en haute brosse, teintes de couleurs vives ; ou alors rasées en ne laissant comme échantillon, qu'une natte, une crinière de uhlan ou une couronne de moine moyenâgeux. C'est plein de drogués avachis sur les trottoirs et qui tirent silencieusement sur des joints, de putes pareilles à des baraques foraines, tant elles rutilent sous leurs fards fluorescents et les paillettes strasseuses de leurs vêtements.

Il y a des marchands de saloperies en plein air, malgré l'heure tardive, des alcoolos hébétés, des clodos qui amorcent des fornications publiques. J'en avise un, pas bégueule, qui se taille un rassis, acagnardé au capot d'une DeSoto antédiluvienne.

— Moi, je ne vais pas plus loin, nous avertit le *taxi driver*. Quand vous traversez cette garcerie de rue, vous atteignez l'autre bout avec des creux dans la carrosserie et de la merde plein les vitres !

Je le cigle et on descend de sa charrette fantôme pour plonger dans la populace.

Ici, les regards sont énormes, jaunes et hostiles. Ils vous « soupèsent », vous assèchent la gorge. Ames sensibles s'abstenir.

Notre bahut enquille une *street* perpendiculaire et disparaît ; bon, on se met à déambuler pour tenter de repérer le claque de Nancy Woaf. On se partage la besogne et chacun explore un côté de la rue. Au bout d'une ou deux centaines de mètres, Jérémie me lance un coup de sifflet de sa façon, lequel reproduit à s'y méprendre le criaillement du toucan bleu quand il est en rut.

Je le rejoins non sans avoir morflé moult coups de coudes dans les endosses.

Le Négus me désigne alors un renfoncement au fond duquel une enseigne de néon indique *Blue Mountain*. Le « u » de *Blue* est nase, ce qui change « blue » en « ble ».

Dans l'impasse, ça grouille moche. Ah ! les monstres asticots que voilà ! Comme sur une charogne, mon drôle ! Des épaves qu'ont envie de se faire dégorger le petit chauve et qui marchandent âprement. Des putes de dernière catégorie protestent et contre-proposent.

Nous apercevant, saboulés élégants, ces friponnes nous entreprennent en priorité. Elles soumettent des programmes alléchants à nos sexes à lécher. Chacune a une spécialité à nous proposer. Y en a une, une Allemande dévoyée, qui fait la pratique du ruban[1], une autre qui te garantit une félicité complète dans la cavité orbitale accueillant provisoirement son œil de verre, une troisième te jure l'extase intégrale en te shootant à l'herbe indienne. Des gentilles commerçantes, dans le fond.

C'est somme toute bien pratique de vendre sa chatte ou son oignon. Tu trimbales ton fonds de commerce avec toi et tu peux exercer ton négoce n'importe où. Ton service entretien se résume à une savonnette Cadum et un gant de toilette.

Nous nous frayons un passage jusqu'au seuil du *Blue Mountain* que garde un Négro baraqué comme Tarzan.

Il nous fait fête, nous promet monts (de Vénus) et merveilles. Qu'on entre seulement !

Nous.

Faut se reporter *à Dédé d'Anvers* d'Allégret pour trouver une ambiance de ce style, voire à *Pépé le Moko* ! Magine-toi une vaste salle avec un long comptoir et de hauts tabourets d'un côté, de l'autre, des canapés foireux, très boxif, recouverts de satin frappé.

1. La recette du ruban paraîtra incessamment dans un manuel que je prépare sur *la pointe en marge de la pointe*.

San-A.

Sur les tabourets se trouvent les putes disponibles, dans des attitudes suggestives. Ce que t'arrives à prendre comme postures bandantes avec un tabouret de bar et un porte-jarretelles est impossible à répertorier ! Elles sont d'autant plus *hard*, ces poses, que les intéressées ne portent pas de culotte, ou alors celle-ci est-elle fendue par le milieu.

Sur les canapés, sont installés messieurs les futurs clients, chalands nonchalants. Ils prennent leur temps pour examiner le cheptel, ces maquignons de l'amour tarifé. T'en vois qui se massent délicatement la protubérance en supputant les performances de leur partenaire en puissance. C'est difficile, un choix. Grisant aussi ! On se pose des questions, on envisage. La petite crevarde aux yeux pervers, la mulâtresse blonde, la grande Nordique aux épaules de lutteuse, la fille coiffée à la garçonne qui joue du fume-cigarette, l'obèse drapée dans des tulles roses, le travelo brésilien en tenue du soir dont la robe n'est qu'un immense décolleté avec un peu de falbala autour ; toutes ces « dames » attisent l'imagination et les glandes des bonshommes. Des solitaires, pour la plupart. Mâles en mal de tringlette, tourmentés par leur membre.

C'est lui, le malheureux brise-jet qu'ils amènent à la consultation. Leur bébête vorace, leur mignon joufflu, leur bébé rose, leur mât de misère. C'est lui, le sournois, qui les harcèle. Il a « besoin », chérubin à peau extensible, le petit guerrier au casque fendu. Il a sa digue, mistigri, lui faut d'urgence sa petite visite organisée des catacombes. Il veut piquer une tête (de nœud) dans la soupière à Julie ! L'heure de ses frasques a sonné. On ne le tient plus. C'est pas avec un rassis que tu lui calmeras les nerfs ; non plus que sous un jet d'eau froide !

Alors, son monsieur, au tutut, lui paye la virée au *Blue Mountain*, la petite passe à cent dollars. Il le guide dans son choix, l'enfant terrible. « Pourquoi que tu choisirais pas la grosse qui a l'air si gentille ? Tu as vu sa bouche ? Elle doit t'engouffrer suavement, te laquer le cabochon que c'en est vertigineux. Je te parie qu'avec un léger supplément elle te laisse dégorger dans sa clape. Comment ? Tu préfères pas ? Tu veux t'extrapoler à la papa ? L'enfourchement familial ? Le grillon du foyer ? Alors prends la petite cochonne, elle est plus maniable ; c'est de la monture de course, ça ! Du cheval arabe. Qu'est-ce que tu dis ? T'as peur qu'elle ait le frifri trop étroit ? Détrompe-toi, Dudule, ça ne veut rien dire. T'as des mignonnes qu'ont le dargif gros comme deux pommes et qui s'enquillent des grappins de porte-avions dans la moniche. »

On prend place sur l'un des canapés vacants, Messire Blanche-Neige et moi, et on observe.

Quand un julot a jeté son dévolu, il va à sa séductrice. La môme fait pivoter son tabouret face au bar et les deux futurs amants commencent par écluser un gorgeon. Du bourbon, généralement. Ça donne du cœur à l'ouvrage. La fille insiste pour qu'ils en prennent un deuxième. Quand le gus est bonne poire, il dit banco, sinon, il rouscaille qu'il est pressé, alors le couple se rend au fond de la pièce et gravit un escalier de bois à double révolution. Il va vivre une grande page d'amour. Cent dollars, et tu as l'infini à dispose.

Tu te dessapes, puis tu revêts ton polichinelle à roulettes d'un chouette imper étoilé comme le drapeau ricain, manière de protéger le marmouset des mauvaises surprises. Le sida vole bas par les temps qui courent. Tu dois te priver de plaisirs liminaires par mesure de sécurité. Ne pas tutoyer le parc à moules de médème, des fois que tu aurais une écorchure dans la bouche ! Elle, par contre, peut déferler du lingual sur ton Popaul qui fait le beau, mais à travers sa combinaison d'astronaute *only*, j'insiste ! Pas d'imprudence, petit loup ! C'est si con de mourir d'un coup de bite !

— Programme ? questionne Jérémie.

C'est son mot, ça, dans les périodes indécises : « Programme ? »

— Je vais me mettre en quête de la fille qui m'intéresse, grand.

Je me lève et m'approche de la « garçonne ». Moi, les années 20 me fascinent ; les bagnoles, les toilettes, la pube de cette période m'emmènent promener les méninges.

Elle est plutôt maigrichonne, la greluse. De loin, son maquillage pâle, ses lèvres très rouges, son fume-cigarette en jetaient. De près, c'est nib. C'est le style : oiseau tuberculeux, déplumé et mouillé, si je me fais bien comprendre ? Pas de quoi refiler cent dollars pour grimper dessus ! Tiens, on me les proposerait que je déclinerais l'offre. Moi, j'ai mes têtes, et ma tête de nœud a ses culs. Le sien, franchement, faut rallumer pour le trouver, à tâtons, tu risquerais de le confondre avec sa rotule ! Tu me vois en train de baiser une rotule, Ursule ?

Elle m'accueille d'un sourire de bienvenue qui transforme sa frime de pierrote en tirelire.

— Y a des jours fastes ! dit-elle.

— Pourquoi ?

— Cinq minutes que je lorgne sur vous, en priant Dieu pour que vous me choisissiez ; et vous voilà !

— Merci du compliment, ma jolie. Qu'est-ce que je vous offre ?

— Un « Feu de Dieu ».

Etant d'un esprit aventureux (gaulois pour tout dire), j'en commande deux à la barmaid ravagée (elle est pratiquement nue, je sais de quoi je parle).

Doit avoir au moins soixante balais, la mère. Les loloches en feuilles de cactus, le menton façon talon de brodequin, le corps en arête de limande.

— C'est la première fois que vous venez ici ? demande l'héroïne de Victor Marguerite.

— La seconde. La première fois j'ai fait une partie fine avec une gonzesse sympa : Nancy Woaf ; elle est toujours opérationnelle ?

— Comment, vous ne l'avez pas reconnue ? s'étonne ma garçonne.

Je feins la surprise.

— Il y a si longtemps ! Où est-elle ?

— La grosse Noire avec ses voiles.

Je glafouille des cellules. La sœur des Woaf *brothers* est noire ! Comment diantre se peut-ce ?

— Elle a vachement pris du poids depuis la dernière fois, dis-je d'un ton dégagé.

— Les hommes aiment ça ! Elle en grimpe une trentaine par jour. Ils sont tordus, ces crétins, ajoute la maigrichonne dont on devine les aigres rancœurs à l'endroit des obèses captatrices.

La barmaid pourrie nous apporte deux verres emplis d'un breuvage bleu. J'aurais dû me gaffer : les boissons bleues sont rares. Dans la nature, le bleu domine de façon fantastique : les mers, le ciel sont bleus. Mais dans un bar, faut se gaffer de cette couleur, les gars !

J'avale une gorgée et je me dis que ce n'est pas totalement de l'acide chlorhydrique, qu'il y a quelque chose d'autre avec, de plus ardent, de plus nocif.

Ma partenaire siffle son glass comme si c'était un Coca *light*.

— C'est vigoureux, non ? me fait-elle.

— Beaucoup trop doux pour moi, dis-je en tendant un bifton verdâtre à la grand-mère du rade ; j'ai passé l'âge de la fleur d'oranger.

Juste sur cette facétie, voilà un vilain rouquin saboulé de noir, façon pasteur, qui va emballer Nancy Woaf. Brefs pourparlers et les tourtereaux se lancent à l'assaut de la crampe mutine.

— Si on en faisait autant ? suggéré-je à la môme Fleur-de-Sanatorium en les lui désignant.

— Et comment ! gazouille-t-elle. Je sens que vous allez me donner du bonheur. Je peux finir votre glass si vous n'en voulez plus ?

Second cul sec à grand spectacle. J'attends qu'il lui sorte de la fumée du clapoir, mais rien. On grimpe. En haut, ça se présente commak : au sommet de l'escalier, y a une rotonde au milieu de laquelle trône une caisse en demi-lune. A la caisse, une vieillarde couleur jus de chique, ridée comme un shar-peï, ses cheveux gris tirés en arrière et maintenus à l'aide d'un énorme peigne d'argent. Elle fume un cigare plus gros que la plus grosse bite qu'elle a jamais pompée ; l'abondante fumaga du *habana* l'oblige à garder un œil fermé.

— Donnez cent dollars à Mistress Paddock, mon chou, me conseille la Garçonne.

J'attrique l'image souhaitée à la fumeuse de Punch qui la laisse tomber dans une caisse entrouverte d'un air dégoûté, comme s'il s'agissait du bulletin de vote d'un travailleur immigré. Elle cueille dans un second tiroir un jeton de casino de couleur ambrée qu'elle tend à ma compagne. Celle-ci l'enfouit prestement dans une poche invisible.

On contourne la caisse pour emprunter un long couloir assez large, sur lequel prennent des portes, à gauche, à droite. Toutes sont numérotées. Nous nous arrêtons au 16.

— C'est chez moi, annonce ma « promise ».

— Vous habitez ici ?

— C'est la règle absolue de la maison. A nous d'entretenir notre studio. Il y a inspection deux fois par semaine. S'il est mal tenu, on nous met à l'amende.

Elle ouvre. C'est pas joyeux, mais confortable. Pacotille, ça, espère ! Les cadres de photos en coquillages, les châles épinglés aux murs, les poupées froufrous sur le canapé, les meubles d'osier tressé, les tapis constituant des lots de fêtes foraines, toute la pauvre bimbeloterie de souks et bazars, monstrueuse kitcherie qui parle d'innocence en ce triste lieu frelaté.

— Elle est à quel numéro, Nancy ? m'inquiété-je.

— Au 23. Vous ne vous déshabillez pas ?

— Pas la peine.

Elle me saisit le bras et frotte sa joue contre, en un geste câlin.

— Vous allez sûrement me faire un petit cadeau, hein ?

— Bien sûr.

Je chope un second bifton de cent et le lui tends.

— Vous êtes un vrai gentleman, assure-t-elle.

En un mouvement de gratitude spontanée, miss Grados m'envoie la paluche au bénoche pour une flatterie avant-coureuse.

— Oh ! dites donc, y a du monde ! complimente-t-elle.

Je reprends mon bien et vais rouvrir la porte en grand.

— Vous partez ? s'alarme la chère enfant.

— Du tout. J'ouvre pour pouvoir assister au départ du client de Nancy.

Elle éplore :

— Vous ne voulez pas faire l'amour ?

— Vous n'y êtes pour rien, ma chérie : je n'ai pas faim.

— Pourquoi êtes-vous monté ?

— Pour mieux faire votre connaissance, mon cœur. Vous me plaisez infiniment et la prochaine fois je le prouverai avec tant de fougue que vous devrez prendre deux jours de congé pour vous en remettre.

Elle ne coupe pas dans mon vanne et une certaine mélancolie l'assombrit.

Je me suis assis face à l'ouverture de la porte et je vois passer les clients. Fenêtre sur cour. A l'arrivée, la pute les escorte. Au départ, ils s'en vont les premiers, leur partenaire remettant de l'ordre sur sa personne et dans son studio avant de redescendre. On dirait ces figurines de tirs forains qui défilent au fond de la baraque, devant un panorama de montagnes et qu'on abat d'un plomb bien ajusté. Des petits messieurs aux burnes gonflées quand ils surgissent et qui s'en repartent le zob en peau de boudin, flétris du braque et des roustons.

Mascarade !

La fille me regarde, troublée par mon comportement qui ne lui dit rien qui vaille. Je suis trop généreux, trop anormal. Je cache quelque chose ! A commencer par ma zézette ce qui, lorsque tu grimpes une radasse, n'est pas catholique.

— Vous êtes venu ici pour moi ou pour Nancy ? finit-elle par s'enquérir.

— Un homme qui vient au bordel s'y rend pour soi, ma jolie, philosophé-je. Les caprices de la chair sont imprévisibles et c'est ce qui fait leur charme.

Je pourrais en ajouter encore douze tonnes in-douze sur le sujet, tant tellement ma faconderie est développable, mais je vois s'en retourner le rouquin barbu fringué pasteur mormon et je décide que c'est à mon tour d'avoir un tête-à-tête avec Miss Nancy Woaf.

La lourde sur laquelle on a peint au pochoir le nombre 23 est à trois portes, face à la carrée de la Garçonne.

J'y vais. Toque. Pas assez fort car on ne me répond pas. Faut dire qu'il y a de la musique dans le studio de la grosse Noirpiote. Un air de jazz *very strong*. Je refrappe. Balpeau ! La gravosse doit être en train de faire son petit steeple-chase sur son bidet.

Alors je tourne la chevillette. L'huis s'ouvre. J'ignore comment il se fait que je prévois immanquablement les événements un instant avant de les constater. AVANT que le panneau soit poussé complètement, j'ai un flash de ce qui m'attend.

La Nancy gît en travers de son divan recouvert de soie japonouille noire et jaune. Elle a la tête dans un sac en plastique qui lui descend aux épaules et on lui a sectionné la gorge, tout comme à Béru, en plantant le ya fatal dans le plastique. Travail de professionnel, très propre. Le sang qui continue de gicler à flots demeure dans le sac transparent. La grosse bouille hallucinée de la fille, dont les yeux proéminent, exprime l'effroi le plus total.

Moi, ni une ni douze ! Je relourde et m'élance dans le couloir. Dévalade éperdue de l'escadrin en trois bonds. Traversade du boxon. Le « videur » noir de l'entrée me sourit Colgate :

— C'était bon, patron ?

— Le rouquin barbu habillé de noir ? abois-je. Vite !

Néanmoins, lui faut un laps pour piger ma question.

— Pourquoi ? demande-t-il.

— De quel côté a-t-il été ? Ce salaud m'a volé mon portefeuille.

— Ah ! ce sont des choses qui arrivent, patron. Il a tourné à droite.

Je reprends ma course éperdue à travers la foule dense, les putes grouillassantes, les arnaqueurs de tout poil ; tire-laine des temps nouveaux. Je cherche, sautillant tous les trois ou quatre pas pour tenter d'apercevoir le rouquinoche. Je finis par l'asperger sur le trottoir d'en face. Il marche vite, la tête en avant, comme un homme pressé dans la bourrasque. Ta pointe de vitesse, Antoine ! N'oublie pas que l'an dernier encore, tu courais le cent mètres en 11 secondes. C'est moyen pour un athlète de haut niveau, mais c'est formidable pour un cul-de-jatte !

Il doit avoir un sens supplémentaire, lui aussi car,

brusquement, il se retourne et ses yeux se fichent directo dans les miens. Il sait que je le course. Alors, au lieu de presser le mouvement, il s'arrête. Porte la main dans sa poche de veston. Moi, un peu refroidi, comprenant qu'il est armé et va me le prouver, j'organise d'urgence une conférence à mon sommet pour définir mon comportement. Alpaguer un mecton qui fuit en le plaquant par-derrière, c'est l'enfance de Dard pour un poulardin chevronné. Mais affronter de face, à mains nues, l'homme qui vient de perpétrer le joli boulot de la chambre 23 constitue une autre paire de manchettes !

Dans un lieu aussi surpeuplé, tu ne peux guère demeurer immobile. La foule est là qui te malaxe. Bon gré mal gré, elle me pousse vers le rouquin.

Je le regarde intensément. Il porte des postiches. En réalité, il est presque brun si j'en juge à ses sourcils. Il transpire. Il a des yeux clairs, couleur champagne, une cicatrice sur la lèvre supérieure et une deuxième, en forme de trèfle, à la pommette gauche. Son nez est épais, avec une arête large d'au moins deux centimètres.

Nous sommes à deux mètres l'un de l'autre. Est-ce un pétard qu'il tient dans sa vague ? Si oui, il est certain qu'il va défourailler à travers l'étoffe et que je me ferai praliner le bide. Feinte, Sana ! Feinte d'urgence, mon biquet, sinon tu auras plein de vilains trous autour du nombril qui, sans être celui du monde, n'en a pas moins une grande importance pour toi.

Alors, bon, l'homme des grandes circonstances, Tonio ! Rapidité et grâce ! Instinct aux fulgurances stupéfiantes. D'un bond de côté digne du serpent je me place derrière un vilain Asiate au crâne rasé, vêtu d'un caban de mataf. D'un rush phénoménal, je pousse ledit contre le faux-rouquin-faux-barbu-faux-pasteur lequel, pris de court, trébuche et choit en arrière. Il a dû tirer car de la fumaga s'échappe de sa veste. L'Asiatique a morflé. Il bieurle goret. Je saute par-dessus sa pomme. Mon intention est d'atterrir sur le bide de l'assassin. Dans ma précipitance, je fiarde mon coup et me pointe en plein sur sa gueule !

Les semelles jointes ! Soixante-dix kilogrammes ! Vrouhan ! Ce qui me surprend, c'est le craquement sec ! Tu as vu, au cirque, des colosses japonais briser du tranchant de la main cinq ou six planchettes superposées ? Le même bruit ! Illico je réalise que je lui ai craqué la noix de coco, à Casimir ! D'ailleurs sa tronche s'est élargie et aplatie. Il semble infiniment songeur ainsi, tu le verrais. Son regard s'est écarté. Vrai : ça lui compose une drôle de physionomie.

Un attroupement se constitue. Le magot rasibus écume bicolore (blanc et rouge) en toussant des râles. Il a le drapeau japonais sur sa limace, pleine poitrine. Pourtant je le situerais plutôt indonésien.

Un coup de sifflet modulé que je reconnais. C'est Jérémie Blanc qui, à quatre pas d'ici, me fait savoir que l'heure de la retraite a sonné.

Et comme il a raison ! Je coudaucorpse, écartant sans ménagement putes, malfrats, touristes en baguenaude.

Bientôt, on se refait un anonymat dans la populace. On est réabsorbés, digérés.

C'est bon de se fondre au milieu des autres, quand bien même on ne les trouve pas sympas !

« Boire et manger sont les trois plus belles choses qui existent », assurait Bérurier quand il se trouvait en société huppée et qu'il tirait sur le mors de son langage pour le faire tenir tranquille.

Ah ! cher, brave, immense Béru, soustrait à nos tendresses par le geste hideux d'un assassin. Comme la route restant à accomplir va être longue sans lui.

C'est ce à quoi je songe en pilotant une tire d'occase achetée pour une pincée de dollars dans un *market* de voitures. Elle ferraille, cette tire. Tu sens qu'il faudrait pas trop la chahuter pour qu'elle rende l'âme, mais ces caisses à roulettes de la Générale Motors (dont l'époux a été tué à la tête de sa division aéroportée pendant la reconquête des Philippines) sont d'une résistance outrancière.

On filoche peinardinus sur l'autoroute de Colorado Springs. M. Blanc accomplit des efforts surhumains pour demeurer éveillé afin de ne pas me laisser seul ; mais la dorme gagne du terrain sur sa lucidité et il ressemble de plus en plus à une statue nègre comme on en trouve dans le magasin d'antiquités de l'*Hôtel Ivoire* d'Abidjan.

Faut dire que les dernières heures ont été rudes.

Après que nous nous soyons arrachés du quartier chaud, on a frété un sapin pour l'aéroport. Là, nous avons récupéré nos baise-en-ville, pour, ensuite, nous terrer dans un motel tout proche du *Cheyennes Village*, car il ne faut pas avoir peur des mouches quand on projette de devenir apiculteur.

Logiquement, on aurait dû se remettre un peu de notre fatigue et de nos émotions (fortes), mais les circonstances nous empêchent souvent d'être maîtres de nos projets. Comme le dit si justement Dieu : « L'homme propose et JE dispose. »

Nous avions loué une moitié de maisonnette en fibrociment et toit d'Eternit, comportant une chambre à deux pieux et une salle de bains, et nous nous apprêtions à nous vaguer quand, dans l'autre moitié de la frêle construction, il s'est opéré tout à coup un monstre remue-ménage. Dans ce motel, chaque bungalow est coupé en deux, mais peut devenir unique en cas de famille nombreuse. Figure-toi, Eloi, que deux couples se sont pointés, presque aux aurores. Les julots étaient blindés comme deux cuirassés. Ils se cognaient aux murs, sacraient, juraient, lutinaient lourdement leurs gonzesses, bref menaient une bacchanale d'enfer.

« Ça va être gai ! a grogné Jérémie. Je leur dis de se calmer ? »

L'idée était valable mais son application à déconseiller. Avec des zozos dont les dents du fond trempaient dans l'alcool, ça risquait de dégénérer facile et nous n'avions pas besoin de nous foutre sur la coloquinte un nouveau cataplasme d'emmerdes.

On s'est pieutés en cloquant nos oreillers sur nos baffles. Hélas, les choses ont vite pris, à côté, une tournure déplaisante. Les deux frangines se sont mises à pousser des hurlements de souffrance en appelant au secours.

On a couru sur la terrasse, enjambé la cloison de séparation pour mater par la baie vitrée. On a alors découvert deux sales cons fanfarons (jean, polo, tatouages), la toute sale engeance de merde, prête à tout, bonne à rien, en train de vouloir sodomiser deux poupettes avec des canettes de bière d'un demi-litre. Ces mauvais cons avaient attaché les filles sur les paddocks, en leur faisant croire qu'il s'agissait d'un jeu, et maintenant, en guise de facétie, leur barattaient le fondement à la Golden Crown cinq étoiles !

Nous autres Français, chevaleresques à en dégobiller chaque matin sur l'évier, tu parles qu'on allait pas tolérer ! D'un coup d'épaule, Jérémie envoie le verrou faire la manche sur le plancher. Chose amusante, ces deux types, y avait un Noir et un Blanc, comme nous deux. Et tu vas voir, l'instinct, si c'est bizarroïde : sans qu'on se soit concertés, Jérémie a empoigné le Blanc et moi le Noir.

Ça a dû être un chouette ballet, bien plus synchrone que celui des dauphins savants à Oceanic Park. Chopage par le col, amorçage d'une rotation, coup de boule dans les perles de culture, suivi d'une remontée de genou dans les princesses monégasques, et les deux tortionnaires se rappelaient plus quel jour nous étions. Y en a un qui a voulu rebiffer. Il a dégainé, avec une gaucherie de garçon de bureau jouant Al Capone, une pétoire achetée chez un prêteur sur gages. C'était le Blanc, donc celui de Jérémie. Mon pote n'a eu qu'à lui saisir le poignet et à rabattre brusquement le mancheron du futé sur un dossier de chaise pour lui faire lâcher le feu et lui craquer la rotule.

Qu'est-ce tu dis ? La rotule c'est pas dans le bras ? De quoi je me mêle ! Le gus a chialé de souffrance. Pour pas qu'il y ait de favoritisme, j'ai placé un uppercut à la pommette du Noir. Poum ! A dame ! N'après quoi, je ramasse l'arquebuse de l'autre loustic. Un Colt un peu vieillot, mais bien huilé. Je l'adopte. Bon, ben c'est réglé.

Les deux filles avaient cessé de geindre. L'une d'elles, par un superbe travail de son sphincter, avait restitué la bouteille. Pas endommagée le moindre, juste valait mieux pas la boire au goulot. L'autre, je lui ai retiré ses cinquante centilitres de Golden Crown du couloir à lentilles.

On n'avait pas prononcé un mot. Pas une broque.

Jérémie a eu une idée très superbe. Il a sorti sa brème de flic, la cachant presque entièrement de ses gros grands doigts chocolat, en ne laissant de lisible que le mot international de « POLICE ». Il l'a montrée un quart de seconde aux deux gusmen. Son regard était blanc comme l'intérieur d'un chou à la crème fraîche. Ensuite il est allé à la porte grande ouverte et leur a fait signe de s'accompagner mutuellement chez Plumeau.

Ils demandaient que ça, les gueux.

Moi, pendant ce manège muet, je délivrais les pauvrettes. Des frangines. Elles se ressemblaient comme deux gouttes de foutre. Jolies à croquer, très blondes, des seins comme quatre pommes. Quelle idée, des bijoux pareils, d'aller frayer avec ces tocards. Y a des moments, les gonzesses, je te jure !

Elles nous ont dit merci à ne plus en finir. Celle qui

avait eu droit à dix centimètres de flacon se désendolorisait la case trésor sur un vieux bidet qui remontait à la guerre de Sécession. C'était vachètement affriolant à mater tout ça.

Elles nous racontaient que ces deux tamanoirs les avaient draguées au ciné *drive in*. Ensuite ils étaient allés écluser dans une boîte de campagne. Et puis voilà, quoi !

On a accepté leur gratitude. La fatigue, ça émoustille. Je te répète qu'elles étaient de *first quality*, les petites grand-mères. Cette séance ! L'aube s'était pointée à notre insu. Des coqs chantaient dans un poulailler, qu'on en était toujours à les calcer façon *Nous Deux*, à la langoureuse. « Heure exquise qui nous grise », comme on chante dans « la Veuve Soyeuse ». Ce qu'elles raffolaient de ça, les sœurs Brontë ! Pas le régal sauvage, tu vois, après leurs émotions. On fonctionnait dans la Chantilly, comme sur un solo de violon.

Après on s'est anéantis pour deux petites heures de roupille. C'est au réveil que j'ai eu l'idée de leur demander un léger service : nous acheter une tire d'occase. Je leur ai filé le blé en leur racontant comme quoi nous étions étrangers et que nous avions laissé nos fafs à Washington. Elles ont fait comme pour elles !

Tu parles, la commission qu'elles se sont engourdies ! J'ai idée qu'elles ont dû affurer un beau bouquet sur ce tas de ferraille, les chéries. De quoi s'acheter de la pommade vitaminée pour se tartiner le fion ! A piloter cette marmite, il m'est clair qu'il leur est resté du carbure sur les huit cents pions que je leur avais remis. C'est de bonne guerre. L'essentiel, pour nous, c'est qu'un garaco ne vienne pas nous envenimer les problèmes, au cas où on nous rechercherait trop assidûment après les drames du quartier chaud.

M. Blanc roupille en plein, sa belle tête sénégalaise contre le montant du châssis. Comme il subsiste un embryon de radio au tableau de bord disloqué de ma formule 1, je la branche. Mais l'écoute est impossible. Tu crois entendre un mixer en train de broyer du verre pilé. Je coupe.

Dans le fond, rien ne vaut le silence quand tu as besoin de réfléchir.

Je pense à la famille Woaf. Elle n'a pas de chance avec moi : il suffit que je me pointe pour qu'elle trépasse. Jess, à Washington, qui me meurt devant, et puis Nancy, la cadette, qu'on égorge à six mètres de ma personne. Ça va donner quoi t'est-ce avec Standley, le troisième du lot, auquel nous rendons visite dans l'hospice où il croupit depuis tant d'années déjà ?

*
* *

Versailles et Chambord exceptés, je déteste les grandes bâtisses. Quand j'ai fini de visiter (ou de faire visiter) Versailles, je suis très content de retrouver notre pavillon de Saint-Cloud.

Lorsqu'on est pauvre, on rêve de vastes propriétés, de demeures immenses avec des enculades de pièces : grand salon, petit salon, bibliothèque, la lyre. Tu veux des escaliers monumentaux, des galeries surplombant des halls pompeux. Alors tu t'enrichis pour réaliser tes désirs. Et puis, au fil du temps, tu comprends que tout ça est bidon, ennuyeux, superflu ; qu'on n'est vraiment bien que dans des petits « à soi », avec trois ou quatre souvenirs aux murs et ta gonzesse sur les genoux, devant un modeste feu de cheminée.

Dans le faste, tu rapetisses ; il ne te grandit jamais, au contraire il t'accable. Tous ces volumes hors de prix te font ployer l'échine et, en plus, le fisc te fait chier. Il est raisonnable pour toi, le fisc ; c'est un grand sage. Ton yacht, ta Bentley, tes châteaux en Sologne lui pompent l'air. Il te préfère avec un F 4 et une 205 Pigeot, passant tes vacances au Club Med. Il te protège, en somme.

L'asile de Cracket Springs est beau comme une caserne à la Vauban, en moins joyeux. Il se dresse sur un promontoire au sommet duquel quelques arbres pas heureux s'agitent dans le vent.

On remise notre tacot sur l'esplanade et on s'achemine vers l'entrée. Jérémie, mal réveillé, semble lutter contre une gueule de bois tenace. Y a des moments, il semble plus noir que le noir.

L'intérieur de l'asile est pire que l'extérieur. C'est sombre, couleur caca, avec des tuyaux de chauffage central rouillés, des fils électriques qui festonnent, des portes aux vitres fêlées, des carreaux disjoints et une débectante odeur de dégueulasserie, et de désinfectant pour la surenchérir. Dans un box construit en bois et verre, une grosse vache platinée comptabilise à bord d'un livre grand comme le radeau de la *Méduse*. J'attends qu'elle ait fini d'additionner les chiffres d'une colonne longue de quatre-vingts centimètres pour lui manifester notre présence. Dur dur de l'arracher. Pourtant à ma vingt-huitième quinte de toux artificielle, elle finit par me proposer sa pauvre gueule nulle et non avenue.

— Vous désirez ?

— C'est pour une visite à un de vos pensionnaires.

— Vous êtes de sa famille ?

— Je suis son beau-frère.

— Vous figurez sur la liste des personnes ayant un droit de visite ?

— Pas encore.

— En ce cas, je ne pense pas que vous puissiez le voir.

— Il va bien falloir, pourtant, soupiré-je, j'ai traversé l'Atlantique pour ça.

— La quoi ?

— L'Atlantique, vous savez, c'est cc plan d'eau qui sépare l'Amérique de l'Europe et de l'Afrique ; on fait du canotage dessus.

— Oui, je vois, fait l'érudite, mais je ne peux pas vous laisser visiter un malade si vous n'êtes pas accrédité.

Je lui déballe mon grand jeu pour personne mûre-variqueuse-à-cellulite-et-début-de-fibrome. Ça consiste à poser sur elle un regard noyé, à entrouvrir légèrement la bouche et à frétiller doucement de la menteuse comme si j'aspirais à poursuivre cette menue opération sur son escarguinche à crinière.

Mais elle doit être frigide car je me ramasse un bide.

— Je ne peux rien faire, intransige-t-elle. Voyez le docteur Robinson.

— Où puis-je le rencontrer ?

— Prenez cette porte vitrée, tournez à gauche, c'est la dernière pièce au fond du couloir.

Putain, cette plongée ! Tu verrais les gaziers en errance dans la bâtisse, Narcisse ! C'est duraille à contempler, la folie. Ils portent tous une espèce de training bleu avec des chaussons de cuir, et tous se ressemblent plus ou moins, pas tellement à cause de leur mise identique, mais parce que la démence uniformise leurs traits. Les regards sont « absents », les joues affaissées, les épaules voûtées. Je gage que ceux qui circulent sont les moins « touchés » ; dans quel état se trouvent les autres !

Çà et là, un infirmier à bouille chourineuse déambule pour s'assurer que tout est O.K. chez les frappadingues. L'enfer ! Dante ! Jérôme Bosch ! Y en a un, un vieux, qui traîne une chaise par son dossier en psalmodiant : « Laissons passer ! Laissons passer ! » Un autre qui se secoue les burnes à travers ses braies. Un troisième qui reste sur place, mais se balance d'un pied sur l'autre sans changer de rythme. Un quatrième désigne le plafond, ou le ciel, comme pour inviter les autres à tout craindre.

Ceux qui ne sont pas siphonnés en arrivant ici doivent vite le devenir.

« Docteur W.G. Robinson »

Je frappe.

— Entrez, fait une voix de femme.

J'entre donc et m'en félicite. La petite brunette qui se fait les ongles à une table annexe te ragaillardit la rétine après cette traversée de couloir. Jeune et jolie, elle possède un regard qui enraye la fermeture Eclair des braguettes les plus paisibles.

Elle me sourit comme si j'étais le mec de sa vie en retard au rendez-vous.

— Bonjour, vous ! lui coulé-je. Je voudrais parler au docteur Robinson.

— Pas avant trois jours ! répond-elle sans cesser de me sourire.

Elle me désigne par une grande vitre le parking où j'ai abandonné notre bolide.

— Il s'en va pour un week-end prolongé, déclare friponnette. La grosse voiture noire près de la petite verte qui est à moi.

En effet, je vois une grosse Ford qui manœuvre et s'éloigne.

— Tant pis, dis-je, nous ferons sans lui. Vous êtes sa jolie secrétaire, je suppose ?

— Il n'en a pas d'autres.

— Avec une comme vous, ce serait superflu ! Et je pose un coin de mon cul sur un coin de son burlingue.

— Il n'y a pas longtemps que vous travaillez à Cracket Springs ?

— Trois mois.

— N'y restez pas trop, vous risqueriez de vous étioler parmi ces dingues et ce serait un crime, une gosse comme vous !

Tu connais mon audace ? Y a des fois, je me contiens plus, faut que je me fasse contenir par quelqu'un d'autre !

Je cueille délicatement le frais menton de Margaret (son blase est écrit sur une plaque dont elle se sert comme presse-papelards). Je me penche, effleure ses lèvres des miennes, renouvelle l'opération jusqu'à ce que sa bouche s'entrouvre et que j'aie l'opportunité de la galocher à la savoureuse. En résulte un léger goût de café, de menthe et de rouge à lèvres.

M. Blanc, un rien époustouflé, ressort pudiquement du cabinet.

J'espère qu'il va faire bonne garde car ma dextre

est déjà engagée dans le décolleté de Maggy. Ah ! c'est pas du potage ! Voilà des roberts qui tiennent la route ! J'arrête pas de lui bouffer la gueule, cette chérie. Une fille aussi spontanée, passive et nue sous une blouse blanche, tu juges de l'aubaine, Germaine ?

« Y a rien à se dire, y a qu'à s'aimer », que chantait la brave Colette Renard. C'est si simple ! Je pige pas les bégueules qui font leur mandoline au lieu de laisser filer la corde à nœuds. Des rétives, des coincées. Des qu'ont envie mais qui croivent qu'il faut ergoter, quitte à laisser chuter le soufflé ! Des qui causent là où il faut simplement laisser agir ! Les rateuses de coups ! Les importunes de la moulasse ! Les vergondées à la branle-toi-Ninette ! Si simple pourtant, je te dis. Un enchantement de l'instant. Des ondes qui se font du pied ! Un coma musical dans ta garce de vie ! Les délices sensorielles.

Avant tout, tu la boucles, d'ailleurs on ne doit pas jacter la bouche pleine. Le gusman qui connaît sa partition t'entreprend superbe. Deux mains, une bouche, un zob ! Quatre raisons d'aimer la nique et de la pratiquer au débotté. Le fougueux t'empare, t'amène au point suprême de lubrification avant de lâcher son os sur le toboggan à faux plis. Il t'empare, te comble de fond en comble ! Il court, il court, l'affuré ! Il est passé par ici : vzimm ! Il repassera par là : vzamm ! Tu limonades du glandulaire, ma fille ! Tu morfles de partout en même temps : doigt de cour, bitautrain, langue fourrée, va-et-vient dans la fourrure ! C'est ça, vivre, ma poule ! C'est ça, s'accomplir !

Elle l'a bien pigé, Margaret ! M'a reconnu au premier raz bord ! Elle a pas voulu interposer. S'est embarquée dare-dare sur la nacelle, la gloutonne, avec le

Mathurin de service bourré de spinaches ! Tututtt ! Zizi panpan la belle figue ! Oh ! dis donc, si elle cachait bien son jeu, Guiguite ! L'estuaire de l'Amazone ! Un trognon de deux sous ! La taille goulot de bouteille et la chaglatoune cul de la mère bouteille ! Va-t'en piger les mystères de la nature, toi ! Surtout la féminité. On est lâchés dans le cosmos avec nos bibites et nos frifris. A se donner le change et du bon temps ! Merci, mon Dieu, y a que Vous pour avoir pensé à tout ça.

Je la tagadate à corps perdu, sur sa table de travail devenue, par la fougueusité de nos sens, lit de repos. La chouette aubaine ! Le carrefour des coups de rapière ! On démantèle. On cause pas. Juste elle criotte pour musiquer l'instant, lui donner du cristallin. On va bon train dans la brise du désir, comme l'a écrit cette salope de mère Sévigné. Toutes voiles gonflées ; en totale dilatation. On s'harmonise ; dans l'accouplement, le synchronisme est un facteur primordial. On rentre en gare en même temps. Butoirs contre butoirs. Jet de vapeur ultime. Nuage de fumée. Contentement indicible de soi. Reconnaissance pour l'autre. Charrrogne que c'était *good* ! Merci, ma jolie ! Pas de quoi, mon tout beau, j'en ai autant à ton service !

Elle soupire :

— Vous seriez venu trois minutes plus tôt, le docteur Robinson se trouvait encore là et nous serions passés à côté d'un sacré moment.

Elle demande, avec un sourire :

— Vous êtes coutumier du fait ? Vous sautez souvent sur les femmes ?

— Seulement lorsqu'elles ont envie de moi.

— Alors, vous ne devez faire que ça ! rétorque-t-elle. Gentil, non ?

Son regard confirme ses paroles. Les yeux sont la fenêtre de l'âme, comme la braguette est celle de la bistoune, a écrit Stendhal.

— J'étais venu demander l'autorisation de visiter un de vos pensionnaires, reviens-je à mes moutons.

— Le docteur n'est pas là pour vous remettre un bon de visite, déplore-t-elle.

— Le docteur non, mais vous si, Margaret. Ecrivez mon nom sur une fiche et flanquez-y un coup de tampon, ça ira.

Là, changement à vue. Elle s'éloigne de moi à tire-d'aile. Avec cette survoltée du réchaud, il ne faut pas courir plusieurs lèvres à la fois.

— Pensez-vous ! C'est impossible, déclare-t-elle tout de go. Si une chose pareille se savait, je serais sacquée immédiatement. Le docteur Robinson ne plaisante pas avec la discipline.

— Voyons, il n'en saura rien, ma chérie.

— Vous croyez ça ! On ne fait pas un geste dans cette maison sans qu'il en soit informé. Il y a autant d'espions que d'employés, à Cracket Springs.

J'insiste, me fais suppliant. Elle reste intraitable !

Salope !

Je ne peux même pas lui reprendre le pied que je viens de lui offrir ! A quoi me servirait-il ? Le foutre ne se remet pas en bouteille.

Je finis par la quitter en penaudant comme un malheureux.

J'ai la nouvelle déconvenue de ne pas trouver Jérémie dans le couloir.

Où est-il passé, ce branque ? Il ne veillait donc pas sur mon calme ?

Je gagne le hall d'entrée : *nobody* ! La blondasse de

la réception s'est remise à piloter son grand livre. Je sors sur le parking. Toujours pas de Jérémie Blanc. Ça veut dire quoi ?

C'est alors que son coup de sifflet trémulant me zigouigouite le tympan. Ça vient d'en haut. Je lève la tête. Il est derrière les barreaux serrés d'une fenêtre située au premier étage.

— Qu'est-ce que tu fais ? m'enquis-je.

— Je suis avec Standley Woaf, répond le *all black*.

— Mais comment diantre ?…

— Je t'expliquerai. Tu veux le voir ? Attends, je vais essayer de te l'amener jusqu'à la fenêtre ; pas facile, c'est un légume !

Le Noirpiot disparaît. Un peu de temps s'écoule. Et puis je le vois revenir, soutenant une épave humaine. Le jumeau de feu Jess Woaf n'est plus qu'un tas de viandasse morte. Il a la boule rasée triple zéro, biscotte les électrodes qu'on doit lui cloquer sur le cigare. Regard vitreux, autant que j'en puisse juger. On distingue une plaie très laide sous son oreille gauche. Elle lui va jusqu'à la glotte. Ce doit être la cicatrice de la bastos que son frelot lui a virgulée au cours de leur dernier numéro de music-hall.

— O.K. ! remercié-je.

Les deux visages abandonnent l'ouverture.

Je marche jusqu'à la chignole et m'installe au volant, en espérant un prompt retour de mon pote. Ce qui ne tarde pas.

La démarche féline, Jéjé. Il retrouve une allure ancestrale, Messire le Mâchuré. Un peu primate, si tu vois ? Bourré de muscles bien fourbis.

Il s'assied en souplesse à mon côté.

— Démarre, murmure-t-il, les gars commençaient à s'énerver.

— Quels gars ?

— Les employés de l'asile. Tous de vilains costauds pas aimables. Ils n'ont pas apprécié que je fasse lever notre homme. M'ont fait un vrai branle !

— De quelle façon t'y es-tu pris pour pénétrer dans sa chambre ?

Il sourit.

— Ben, grâce à mon bon de visite !

— Que tu as pêché où ?

— Dans un tiroir du docteur pendant que tu entreprenais sa secrétaire. Je l'ai signé moi-même avec un beau coup de tampon par-dessus.

— Formidable !

Je franchis les limites de la propriété ; il fait beau, les montagnes rupinent.

— Tu l'as trouvé comment, le dernier des Woaf ?

— Inexistant. Il est complètement *out*. C'est fou ce que ces gars ressemblaient à Béru ! Standley un peu moins que son jumeau, d'après les photos que tu m'as montrées ; mais il faut dire qu'il a été très abîmé.

— Tu as essayé de lui parler ?

Jérémie ricane :

— T'es chié, toi ! Lui parler ! Essaie de parler à ton rétroviseur, tu verras ce qu'il te répondra !

— Il ne me répondra pas, mais il réfléchira, dis-je.

— Eh bien, Standley ne peut même plus réfléchir. Tu piges, boss ? C'est de la viande et rien d'autre ! Et pas de la fraîche.

— En somme, tu espères quoi ? demande Jérémie au moment où je range notre épave quincaillante devant un modeste établissement de Lyons.

— Rien, réponds-je, et par conséquent tout !

— Puisque leur mère est morte, quels renseignements pourrais-tu obtenir ?

— Avant de mourir, la vieille Martha a fatalement fréquenté des vivants qui le sont peut-être encore et à qui elle a pu se confier…

Nous prenons nos deux bagages légers et pénétrons dans une vague auberge très couleur locale. Etablissement à un étage, plus ou moins victorien malgré la peinture d'un bleu intense qui le recouvre de la tête au pied (à l'exception de l'entourage des portes et des fenêtres qui est jaune canari). Une partie fait épicerie, le reste est un café-restaurant, avec un long comptoir de bois, une immense glace lépreuse dans laquelle se reflètent des bouteilles qui ne doivent pas servir beaucoup, les clients du coin s'abreuvant de bière et de bourbon. Entre l'épicerie et le bistrot, il y a un escalier de fer forgé qui vaudrait une fortune chez un antiquaire londonien.

La taule est vide. Quelques tables, un piano droit,

un jeu de fléchettes, des posters gondolés représentant les Rocheuses. Sur l'une des tables, il y a une boutanche de bibine et un chapeau Stetson. On perçoit, en fond sonore, le déclenchement niagaresque d'une chasse d'eau. Bientôt, un gros vieux type à poils durs se pointe en rajustant son bénouse. T'as plein de mecs qui jouent de la musique en déambulant, lui il est capable de se reculotter en marchant. Il va reprendre sa place devant son chapeau, empoigne sa bière et s'en téléphone quelques centilitres sur les amygdales. Il est chenu mais vivace, le doyen. Rides au burin dans de la chair d'arpenteur de cols.

— Excusez, l'abordé-je, il y a quelqu'un qui reçoit les clients, dans cet hôtel ?

— Ben, d'habitude, y a *uncle* Jerry, glaviote le vioque, mais je l'ai entendu qui baisait sa servante dans la resserre. Lui, c'est un sacré lapin : faut qu'il tire ses deux coups par jour, sinon il tombe malade. Ses putains de servantes n'ont plus le temps de s'asseoir, les pauvrettes !

Il entifle une nouvelle lampée et rote creux. Ça me rappelle Béru. Je larmalœille. Le Gros ! Comme la planète est devenue immense, sans lui !

— Les coïts d'*uncle* Jerry durent longtemps ? m'informé-je.

— Très, son père était pasteur.

— Je ne vois pas le rapport ?

— Ça veut dire que le père Jefferson a élevé son garçon dans la notion du péché. Alors Jerry prie en forniquant, ce qui retarde le travail de ses putains de glandes, comprenez-vous ? Parfois, la poussée de sa foi est si forte qu'il ne parvient pas à jouir ; il est obligé d'aller se mettre à jour chez Miss Mabel qui est une vraie démone, question de la chose, et sait vider les bourses les plus coincées !

Il achève sa bière, se lève, passe derrière le comptoir.

— Vous buvez quelque chose, les gars ?

On lui donne notre accord pour deux autres bières et il va les prendre dans un antique réfrigérateur à porte de bois.

— A propos de pasteur, je crois que le Seigneur est avec nous, murmure Jérémie ; ce brave homme vieux et bavard est l'interlocuteur que tu cherchais, on parie ?

Pépère revient après avoir décapsulé les bibines. Il a des paluches si fortes qu'il les coltine d'une seule main, non pas en les tenant par le goulot, mais à doigts-le-corps.

— Ben, asseyez-vous, les gars. Vous venez d'où ?

— France.

— Je me disais aussi ! Bienvenue, garçons ! Je connais la France. J'ai été engagé volontaire en dix-huit !

On incrédulise :

— Mais quel âge avez-vous donc ?

— Je suis de mille neuf cents, faites le compte, c'est facile !

Il rit.

— Ma première chaude-pisse, c'est en Alsace que je l'ai attrapée. Une gosse à qui on aurait donné le bon Dieu sans confession. Faut dire qu'avec toutes les troupes qui passaient dans le coin !

Il tutoie sa boutanche un bon coup, rerote, essuie sa bouche mousseuse.

— Et qu'est-ce que vous venez faire à Lyons ? Vous êtes des touristes ?

— Non, des enquêteurs d'assurance.

— Tiens donc ! Ici, vous n'allez pas placer beaucoup de contrats, les gars. Nos gens se méfient des étrangers.

— Nous ne venons pas pour démarcher, grand-père, mais pour retrouver une famille à qui un Français mort vient de léguer ses biens.

Le vieux rit large. Il a un peu la tronche d'Hemingway juste avant qu'il se tartine la cervelle aux plombs de chasse. Un Hemingway qui serait allé au bout de sa course.

— La tradition veut que les héritages se fassent dans le sens contraire, les gars. C'est plutôt les *Frenchies* qui ont des oncles à héritage en Amérique.

— Ben, vous le voyez, grand-père, y a des exceptions.

Il se rembrunit.

— C'est pas parce que vous savez mon âge que vous devez vous croire obligés de m'appeler grand-père. Ici tout le monde m'appelle Ben.

— O.K., Ben !

— Et on peut connaître le nom de cette putain de famille qui va palper un magot de France ?

Je chique les gars gênés.

— Secret professionnel, Ben !

— Et mon vieux cul, il est top secret ? bougonne-t-il. Qu'est-ce que vous croyez, les gars ? Ici, tout se sait ! C'est une petite ville du Colorado, quand y a un type qui bouffe des haricots, c'est ses voisins qui pètent !

Je souris, regarde Jérémie. Le Noirpiot est toujours de première dans ces cas-là.

— M. Ben est un homme de confiance, murmure-t-il ; ça se voit !

Il m'a parlé en anglais. Le dabe lui balance une bourrade qui manque faire basculer le Négus de son siège.

— En voilà un qui est futé, assure-t-il.

Je feins de me rendre, vaincu par l'incoercible sympathie qui se dégage de mon terlocuteur :

— La famille Woaf, révélé-je en baissant le ton.

Le vieux Ben en loufe de désappointement.

— Ben c'est pas de chance, les gars !

— Pourquoi donc, Ben ?

— Parce que la famille Woaf n'existe plus, mes enfants. J'ai entendu ce matin à la radio, Nancy, la fille que cette salope de Martha avait eue avec un Nègre, sauf le respect que je te dois, fiston, a été trucidée par un client dans son boxif de Denver. Ne subsiste des Woaf que Standley, lequel est complètement à la masse dans un hospice, depuis que son con de frère lui a logé une balle dans la tête au cours de leur numéro de cirque. Il va en faire quoi, de votre héritage, le pauvre bougre ? S'acheter une camisole de force en soie ?

Il ricane.

Là-dessus, le taulier réapparaît. Il porte une chemise à carreaux, un pantalon de drap noir et un Stetson beige. En nous découvrant dans sa crèche, il a un froncement de sourcils, surtout quand il nous voit attablés devant des bières.

— C'est moi qui ai servi ces messieurs, dit Ben.

— J'étais dans la réserve, fait laconiquement *uncle* Jerry.

C'est un long zig à peau jaunâtre, avec une moustache de rat malade sous un nez sinueux, le regard en virgule, la bouche entre parenthèses ; il appartient au club des sinistres. Ses parties de trous, cézigue, ça ne doit pas être de la tarte aux fraises !

Considère un instant l'ironie des choses, bébé rose. Nous sommes entrés pour demander des chambres, mais la rencontre avec papa Ben me donne à espérer que nous n'en aurons pas besoin. Ce vieillard, sans aucun doute, c'est la gazette de Lyons. Tout ce qui s'est passé dans la contrée depuis le début du siècle lui est connu. En deux heures et quelques bières nous l'aurons dénoyauté.

Une grande fille lasse et rousse se pointe, vêtue d'une très longue jupe en jersey qui balaie le plancher mieux qu'elle ne saurait le faire avec un O'Cédar. Corsage blanc contenant mal de fort gros seins inanimés (mais qui n'ont pas beaucoup d'âme pour autant). Conne et dolente sans être laide, toutefois.

— Tiens, voilà ta réserve, ricane Ben à l'adresse d'*uncle* Jerry.

— Ma quoi ? grince le vilain.

— N'as-tu pas dit à l'instant que tu étais dans la réserve ? pouffe le facétieux bonhomme. Alors moi je te dis : voilà ta réserve, pas vrai, Molly ?

Il rit si fort qu'on découvre le fond merdeux de son vieux caleçon, au-delà de ses chicots.

Le taulier, vexé, s'emporte jusque derrière son rade.

La serveuse nous visionne avec intérêt. Je te parie un doigt de cour contre une grosse bisouille sur le casque intégral de mon pafomètre à circonvolutions variables qu'elle est en train de se demander si « c'est vraiment mieux » avec un garçon comme moi qu'avec son tripotier à la triste figure. Ça doit pas être *very* joyce de se laisser limer matin et soir par ce vieux peigne. Rien de plus pénible que les ancillaires forcées par leur patron. Boulot et soumission ! Tu laves leur linge, cires leurs pompes, prépares leur frichti, passes leurs gogues à l'Ajax ammoniaqué, et en plus, faut que tu leur pompes le nœud en leur affirmant que c'est archibon. Tout ça pour un salaire de naufragée des *boîtes pipoles* ! Et tu trouves qu'il y a du changé, toi ? Que tout baigne impec ?

Quand je les vois, ces gentilles, avec leurs pauvres petites culottes qu'on distingue à travers leur blouse blanche les jours « normaux », noires quand elles ont leurs requins, comme pour informer « Môssieur » de la situation météorologique, kif ces pavillons qui sont hissés sur les plages océanes pour indiquer si la mer est praticable ou non.

Ah ! comme elles m'attendrissent, nos petites bonniches sud-européennes. Elles fouettent un peu sous les bras, mais elles sont si gentilles dans leurs atours de service et si connes dans leurs hardes « civiles » : jeans pisseux ou minijupes, T-shirts de bal musette, coiffures enfin dénouées, signe de liberté provisoire qui leur donnent des minois de putes innocentes.

Je souris à Molly.

Elle me rend la mornifle.

— Il a pu, aujourd'hui ? demande Ben.

Elle a un regard effarouché en direction du rade, passerelle où le commandant du bord vient de reprendre son poste. Se trisse vite fait vers ses tâches.

— Il en passe cinq ou six par an, soupire le vieux. Il lui est arrivé d'en foutre deux ou trois enceintes. Maginez-vous qu'il les fait avorter lui-même ! Il possède tout un vilain fourbi de faiseur d'anges, le fils du pasteur !

— Drôle de pistolet ! dit M. Blanc. Vous reprendrez bien une bière, c'est ma tournée !

— Ensuite nous boirons la mienne, décidé-je. Vous ne préféreriez pas quelque chose de plus sérieux que la bière, Ben ? Que penseriez-vous d'un bon bourbon ?

— Non, fiston, je prendrai simplement un gin avec la bière, histoire de la muscler un peu.

— Comme vous voudrez. Ensuite, vous nous raconterez l'histoire complète des Woaf, si vous le voulez bien, afin que je puisse écrire un rapport cohérent. Naturellement, toute peine méritant salaire, je vous remettrai un défraiement de cinq cents dollars de la part de ma compagnie : correct ?

Les paupières retournées et rouges du vieillard s'humidifient.

— Vous êtes des petits gars tout ce qu'il y a de bien, assure Ben. Je l'ai compris au premier coup d'œil quand je suis revenu de chier.

Pépé aussi est un type de premier ordre.

Que peut-il y avoir de plus captivant pour un flic qu'un bavard qui sait des choses ?

Or, il sait TOUT, Ben. C'est un malin, un observateur, un déducteur. Il sait interpréter les moindres faits. On croit que la mémoire des vieux prend de la gîte ! Mon cul ! Ils se rappellent les gens, les dates, les circonstances. Rien ne se perd dans l'océan de leurs souvenirs. Ils te racontent les plus petits détails avec une précision d'ordinateur. Se souviennent du temps qu'il faisait « ce jour-là », de la manière dont les intéressés étaient habillés, de ce qu'ils ont mangé et bu. T'as qu'à mouliner le bastringue un petit coup de temps en temps, en servant à boire, en réclamant une précision, voire simplement en les regardant avec un sourire confiant.

Le père Ben, je l'adopterais s'il n'avait l'âge d'être mon grand-père ! C'est le genre de mec que tu peux ramener chez toi en toute confiance : il remplace la télé en panne, recolle les assiettes cassées, répare les fusibles des prises électriques.

On l'écoute jacter avec recueillement, presque attendrissement. Qu'à la fin, ça finit par agacer *uncle* Jerry. Il s'amène à notre table, sévère, et dit en désignant le dabe du menton :

— Il commence à avoir pas mal picolé ; s'il vous pompe l'air, dites-le, je le virerai.

Pauvre sale con ! Mon regard de glace le met en déroute. Il comprend que c'est lui qui nous pompe l'air, et pas qu'un peu ! Cela dit, il est exact que le père Ben en a un grand coup dans les galoches ! Il savonne en parlant et ses yeux baignent dans le gin. De temps en temps, il s'interrompt pour regarder en direction de la porte.

— Vous attendez quelqu'un ? finis-je par lui demander.

Il hoche la tête :

— Je crois toujours que la mère Rosy va me tomber sur le poil ; j'oublie parfois qu'il y a vingt-huit ans qu'elle est morte, la garce. Les scènes qu'elle a pu me faire, dans cette salle où je vous parle, les gars, c'est rien de le dire ! Une sorcière ! Le soir où je l'ai trouvée allongée sur le carreau de sa cuisine, je n'en croyais pas mon bonheur. Elle a glissé sur une épluchure de pomme de terre et s'est rompu le cou sur l'angle du fourneau. Après les funérailles, je n'ai pas dû dessoûler d'un mois. Je n'aurais jamais cru que sa mort me causerait autant de joie ! Qu'est-ce que je vous racontais, à propos de la Martha Woaf ?

« Ah ! oui : une fieffée rapide ! A dix ans, elle enjambait le pasteur après l'instruction religieuse. Pourtant, c'était pas un plaisantin, le révérend ! Il avait une figure qui vous glaçait le sourire sur les lèvres. N'empêche qu'un jour, la femme du docteur Mordhom, dont la belle-mère se mourait, vient quérir le pasteur, et qu'est-ce qu'elle voit ? La gosse Martha sans sa culotte, à cheval sur la queue du révérend, à s'activer comme une bougresse ! Le pasteur se tenait assis, la fillette lui tournait le dos et se plantait le trognon du bonhomme dans les fesses !

« A la suite de ce scandale, il a dû quitter la région. Seulement, les mâles de la contrée, ça leur est pas tombé dans l'oreille d'un sourd, une telle aventure ! Nous avons tous voulu tâter de cette Marie-couche-toi-là. Et je dois dire bien honnêtement, les gars, qu'un sujet comme la Martha, il méritait qu'on damne son âme pour son petit cul ! Elle, son vice, c'était à cheval-dos-au-mâle. Autrement, elle ne voulait rien entendre. A prendre en levrette ou à laisser ! Dans le fond, je crois que la gueule des types, en amour, lui ôtait ses moyens, à Martha. Les hommes, elle voulait leur membre, pas leur figure ni le reste. Juste elle asseyait son joli derrière sur votre queue et interprétait seule sa partition.

« Y a une chose, j'ai remarqué, une chose plutôt vexante : quand on procédait à notre lâcher de ballon, les matous, elle nous engueulait comme des pourris, nous traitait d'infâmes pourceaux. Ça la dégoûtait, notre belle semence. Elle voulait nos trognons de chou, et point à la ligne ! Un cas ! Un bon coup de ramonage, et puis elle taillait la route. Malheur à ceux qui jouissaient pas avant elle, ou en même temps. Martha, sitôt son plaisir pris, elle se déculait en souplesse et foutait le camp sans se retourner, vous laissant en rade, sans remords, votre panais tout con devant vous, à dodeliner comme un perdu. Elle, la charité, elle connaissait pas ! »

Je fais signe au croquemort-cabaretier de rapporter des munitions. Pépère est tellement parti qu'il ne s'aperçoit même plus que nous troquons nos verres pleins contre son verre vide. Il écluse scientifiquement après chacune de ses phrases : une lampée, wlaouf ! Nous sommes sa belle rencontre, son bonheur du jour. Grâce à nous, il peut se piquer le tube gratos, et en plus, on lui vote des crédits pour le jour suivant. C'est le Seigneur qui nous a placés sur sa route.

— Elle s'est tout de même mariée, malgré son aversion pour les hommes, noté-je.

Il glousse :

— Parlez-m'en, les gars ! Ah ! le beau mariage ! Vous savez qui elle a épousé, cette friponne ? John Woaf, dit « N'en-a-pas ». Une espèce de castrat un peu barjot qui poussait les wagonnets à la mine. Et savez-vous pourquoi elle a marié ce malheureux ? Parce qu'elle était enceinte des jumeaux ; mais au grand jamais elle n'a accompli avec John son devoir d'épouse ; au contraire, c'est plutôt lui qui jouait la femme au foyer : il torchait et langeait les gosses, faisait la cuisine et les travaux ménagers pendant que Mme Martha continuait de danser sur toutes les queues qu'elle rencontrait.

Te re-re-re-re-re-reboit.

Pourquoi une question me vient-elle ? Très sotte en apparence :

— Et on connaît le père des jumeaux ?

— Elle n'en a pas fait mystère : le docteur Golstein, un juif allemand venu se réfugier en Amérique. Comment il avait échoué à Lyons, ça je ne l'ai jamais su. Il habitait la maison avec des colonnes qui se dresse à quelques jets de pierre du stade de base-ball. Il vivait avec une femme qui lui ressemblait et qui devait être sa sœur. Martha a travaillé pour eux comme servante, plus ou moins. Mais voilà qu'elle est tombée enceinte, et vous savez le plus beau ? Elle annonce partout qu'elle va avoir des jumeaux ! Dès le début de sa grossesse. A l'époque, on ne pouvait pas prévoir une telle chose comme ça se fait maintenant, grâce à l'échographie. Eh bien, elle, si : elle SAVAIT ! Et elle laissait entendre que c'était Golstein qui lui avait bricolé ce cadeau ! Un vieux bonhomme tout maigrelet ! Avec un air préoccupé, si détaché des joies de ce monde et surtout de celles de la chair !

« Moi, je me rappelle lui avoir fait observer que le docteur étant libre, il pouvait réparer en l'épousant. Martha a haussé les épaules. Je lui ai alors dit que, étant médecin, il pouvait au moins lui arracher du ventre cette mauvaise herbe ; la gueuse m'a répondu qu'elle était d'accord pour garder ces malandrins et que Golstein allait l'aider à s'établir. Fectivement, on a noté un net changement de situation dans sa vie. Elle s'est acheté un bout de maison, des fringues neuves et elle a cessé de travailler.

« Et puis il y a eu je ne sais quoi de terrible dans la vie du docteur Golstein et dans celle de sa sœur. Un matin, on les a retrouvés morts : foudroyés par une capsule de cyanure qu'ils avaient croquée pendant la nuit. Le shérif d'ici a conclu à un double suicide. Ces étrangers, sait-on ce qui leur passe par la tête ! »

— Et Martha ? demande Jérémie.

— Oh ! elle, ça ne lui a fait ni chaud ni froid. Elle était à un mois de mettre bas, elle a épousé le pauvre John et poursuivi sa petite vie. Elle a accouché et c'était bel et bien des jumeaux. Elle les a élevés à la va-comme-je-te-pousse et ça n'a pas donné grand-chose. Presque des vauriens que seules les armes à feu intéressaient. Ils ont mis au point un numéro de cirque et, pendant quelques années, ça n'a pas trop mal marché pour eux. La Martha s'était laissée engrosser pour la deuxième fois, par un prédicateur noir qui l'avait subjuguée. La Négresse qu'elle a eue de ces amours-là est devenue pute à Denver, et c'est elle qui s'est fait tuer hier par un maniaque. Fameux destin dans cette famille. Vous avez bonne mine, garçons, avec votre héritage français.

— Revenons aux jumeaux du diable, Ben, si vous le voulez bien.

Le vioque se dresse en titubant.

— D'accord, d'accord, mon gars, mais faut que je pisse avant, ma vessie n'est plus ce qu'elle était. Jadis j'avais une putain d'autonomie, je pouvais boire seize bières sans quitter la table, et quand j'allais me vider de tout ça, je parvenais à arroser les fenêtres du deuxième étage de la Chase Manhattan Bank…

Il gagne les gogues en décrivant des embardées inquiétantes ; tu dirais un cotre qui louvoie contre le vent (ou contre Colbert[1]).

1. Astuce à connotation historique.

San-A.

— Il est attendrissant, assure Jérémie.

— Et intéressant, renchéris-je. Il raconte bien : cette Martha Woaf, je la vois ! C'est un sacré personnage.

Je vais au comptoir, côté caisse. Le chevalier à la triste figure fait des comptes à la lumière d'un réflecteur. Il s'est coiffé d'une visière de mica verdâtre comme pour se protéger des rayons de sa loupiote.

— Puis-je téléphoner en France ? m'enquis-je.

— Pourquoi pas ! bougonne le vilain-pas-beau, si vous avez des dollars.

Je visionne ma tocante, car il me faut tenir compte du décalage horaire que j'évalue à une huitaine d'heures. Ici, il est onze heures du matin, soit dix-neuf heures à Paname. Avec un peu de chance, je peux espérer trouver encore Mathias à la Grande Cabane, vu qu'il est de moins en moins pressé de regagner son domicile grouillant de marmaille.

Je l'obtiens sans tu sais quoi ? Coup férir !

Nos relations se sont stabilisées depuis notre longue brouille. Certes, elles manquent encore de moelleux, mais elles sont marquées par une volonté réciproque d'être agréable à l'autre.

— Oh ! c'est vous, commissaire.

Et il éclate en sanglots.

— Pardonnez-moi, hoquette-t-il à travers ses larmes, je ne parviens pas à surmonter la mort de Bérurier. Je ne pensais pas qu'il me fût si cher, nous avons vécu des instants si exceptionnels, tous les trois !

Sa peine paraît sincère et j'en suis remué.

— On va essayer de le venger, Rouillé, déclaré-je, en espérant ne pas avoir la voix d'un acteur du muet !

Voilà que je lui refile ce sobriquet d'avant sa promotion comme dirlo du laboratoire de police technique ! Rouillé ! C'est un peu lui qui fut à l'origine de notre brouille ; mais cette fois, il ne réagit pas.

— Oh ! la vengeance, soupire Mathias, c'est l'idée que nous nous en faisons, commissaire. Une idée mesquine pour nos esprits mesquins.

Merci pour lui ! Mais je sais qu'il n'a pas voulu m'être désagréable en disant cela. Ça lui est parti du cœur. Et, dans le fond, il a raison.

— J'ai besoin de toi, enchaîné-je. Je voudrais le curriculum d'un certain docteur Golstein, un juif allemand qui aurait fui le nazisme au début de la guerre et serait allé habiter les Etats-Unis. Il est mort à Lyons, Colorado, en 1944. Impossible de t'en dire davantage, j'ignore même son prénom pour l'instant. Il aurait eu une sœur avec lui. Je ne sais pas non plus quelle région de l'Allemagne il habitait, ni ce qu'il y faisait. Coton, hein ? D'autant que ce nom n'a rien de très original.

Mathias murmure :

— Ne vous inquiétez pas, j'en fais mon affaire. Pour les résultats, où dois-je vous les communiquer ?

— Je t'appellerai plus tard, je ne suis pas joignable.

Le père Ben se la ramène, la braguette béante ; mais c'est pas la grotte miraculeuse, et le pauvre truc blanchâtre qu'on aperçoit sur un lit de poils gris n'a rien qui pousse à la débauche.

— Bougre diable, ça va mieux ! affirme l'ancêtre. On ne mangerait pas un petit hamburger, les gars ? Il me vient comme un trou à l'estomac et je sens qu'il va s'agrandir si on ne fait rien.

Ses désirs étant des ordres, je prie le gargotier à

visière de nous servir une collation. Il hèle la servante qu'il vient de trousser pour lui répercuter ma commande : c'est ça la hiérarchie.

— Vous êtes de vrais bons gars, les gars, louange Ben. Ça doit être un bonheur du Ciel d'avoir des garçons comme vous pour fils. Qu'est-ce que je pourrais vous dire de plus ?

— Parlez-nous des jumeaux plus en profondeur, papa Ben. Bon, d'accord, c'était deux chenapans que leur passion pour les armes à feu a amenés au cirque. Je me suis laissé dire que l'un d'eux s'est mis à picoler et qu'il a zingué son frère ?

— Textuel. Standley a pris une balle dans le cou qui a traversé sa tête et lésé le cerveau ; il n'est point mort, mais c'est devenu un végétal.

— L'autre frère n'a pas été inquiété par la police ?

— Pourquoi ? Un accident ! En flinguant son jumeau, il perdait du même coup son gagne-pain. Et puis ils ne s'étaient jamais séparés plus de cinq minutes, juste pour aller chier, ces deux-là ! La vie de Jess, après la mort cérébrale de Standley, ça n'était plus rien, croyez-moi, fiston. Vous ne savez pas ce que c'est qu'une paire de jumeaux ! Quand l'un des deux vient à manquer, l'autre est pire que seul ! Après ce drame, Jess s'est senti maudit du Seigneur.

— Qu'est-il devenu ?

— Une cloche ! Il est allé à New York où, en quelques mois, d'après ce qu'on a raconté par ici, il a tourné loque. Il mendiait de quoi acheter de la bière et dormait dans les asiles de nuit.

— Et puis ?

— Paraîtrait qu'il est mort à Washington, il y a quelques jours. Une fatalité, dans cette putain de famille qui n'en était pas une vraie. Voilà pourquoi, les gars, votre héritage de France, vous risquez fort de le garder là-bas.

Il se tait parce que la rousse Molly vient nous livrer notre bouffement, et aussi – et surtout – parce qu'il a épuisé le sujet.

La gosse, je voudrais pas avoir l'air de me vanter, mais elle s'en ressent vachement pour ma pomme. La façon qu'elle frotte sa jambe contre mon genou en disposant nos hamburgers sur la table. Elle prend son temps. En loucedé, j'avance ma paluche droite (celle qui appartient au corps expéditionnaire) sous sa jupe, ce qui lui fait frétiller la moulasse, je sens tout de suite. On devrait peut-être prendre une piaule pour la noye, non ?

Tu vas te dire que le beau San-Antonio déchoit de draguer une sommelière au rabais qui se laisse fourrer biquotidiennement par son singe abject. Je te répondrai que c'est pas pour la chose du vice que je suis tenté, mais par compassion réelle. Le besoin de samaritainer. Si je lui faisais une bonne manière parisienne, Molly, ça l'aiderait à supporter son existence cacateuse de Cosette coloradienne.

Sans vouloir me pousser du col ni me moucher du coude, je me sens venir des bouffées de vocation, parfois. Un jour, je prédis, tu me retrouveras vêtu d'une pèlerine noire et coiffé d'un grand béret, style Abbé Pierre, tirant de ma vague une topette de médicament, comme lui, dont je m'enfilerai une lichette, temps à autre, pour pouvoir affronter les froidures.

Mon paf, c'est mon vade-mecum. Il m'aide en toute circonstance. Indispensable !

Je balance :

— Vous logez à l'hôtel, Molly ?

Acquiescement bref, muet.

— Dites à *uncle* Jerry que nous prenons deux chambres. Je vous attendrai dans la mienne et vous m'y rejoindrez sitôt que vous le pourrez.

J'ai baissé le ton pour ne pas être entendu du vieux Ben. La servante opine (déjà !).

Alors je refile cinq billets de cent pions au dabuche.

— Faites durer cet argent et ne le montrez pas trop, c'est plein de pirañas partout !

Pour couper court à ses remerciements, j'insiste :

— Vous n'avez aucune idée sur ce qu'a pu fabriquer Jess Woaf avant sa mort ? Il avait quitté New York puisqu'il est clamsé à Washington.

— Probable, mais je ne sais rien de rien, fiston. La mère Martha était morte, la Nancy vendait son gros cul à Denver ; des nouvelles de Jess, je pouvais plus guère en obtenir.

Bon, rendons-nous à l'évidence : la mine de renseignements que constitue Ben est épuisée. Mais pas lui ! Le pompier de Bon œil !

Quand on a eu bouffé, nous avons porté nos valoches dans deux chambres assez proprettes, meublées de pitchpin. Après quoi, on s'est mis à musarder dans la petite ville.

— Tu tiens tant que ça à baiser la bonniche ? m'a demandé Jérémie à brûle-pourpoint.

Me suis abstenu de rétorquer. Quelque chose d'indéfinissable me retenait dans ce patelin. Je sentais qu'ici se trouvait, non pas la solution de l'énigme, mais l'extrémité du fil dont il fallait se saisir pour s'y laisser conduire.

Chemin allant, nous avons atterri devant la maison vaguement coloniale qu'avait occupée jadis le docteur Golstein, père présomptif des jumeaux Woaf. Elle était effectivement située près du stade de baise-balle et on avait dû pas mal la bricoler depuis que le médecin l'avait habitée. Des constructions modernes, bâties en additif, la défiguraient maintenant et lui avaient fait abdiquer son cachet initial. Elle était devenue une espèce d'institution privée destinée à des jeunes filles de la bonne société lyonsaise. Un jardinier chenu tondait la pelouse. Sans avoir l'âge du vieux Ben, il devait tout de même charrier un tas de carats dans ses os.

J'ai attendu qu'il stoppe le moulin de sa machine infernale pour changer le sac de plastique servant à recueillir l'herbe coupée. Je l'ai abordé gaiement. Il était *colored* sur les bords, avec un œil qui contemplait le Mont-Saint-Michel, tandis que l'autre cherchait à percevoir le temps qu'il pouvait faire sur Rennes.

— Belle maison ! lui ai-je affirmé en montrant la façade à colonnes.

Il a ri jaune, because ses chailles malmenées par les chiques de tabac.

— Si vous l'aviez vue autrefois, elle en jetait davantage !

— Vous l'avez connue à cette époque ?

— Et comment ! J'amenais mes petites amies dans le parc, après les matchs de base-ball.

— Le propriétaire n'était-il pas un médecin allemand réfugié aux States pendant la guerre ?

Il secoue négativement la tête, puis paraît réfléchir.

— Vous voulez parler de Sigmund Golstein ?

— Un nom comme ça, oui.

— Oh ! lui, il n'a jamais été propriétaire. Il n'était que locataire, et encore pas longtemps ! Deux ans à peine. Il vivait là avec sa sœur et ils se sont suicidés tous les deux, je me rappelle. Des drôles de gens.

— Je me suis laissé dire qu'il avait engrossé une fille d'ici ?

— La Martha ?

— Peut-être bien, oui.

Le jardinier adopte une expression prudente.

— On n'a pas compris grand-chose à cette histoire ; faut dire que la Martha était aussi pincecornée que le docteur.

— Vous l'avez connu, Golstein, vous ?

— De vue. A l'époque je travaillais à la mine comme les trois quarts des hommes d'ici.

— Elle habitait où, Martha ?

Il désigne un point de l'espace.

— Faut repasser devant le stade, prendre le deuxième chemin à main droite et marcher jusqu'à ce que vous trouviez un groupe de maisons de bois qui toutes sont peintes en vert, à l'exception d'une seule qui est mauve à vous en faire grincer des dents. La mauve, bien sûr, c'était celle de Martha.

— Pourquoi « bien sûr » ?

— Parce que cette femme-là, elle pouvait rien faire comme tout le monde, monsieur. Pincecornée, je vous dis.

Il hoche la tête.

— Il y a des gens qui ne savent pas trop comment attraper leur vie. Ils ont partout l'air d'être en exil, même au sein de leur foyer, et peut-être là davantage qu'ailleurs.

Je le quitte sur cette brillante considération.

— Nous avons toujours appris le prénom du toubib juif, réfléchit Jérémie : Sigmund, comme Freud.

*
* *

Elle diffère des autres maisons pas seulement par sa couleur, la crèche des Woaf ; elle a un côté plume-dans-le-toit, chalet-coucou, assez farfadingue. On sent que sa propriétaire n'a eu de cesse de la « particulariser » en « l'ornant » de têtes de caribous (de ficelle) naturalisées, d'écussons taillés dans de grosses écorces, de trophées indiens et autres gracieusetés hautement décoratives… Manque plus qu'un vieux Sioux à plumes sur le perron de planches, à fumer son calumet bourré de Early Morning odorant. Malgré tout, la taule tourne masure, à rester inoccupée. Comme dans tous les coins du monde, les gamins de l'endroit ont lapidé les fenêtres et t'as des bouts de rideaux qui te font « adios » à travers les carreaux brisés.

— Bien entendu, tu vas entrer ? fait M. Blanc.

— Bien entendu.

— T'es chié !

— Pas mal. Et toi ?

Je biche mon sésame. International ! Il emploie le langage de toutes les serrures. J'aimerais que les autorités ricaines me laissent bricoler la lourde de Fort Knox pour voir s'il parviendrait à la convaincre.

Nous pénétrons dans ce logis mort. Une âcre senteur de plantes odoriférantes séchées nous assaille l'olfactif. Y en a des pleins bocaux sur des étagères, de pleines coupes sur les meubles. Devait s'embaumer, Martha. Oui : une femme pas ordinaire. Elle prenait de la queue mais ne voulait pas « voir » les hommes qui la fourraient ! Alors elle avait, toute gamine, réinventé la lonche à la Duc d'Aumale. Elle s'est laissé mettre des « jumeaux » programmés par un vieux toubib allemand exilé ; il devait convenir à sa nature « originale », ce type qui avait échappé aux rets nazis. Quelque part, ils se trouvaient sur une même longueur d'onde, la sauvageonne et le docteur Mabuse. La connivence fonctionnait bien entre eux. Inexorable, la question me vient : « Pourquoi diantre ces jumeaux de merde ressemblaient-ils à Alexandre-Benoît Bérurier, natif de Saint-Locdu-le-Vieux, au cœur de la grasse Normandie ? »

La cheminée avec une crémaillère, comme dans nos anciennes fermes. Des cendres encore. L'émotion ! Un vieux fauteuil à bascule devant l'âtre, garni d'un coussin extra-plat, usé, taché, auréolé d'humidité. Je devine que, sur la fin de sa vie, Martha s'asseyait là et balançait son passé médiocre en regardant la danse du feu.

Elle s'écoutait finir, la vieille, remâchant ses folies d'antan. Avec une curieuse ferveur, je prends place sur le siège et contemple le foyer éteint. Imprime au fauteuil un léger balancement. Le balancement, c'est la marque de la déraison. Je revois les fous de l'asile partant d'un pied sur l'autre. Un coup en avant, un coup en arrière. Ça correspond à quoi, ce mouvement pendulaire ? Ombre et lumière ? Démence et raison ? Avance et reculade ? Le bien, le mal ? La vie, la mort ? Ma bite, ton cul ?

Jérémie, moins sentimental, explore le logis de son allure féline. Tantôt il a une démarche de basketteur ricain, tantôt un déplacement de puma, selon les lieux, les heures de la journée.

Martha se faisait étinceler la chatte à sa manière, se servant de ses partenaires comme de godemichets, dans le fond. Et puis surgit Golstein… Des jumeaux « annoncés » dès la conception ! Le toubib lui file assez de blé pour qu'elle puisse acquérir cette maisonnette et cesser de travailler en attendant ses couches. Avant leur naissance, le bizarre géniteur se suicide. Comme soucieuse de donner un père aux enfants qu'elle va mettre au monde, Martha épouse alors un castrat à moitié demeuré. Il lui donnera son nom et lui foutra la paix au plumard.

Tranquille sur ce point, la voilà qui pond bravement DEUX BÉRURIER ! Elle ne s'occupera guère de leur éducation et ils tourneront saltimbanques douteux, les frères Catastrophe. Par la suite, un deuxième événement se produit dans sa vie sexuelle et (qui sait ?) sentimentale : la rencontre d'un prédicateur noir qui lui plombe un lardon en bonne et due forme. Du Steinbeck ! La fille tard venue n'est pas mieux éduquée que ses frangins et se fait pute ! La boucle est bouclée. Le temps s'écoule ; Martha enterre son époux bidon et vit la tragédie du cirque qui fait que Caïn bute aux trois quarts Abel.

Comment encaisse-t-elle ces coups du sort ? Avec résignation ? L'âge l'a détournée des bites et branchée sur la bouteille. Somme toute elle a changé de goulots !

Elle picole au coin du feu.

La vie, elle s'en balance… sur son vieux fauteuil.

J'accrois le mouvement du siège à bascule. Ça couine un peu : Hi… hu ! Hi… hu !

Je te parie qu'elle se foutait de tout. Y avait eu maldonne au départ. Peut-être que son vieux la chibrait quand elle était moufflette, lui donnant le goût de la bite et le dégoût des hommes ? Elle avait besoin de leur nœud mais refusait leur gueule ! Tu vois, je l'aime bien, Martha. Elle m'intéresse, m'émeut.

Combien de temps demeuré-je ainsi prostré, à évoquer une pauvre petite fille devenue vieille et qui mourut, seule, sur les rivages d'une existence où elle n'avait jamais vraiment pris pied ?

M. Blanc réapparaît enfin, au bout de ma méditation douce-amère.

— Viens voir quelque chose, grand chef !

Il me fait traverser la maison qui, je le répète, n'est pas grande : en bas, la pièce du séjour avec un renfoncement cuisine, plus une petite chambre avec un lavabo, où dormait la mère Martha. Il existe deux autres chambres en haut, m'apprend Jérémie.

On ressort du logis. Derrière, s'élève une construction tout en longueur : murs de bois, toit de tôle, entièrement garnie intérieurement de panneaux isolants, comme le sont certaines cabines téléphoniques. Je réalise qu'il s'agit d'un stand de tir de fortune, bâti, je gage, par les deux frangins. Au fond, il y a une cible à forme humaine, sacrément déchiquetée. Sur le côté, des râteliers d'armes (sans armes) avec, au-dessous, des rayonnages contenant des cibles de carton utilisées, qui, à peu près toutes, sont hachées en leur centre. Au verso, on a écrit la date de la performance. Ils ont dû en tirer des bastos, Jess et Standley !

Des années d'exercice ! Jour après jour, ces deux lascars s'entraînaient. Ils faisaient leurs gammes pour devenir les rivaux de Buffalo Bill. Je me dis que, dans le fond, s'ils avaient été des voyous, ils se seraient fait tueurs à gages au lieu de s'escrimer dans des cirques.

Mais peut-être qu'ils avaient besoin des applaudissements. Un tueur n'a pas de public.

Le Noirpiot me désigne un collier de menus grelots dont chacun a été écrasé par une balle. Il y a aussi des cartons, sectionnés dans le sens du profil, et maints autres trophées révélateurs de l'adresse de ces messieurs.

— C'étaient pas des branques, hé ? murmure-t-il.

— Tu l'as dit.

Nous regagnons le pavillon mauve. Il est clair que des gamins s'y sont introduits pour y chaparder tout ce qui était bibelots, objets utiles ou de quelque valeur.

— C'est marrant, y a pas de photos, note mon pote.

— Ça ne devait pas être le style des habitants de la maison mauve. La photo, c'est du petit rêve de petites gens. Excepté la mère, on ne rêvait pas dans cette taule, seulement son rêve à elle ne pouvait être fixé par un objectif.

— T'as l'air vachement désabusé, soudain, murmure M. Blanc. On dirait que l'histoire de Martha Woaf te touche.

— C'est le type même d'une existence foutue, qui aura compté pour du beurre. Je sais que la vieille femme qui balançait son cul dans ce fauteuil était restée à tout jamais une fillette blessée.

Rageur, je file un coup de tatane dans le dossier du siège. Il manque choir en avant, le coussin moisi tombe ; le fauteuil se balance un moment en couinant de plus en plus faiblement et finit par s'immobiliser. Je ramasse le coussin, le remets en place.

— T'as vu ça ? fait le *Dark* en désignant le plancher.

« Ça », c'est une lettre. Une méchante enveloppe d'un petit format carré, blanc-gris. Est-elle froissée, ternie, graisseuse ! La missive qu'elle contient dépasse de l'enveloppe. L'auteur de la lettre ne s'est pas gratté, question papelard. Les vélins à la cuve, lui, fume ! Il s'est tout bêtement servi d'un morceau de magazine déchiré. Il a choisi une page de pube concernant une marque de cigarettes, page sur laquelle ne figure qu'une représentation du paquet de tiges, et il a écrit en escargot autour de celui-ci.

Je lis :

Mam,

Je t'annonce une bonne nouvelle : on me propose un engagement et la période de merde que je viens de traverser est finie. J'ai un besoin très pressant du flingue qu'on avait mis au point, mon pauvre Standley et moi. Tu dois absolument me l'expédier en exprès à l'adresse ci-dessous. Tu sais où il est planqué puisque c'est toi qui nous avais conseillé la cache. Je t'envoie un ticket de 500 dollars pour les frais de port ; avec le reste, dorlote-toi un peu. Tu sais, Mam, c'est pas parce que je vais pas te voir que je pense pas à toi…

Ton fils.

Jess

Time Square Hotel, 42e Rue W. New York.

Elle a dû lire et relire cette bafouille des centaines de fois, Martha. Dans sa solitude, c'était une bouffée de chaleur. Oh ! certes, Jess Woaf n'a écrit à sa mère que parce qu'il voulait récupérer une arme, et la vieille femme n'a pas été dupe. Pourtant, autour de la demande, il a su placer des festons de tendresse, tout comme il a écrit son texte autour du paquet de cigarettes de la pube, et c'est cela qu'elle a ressenti,

Martha. Et puis le billet de cinq cents pions attestait de l'intérêt filial du gars Jess. Alors elle gardait la babille à portée de main : sous son coussin où il lui était aisé de la prendre à tout bout de champ.

— Allez, viens, on se casse ! fais-je en empochant la lettre.

Putain, mais qu'est-ce qui m'arrive ! J'ai la gorge serrée, le guignol en berne.

Faut se rendre, tu sais où ? A l'évidence ! Je crois bien que je suis tombé amoureux de Martha !

On a bouffé convenablement. Des œufs frits sur une purée de haricots (bonjour les calories !), des filets de dinde au chou rouge, et une espèce de gelée verte, pareille à un bloc d'émeraude en train de fondre. Ce dessert était passablement écœurant et on l'a tassé dans nos profondeurs à grandes rasades de picrate californien.

La dolente Molly nous servait de son air Cosette troussée par le père Thénardier. Ne me lâchait pas de son regard admiratif. Je lui souriais ; elle bichait du frifri. Les frangines, faut les investir par les yeux avant de leur pénétrer la cramounette à tignasse. Elle était inconditionnellement gagnée à la cause de mon camarade Popaul, dit l'Intrépide, dit Bourre-Bourre, dit Fonce-Alphonse, dit Avance-Hercule, dit Duralex.

Je sais que nombre de vilains jalminces haussent des épaules quand ils me voient faire état de mon « efficacité sexuelle ». Ils pensent que j'en installe, me vante, joue au Casanova mâtiné Don Juan. S'ils savaient pourtant combien je reste en deçà de la vérité. Les femmes cèdent à qui les convoite. Une certaine lumière dans l'œil des matous, une confuse odeur, des ondes ténues, un vibrato de leur voix les mettent en état, non pas d'alerte, mais d'intérêt. Illico elles sont renseignées sur la nature du bonhomme, son tempérament, voire l'intensité de ses fantasmes.

Un julot en état permanent de baise devient l'ami de toutes les frangines, y compris de celles qui, poussées par d'obscurs mobiles tels que la fidélité, refuseront de se mettre à l'horizontale avec lui. La femme se fout éperdument des dindons redondants, des haut-parleurs quand ils s'écoutent, des inoccupés de l'entresol, des indifférents-à-leurs-charmes. Pour elles, l'homme qui n'a pas ses couilles dans le cerveau, voire à la rigueur le cerveau dans ses couilles, n'est qu'une impersonnalité. Quelqu'un d'évasif, mis sur terre pour faire de la figuration.

— A quoi tu penses ? s'inquiète M. Blanc.

— Au cul, réponds-je loyalement.

— Je le savais. D'ailleurs je n'ai pas grand risque de me tromper : tu ne penses qu'à ça !

— Toi, tu y penses à heures fixes ?

— J'y pense sous une autre forme : ce n'est pas latent comme chez toi, mais impétueux. Toi, tu as le désir endémique, moi, j'ai le désir irruptif. Toi, tu attends la baise, comme les naufrageurs attendaient l'épave, moi, je me laisse débusquer par elle.

Je lui souris :

— Y a pas, tu es intelligent pour un Nègre !

— Et toi, tu es chiément con pour un Blanc !

On a une période fluctuante pendant laquelle mes pensées flottent comme des œufs à la neige sur leur crème vanille. J'hésite. Je crois fort que le Noirpiot a compris le lourd secret que je traîne, mais une force secrète me retient d'en parler. Par superstition. A toi non plus je ne peux rien dire.

Pour me contenancer, je sors la lettre de Jess Woaf à sa mère. La relis, bien que la sachant par cœur.

— Ainsi, il avait retrouvé un engagement, rêvassé-je.

— Il serait intéressant de savoir lequel. Un clodo pouilladin qui reprend du service dans une discipline aussi délicate, après plusieurs années d'interruption ! Je reste un peu incrédule, pas toi ?

— Evidemment. Pourtant, il a bel et bien été engagé par quelqu'un. Le billet de cinq cents dollars, l'arme « rectifiée » qu'il prie sa mère de lui expédier, et surtout, la suite ! La suite, mon Jérémie. Jess Woaf a été introduit dans un Centre de recherche où on l'a débusqué et abattu : tout cela prouve bien qu'il a été pris en main par quelqu'un ! Quelqu'un qui avait besoin de lui. Mais pour faire quoi ?

— Il ne savait faire qu'une chose, note M. Blanc : tirer au pistolet. Et encore devait-il avoir perdu beaucoup de son adresse pendant ces années d'alcoolisme.

Il s'arrête de jacter pour boire une gorgée de Coca tiède.

— Tu y crois, toi, à cette histoire du Centre de recherche ?

— Tu penses que le lieutenant Mortimer m'a menti ?

Il fait la moue.

— Il paraîtrait qu'au cours de la Dernière, certains bateaux de guerre créaient un immense nuage artificiel pour échapper aux attaques des kamikazes. Pour moi, le Centre de recherche, c'est le nuage de fumée que la C.I.A. a répandu au-dessus de l'affaire Jess Woaf afin de nous la rendre… impalpable. Je suis devenu cartésien depuis que je vis en France, mon pauvre vieux. J'appelle un chat un chat et Rollet un fripon !

« Voyons, qu'est-ce qu'un clodo pouvait bien foutre

dans un Centre ultra-secret où la vigilance confond les imaginations les plus aiguisées ? En admettant qu'il ait récupéré la plus grande partie de ses dons, ça pouvait servir à quoi, là-bas, son adresse au tir ? Il existe des mecs plus reluisants et mieux exercés que ton Jess ! Non, non : bidon, mon pote ! Invention ! Tu veux que je te dise mon sentiment intime ? »

— Je dépéris de curiosité.

— Quelqu'un est en effet allé tirer Jess dans les bas-fonds de New York ; quelqu'un que ses dons passés intéressaient, mais je pense que si on l'a choisi, lui, c'est parce qu'il était clochard ! C'est quoi un clochard, Antoine ? Un individu marginal, hors société. Un mec qui n'intéresse plus personne et dont la mort passe aussi inaperçue que la vie.

Là, il me marque un nouveau but, le Jérémie.

— Tu permets que je te redise quelque chose, monsieur Blanc ?

— Je sais : je ne suis pas con pour un Nègre ! Tu vois, la différence essentielle qui existe entre nous, mec, c'est que moi je suis capable de grimper au sommet d'un cocotier plus vite que toi l'escalier pour aller tirer la serveuse !

*
* *

Une petite souris.

Blanche !

Fleur de misère, Fleur de Marie. Deux sous de violettes. Dessous de violée ! Une tragédie furtive. Je l'imaginais autrement, le Colorado.

Elle a gratté à ma porte, la Minnie Mouse. Si tu la vois, je te parie que tu larmalœilles. Une chemise de nuit d'un blanc écru, un tricot de laine, les pieds nus...

J'ouvre, elle cligne des yeux. Cette chambre où elle fait le ménage lui paraît soudain être la pièce d'apparat d'un palais, tant ma présence la lui ennoblit. Elle n'ose en franchir le seuil.

Je la cueille par la menotte, la happe, la hale, la guide, l'assieds sur le lit, m'assois en rond à ses pieds. Il ne messied pas que je m'assoie.

Et puis silence.

Bise à sa petite main, un peu patte de poule, que les travaux ont couverte des écailles du labeur.

Rien à lui dire, pas la moindre envie de la baiser. Tu juges ? Mais foin d'angoisse, cependant. Eprouvé-je du bien-être ? Pas exactement, nenni. Plutôt une émotion subtile. Dans le fond, cette gamine, c'est un peu Martha Woaf.

Martha Woaf, mon béguin inconnu. Martha Woaf, mon béguin mort ! Faudrait quand même lui parler un peu. Mais de quoi ? Du vilain taulier qui « abuse d'elle » ? Cette expression m'a toujours fait marrer. Abuser de quelqu'un ! C'est plutôt « user » de quelqu'un qu'il faudrait dire. Mais au lieu de lui parler d'*uncle* Jerry, il est préférable de le lui faire oublier.

— Vous avez quel âge, Molly ?

— Dis-huit ans.

Et moi, incorrigible, talonné par mon dada, si je puis dire, de lui demander :

— Vous avez connu Martha Woaf ?

Sais-tu ce qu'elle me rétorque ? Que bras et burnes m'en choient ! Anchoix.

Anchoix Mitterrand, Anchoix Premier...

— C'était ma grand-mère.

Là, je me débouche les pipe-lines à conneries, Riri !

— Comment cela, votre grand-mère ?

— Son fils Jess a fait un enfant à ma mère, et c'est moi !

— Il l'a épousée ?

— Non.

— Et qu'est-ce qu'elle en a dit, votre mère ?

— Que voulez-vous qu'elle en dise ? Elle m'a élevée.

— Elle s'est mariée avec un autre homme ?

— Elle vit avec quelqu'un, mais elle est restée célibataire.

— Vous avez des frères et des sœurs ?

— Non.

— Il vous est arrivé de voir votre père ?

— Oui, quand j'étais petite. Il m'a même rapporté une poupée du Mexique ; je l'ai toujours.

— Vous fréquentiez votre grand-mère ?

— J'allais la voir souvent ; c'était une femme étrange, mais intéressante et gentille.

— De quoi parliez-vous ?

— D'un peu tout…

— De votre père ?

— Pas tellement.

— Qu'est-ce qu'elle en pensait ?

— Rien de bien. Elle me disait « Mes jumeaux, ils ne sont pas vrais. Ils ignorent le bien et le mal, le beau et le laid, la vie et la mort. Ce sont des Martiens. »

L'expression me frappe.

Des Martiens ! Je crois que la Martha avait trouvé le terme approprié.

— A la fin de sa vie, elle recevait des nouvelles de Jess Woaf ?

— La dernière fois que je l'ai vue, elle paraissait

contente parce qu'il venait de trouver un engagement. Il demandait un pistolet spécial qu'ils avaient mis au point, son frère Standley et lui, et qu'ils cachaient à la maison. C'est moi qui suis allée le poster à mon père.

— Vous avez eu cette arme dans les mains ?

— J'ai fait le paquet.

— A quoi ressemblait-elle ?

— C'était un gros pistolet noir avec une lunette qu'on avait rajoutée sur le canon et qui le prolongeait. Une lunette étroite qui s'élargissait vers le viseur. La crosse aussi avait été changée : on l'avait remplacée par celle d'une arme plus importante. Dans son ensemble, ça faisait « bricolage ». C'était très lourd.

— Il y avait des balles jointes à l'envoi ?

— Je n'en ai pas vu.

— Vous vous y connaissez en pistolets ?

— Chaque fois que j'allais voir mon père, il était en train d'en manipuler un.

Un long silence, triste.

— C'est quoi, votre vie ici ? Bonniche de ce sale mec ?

— Je mets de l'argent de côté. Quand j'en aurai suffisamment, j'irai chercher du travail à New York.

— Quel genre ?

— N'importe quoi. Serveuse dans un bar ou dans un hôtel.

— Pourquoi New York ?

— Ça m'attire.

— Vous ferez la pute ?

— J'espère que non.

C'est beau, la franchise. Elle ne refuse pas cette perspective, elle souhaite seulement de ne pas avoir à l'affronter. Note que se laisser fourrer biquotidiennement par un escogriffe comme *uncle* Jerry ou se farcir dix julots de passage, la différence n'est pas terrible.

— Faites pas ça, môme : vous vous mettriez à picoler, à vous camer peut-être, voire à choper le sida. Y a plus attractif dans la vie, bordel !

Mais je sens bien que je pisse dans un Stradivarius. Elle a hérité le fatalisme infini de sa grand-vioque, cette gosse. Molly, Martha, même combat, ou plutôt même résignation. Chez elles, on ne lutte pas : on accepte. Politique des bras baissés et des cuisses écartées.

Elle questionne :

— Pourquoi vous intéressez-vous aux Woaf ?

— Secret professionnel.

— Vous êtes policier ?

— Quelque chose comme ça.

— Les Woaf ont fait des choses répréhensibles ?

— Je l'ignore.

Je me lève et prends place à côté d'elle sur le lit. Elle dégage une odeur ambiguë de jeunesse et d'encaustique.

— Vous aviez fait l'amour avant que ce salaud d'*uncle* Jerry se jette sur vous ?

— Non.

Drôle de tradition dans cette chaîne femelle. La grand-mère a rencontré l'étrange docteur Golstein, la mère s'est donnée au jumeau martien, la petite-fille assure la paix des glandes survoltées d'un horrible gargotier.

Elle soupire :

— Mais j'aimerais.

— Quoi donc ?

— Ben… faire l'amour.

Parce que, pour elle, la louche copulation avec Jerry, c'est pas de l'amour et ça compte pour du beurre !

Je la renverse d'une calme pression et entreprends de la caresser longuement, tendrement.

Voilà, Martha : je viens !

Ce que je lui fais, franchement, compte tenu de ce que j'éprouve, il serait peigne-cul de ma part de te le raconter. Ça se passe dans une autre dimension. C'est pas de la baise, c'est un traitement. Une espèce de nuit de noces « réparatrice ». Je répare à ma manière les dégueulasseries de *l'homme*. C'est Martha, c'est…

— Comment s'appelle ta mère ?

— Julia.

C'est Martha, c'est Julia, c'est Molly que je cajole. Je les emporte toutes trois dans la valse éternelle ; les emmène oublier la vie au pays de la joie sensorielle.

J'ignore de quelle façon il la fornique, Molly, son vilain singe, mais j'œuvre pour qu'elle le pardonne.

Après mille et une caresses ponctuées de mots à la saveur de miel, je la prends avec précaution, pas l'endolorer, kif si elle était vierge. Etreinte lente et longue, engendresse de vrai bonheur. La vie est là, simple et tranquille. Dormez, bonnes gens, la bitoune de l'Antonio veille.

Pied suave. Pied agile.

Elle émet un long soupir émerveillé. Merci, Seigneur : Vous êtes partout, y compris dans les couches moites de nos orgasmes apprivoisés.

Après la lime, je n'ai jamais rien de plus pressé que d'aller me débarbouiller le joufflu. Nos compagnes aiment mitonner dans les suées de l'amour, couver déjà ce qui en résulte. Mais moi, l'homme, aussitôt, je me redisponibilise au savon de Marseille.

O Jacob ! O Delafond ! qui m'attendez toujours dans la clarté lunaire de vos faïences irréprochables, que de gratitude je vous témoigne !

Vous êtes là, vigilants, disponibles, réparateurs d'outrages ! Vous qui savez si bien marier l'eau chaude à l'eau froide, je vous adresse, ici, un solennel merci.

Je reviens au dodo, ferme mes jolis yeux et glisse dans les abîmes du sommeil en tenant Molly par la taille. Dans un de mes rêves d'enfant, ça se passait toujours comme ça : il y avait un chemin encaissé, pierreux, qui s'en allait dans la nuit, et un homme très grand, drapé dans une cape noire et coiffé d'un chapeau à large bord, avançait silencieusement, malgré la caillasse. Je le voyais se déplacer de profil ; il marchait vite et, soudain, se produisait une superposition d'images cinématographiques : l'homme se présentait de face, tout en restant de profil. O fantasmagorie du songe ! Il avait un long nez crochu, des moustaches retroussées, des yeux luisants de loup. Il sortait de sous sa cape une main armée d'un poignard recourbé et se précipitait sur moi. J'étais glacé d'épouvante. Il me semblait qu'un aigle gigantesque comme un animal préhistorique me fondait dessus pour m'épiécer. Aucun hurlement ne pouvait jaillir de ma gorge nouée. J'attendais l'inévitable, minéralisé par la résignation : fou d'horreur.

Et voilà que le méchant cauchemar revient me visiter.

L'homme, rapide et silencieux surgit, masse obscure en mouvement dans la masse obscure et statique des ténèbres. Il marche dans le chemin qui devient le couloir de l'hôtel. Il s'arrête devant ma porte. Tiens, la petite Molly n'a pas tiré le verrou en venant me rejoindre ; d'ailleurs, en existe-t-il un ? Battements effrénés de mon pauvre cœur sans cesse surmené. S'agit-il du gargotier qui, ayant voulu rendre une visite nocturne à sa servante, est devenu livide en découvrant son lit vide ?

Le panneau frémit. Moi, réveillé soudain à la puissance mille, je me laisse couler silencieusement hors du pucier, sur la carpette en peau de jésuite. Tapi sur le tapis (comme dit Bernard), mes sens réduits aux aguets, j'attends la suite.

Je ne peux distinguer, par-dessous le plumzingue, que le bas de la porte. Il s'ouvre (le haut doit se comporter de même, je gage ?). Deux mocassins à figure humaine s'insinuent dans ma chambre, surmontés de deux jambes de jean. Alors là, nous n'avons pas affaire à *uncle* Jerry dont la vêture est vachètement rétro. Les deux mocassins cheminent en direction du lit. Un court instant d'immobilité et de silence intégraux. S'opèrent alors deux actions simultanées, ce qui m'embarrasse quelque peu car je ne sais laquelle te bonnir en priorité. Attends : je tire à pine ou fesse ? Face, t'as gagné ! Or donc, un crachotement sec, teigneux. Arme automatique munie d'un silencieux ! enregistre mon cher et irremplaçable subconscient. Mais dans l'instant où cela se produit, il y a un bondissement félin. Je perçois un choc. Suivi de plusieurs autres et une gueule arrive sur le plancher, à moins d'un mètre de la mienne. Comme elle est recouverte d'un bas de femme, les traits en sont déformés, aplatis, grotesques.

Un poing sombre entre dans le champ. C'est le champ des étoiles car le taquet qu'il administre à la coiffe de l'intrus doit lui introduire une chiée de galaxies dans le tiroir à idées.

Je m'extrais.

Embrasse la scène à pleins yeux et à pleine bouche.

Le lit, criblé de balles. Molly avec du sang plein l'épaule. Elle est hagarde, mais déjà résignée. Tu parles d'un réveil ! M. Blanc haletant, vêtu de son seul slip, avec de la sueur qui lui dégouline de l'astrakan. Il est agenouillé sur le tagoniste groggy et lui arrache une pétoire des doigts.

Je lui dédie un regard plein d'une reconnaissance éperdue. Il ne s'agit pas d'une reconnaissance de dette, mais d'une dette de reconnaissance.

— Je ne dormais pas, fait-il. J'ai cru entendre un glissement dans le couloir. Comme je te savais avec la petite, j'ai eu peur que ce soit son singe qui vienne au renaud.

La petite ! Je rabats le drap pour une info complète à propos des Degas.

The miracle ! Juste une bastos au défaut de l'épaule, alors qu'une flopée de quetsches ont perforé l'oreiller et la tête de lit capitonnée cretonne autour de sa petite frime.

— Qu'est-ce qui s'est passé ? demande-t-elle. C'est *uncle* Jerry qui ?

— Non, ma poule, rassure-toi ; il s'agit d'un voleur, juste d'un voleur que mon ami a mis à la raison.

J'examine sa blessure : rien de très important, mais il faut désinfecter ça dare-dare. Je le lui dis et elle paraît terrorisée.

— Si *uncle* Jerry apprend que je dormais dans votre lit, ça va être terrible.

J'ai beau tendre l'oreille à deux mains, aucun bruit malséant ne se produit dans l'albergo.

— Il pionce, fais-je, on va t'emmener à l'hôpital.

— Oh ! non, là-bas, on va demander ce qui s'est passé et…

— Tu diras que tu as été agressée en rentrant à l'hôtel après avoir rendu visite à ta mère. Mon ami va t'aider à te fringuer.

Cher Jérémie ! Sans son intervention opportune, la gosse serait morte foudroyée. A ma place ! Car bien entendu c'est bibi qui était la cible ! C'est moi qu'on venait scraffer pendant mon sommeil.

Je me penche sur le type inanimé, arrache le bas qui dissimule ses traits. Tu connais le fameux gag du mec masqué Dracula ? Quelqu'un lui ôte son masque et hurle de frayeur parce qu'il est beaucoup plus terrifiant, en réalité.

Eh ben, ça ! Oh ! la sale gueule !

Je l'ai déjà vue quelque part. Non, c'était pas dans un film d'épouvante mais dans un restaurant.

A Denver !

Ce vilain prétendait me photographier avec un appareil infernal qui, en réalité, émettait des ondes chargées de saper ma volonté. Même son blaze me revient : Horace Berkley ! Le soi-disant journaliste venu à la demande de Peggy Ross photographier le millionième (on ne sait plus combien) client des *Cheyennes Village*.

Je passe son feu dans ma ceinture.

— Les cordons des rideaux, Jéjé ! fais-je-t-il à mon pote. On embarque monsieur avec nous.

*
* *

L'interne de garde est parti en vacances et c'est une infirmière grincheuse qui s'occupe de Molly. Elle devait se payer une ronflette, la vioque, et ça lui fout des gaz qu'on l'éveille pour panser une blessure.

Molly récite la leçon que je lui ai apprise. Un gars jeune, de type basané (ne jamais omettre de préciser ça quand tu te trouves dans un pays occidentiste) l'a chambrée ; il voulait abuser d'elle, mais elle rebiffait, alors, pour l'impressionner, il a sorti un feu. Le coup est parti tandis qu'il gesticulait. Effrayé en constatant qu'elle était touchée, le garnement s'est enfui. Je suis arrivé sur ces entrefesses et l'ai conduite à l'hôpital.

Elle commente amèrement, la dabuche. L'insécurité sociale, ces temps de haute merde que nous traversons ! Lyons, jadis si paisible qu'on y était vieux en venant au monde. Et maintenant, hein ? Vous voyez, maintenant ?

Elle désigne l'entaille déchiquetée. Nettoie celle-ci à grand alcool, referme les vilaines lèvres qu'elle maintient jointes à l'aide d'un sparadrap spécial qui remplace les points de suture.

Pendant qu'elle soigne ma petite Fleur de pissotière, je lui engourdis un flacon d'éther, un rouleau de toile adhésive et plusieurs seringues contenant une solution de vitamine bétascorbée 30 à pliure centrale. Plein les fouilles, je m'en mets ! La gosseline endure les gâteries de la vieille chouette avec stoïcisme. Elle est d'une pâleur tirant sur le vert bouteille.

Enfin la voilà ravaudée.

Je la conduis à l'auberge.

Jérémie m'attend sur le parking, au volant d'une Ford crème appartenant à mon agresseur. Celui-ci gît, ligoté dans le coffiot.

— Ça va, la moufflette ? s'inquiète Blanc.

— Pas princière, mais elle tient le choc.

— On s'occupe du vilain ?

— Action immédiate ! Suis-moi au volant de son tréteau.

— Où allons-nous ?

— Lui faire respirer l'air des cimes pour le ragaillardir.

Et nous v'là partis à l'assaut de la cordillère. Des Andes !

Happy Andes !

« Roule, roule, train du malheur », chantait papa, jadis. Il collectionnait les rengaines d'avant 14, mon dabe. Il savait (et interprétait) *La petite Tonkinoise, Fascination, L'Hirondelle du Faubourg, Le Cœur est un grelot* (son triomphe !). Des chouettes, bien glandues, larmouillantes, avec des apitoyances forcenées, des amours que tu peux plus comprendre de nos pauvres jours où la nique se perd. Jadis, tu prenais le temps de délacer des corsets avant de te délasser Popaul. Tu trempais dans des langueurs. Tu broutais une chaglaglatte sans te presser, une plombe d'affilée avant d'enfiler. Et tu pratiquais les doigts fourchus en même temps. Maintenant, c'est la sabrade exprès contre le capot de la voiture. On tire juste pour s'affranchir la glandaille, se débigomer le juteux. Faut faire vite, *time is money*. On galope après la grosse aiguille. Que dis-je ! Après la ronde infernale des chiffres sur les cadrans électroniques. Les aiguilles, c'est révolu. Reléguées avec les sabliers chers à mon ami Attali qui les collectionne.

Je t'en reviens à « Roule, roule, train du malheur » que je brame en drivant ma vieille Ricaine pourrie par les routes en lacet.

La chanson raconte un peu le sujet de *La Bête Humaine* d'Emile Zola (l'auteur des bougons macars). Le mécanicien et le soutier de la locomotive qui se battent pour une femme. Ils tombent sur la voie, le train fonce vers la cata. De toute beauté !

La nuit se fait de plus en plus pure et claire. L'univers, c'est comme ça : plus tu t'élèves, plus ça devient somptueux. C'est peut-être pour cette raison que je raffole de l'avion. Il fait toujours beau, au-dessus des nuages. Les nuages, c'est terrestre, donc dégueulasse, c'est la mousse à raser du sol. A l'étage au-dessus, t'as plus que l'infini et le soleil. Te voilà guéri du mal de terre ! Du mal de terre à terre ; dans l'antichambre du bon Dieu, comme qui dirait.

Je ralentis, biscotte des travaux. On élargit un virage, ça forme esplanade. Y a plein de grosses machines au repos, entourées d'une symbolique barrière de plastique peinte en blanc et en rouge. Je mets mon cligno pour indiquer à Jérémie que ça va s'opérer là, et remise ma pompe sur le terre-plein. Il en fait autant.

— Qu'est-ce que tu projettes, *big chief* ?

— Déballe ton client ! dis-je d'un air sentencieux qui masque mon manque d'idées. L'endroit me plaît, et puis c'est tout !

Au clair de lune, tu le confonds avec King-Kong, Horace Berkley, à cause des incisives qui lui sortent de la gueule, transformant ses lèvres en babines. Il n'est pas velu, c'est plus affirmé que ça : on peut carrément parler de pelage. Sa figure est « mangée » de poils, comme l'écrivent les romanciers d'académie. « Figure mangée de poils », « jambes gainées de nylon », le style c'est l'homme ! J'en serai jamais ; dommage !

Jérémie qui a beaucoup appris depuis qu'il œuvre sous mon autorité, sait ligoter un mec de première. D'abord, mains au dos, les poignets attachés serré, ensuite deux tours à la taille, puis le lien descend tout droit aux chevilles, entoure l'une, entoure l'autre, plaque les deux étroitement et se conclut par une théorie de nœuds marins. Une œuvre d'art, quoi, n'ayons pas peur des maux.

Mon *black* pote a déposé le chérubin à même le sol défoncé. Je m'assieds sur le rebord d'une énorme asphalteuse afin de rester à portée d'audition du gars.

— C'est pas enchanteur, un endroit pareil ? lui fais-je. Tu te rends compte si on est peinardos, ici ? L'air pur, le silence, la solitude, la voûte céleste cloutée d'étoiles ! On baigne, quoi !

J'ai croisé mes mains entre mes jambes, incliné ma noble tête qui aurait empêché Rodin de dormir s'il l'avait vue au zinc du bar-tabac de son quartier.

— Vois-tu, Horace, des scènes comme celle qui va suivre, j'en ai tellement vécu que je pourrais la jouer sans partition. C'est toujours la même rengaine : moi, je te demande de tout me dire. Ton personnage à toi, c'est « tu peux toujours te l'arrondir » ! Bonne guerre. Je veux savoir, tu refuses de parler. Alors, pour en sortir : pressions, sévices, tortures, mort ! Impossible d'échapper à cette fatalité. Depuis que le monde est monde et le roman, policier, le processus est incontournable. Partons du bon pied, mon fils, ça nous évitera les désagréables bavures. Je résume la situation : tu es venu m'abattre, tu as raté ton coup. Te voilà à notre disposition, sans le moindre espoir d'une intervention extérieure. L'extérieur, mon trognon, nous y sommes. En plein !

Un temps.

— Tu te mets à table ou dois-je préparer le matériel ?

Et je sors de ma fouille ce que j'ai subtilisé à l'hosto.

Il regarde avec détachement. Ce guzimus, ou je me trompe, ou il a subi un entraînement psychologique poussé. Moi, pour commencer, je débouche le flacon d'éther.

— Tu veux bien pincer le nez de monsieur ? sollicité-je de Jérémie.

Coup classique : le gars essaie de tenir un max sans oxygène, mais ses soufflets ainsi que son cœur ne l'entendent pas de cette oreillette et il ouvre pour finir une clape grande comme l'entrée du tunnel sous le Mont-Blanc. Je lui enfile le goulot. Glou ou, glou ou ! Qu'ensuite c'est sa pomme qui repoussera du goulot. Il est tout chaviré sous la Voie lactée, le mignonnet.

Je dégage une seringue de son conditionnement. Ploff ! Dans le biscoto. Ça ne peut pas lui faire de mal si ça ne lui fait pas de bien. Il encaisse avec stoïcisme.

— Qui t'a chargé de me mettre en l'air, Horace ? murmuré-je.

Fin de non-recevoir.

— Nous allons devoir employer les moyens extrêmes, dis-je.

Paroles en l'air. J'en ai de bonnes. Quels moyens extrêmes ? Je cherche l'inspiration autour de moi, la trouve en la personne d'un énorme rouleau compresseur remisé sur l'esplanade avec les autres machines.

— Toi qui as œuvré pour la voirie, fais-je à M. Blanc, tu devrais pouvoir utiliser cette bécane ?

— Pourquoi pas !

Aussi taudis, aussitôt fait. Voilà mon Négus qui escalade le marchepied du rouleau compresseur et qui en explore le tableau de bord. Bientôt, l'engin se met à vrombir. Je traîne alors Horace Berkley devant l'énorme machine et le place perpendiculairement au cylindre.

— Les deux pieds écrasés, c'est marrant, fais-je ; quand ensuite c'est les deux genoux, ça devient gênant. Où la vraie désolation commence, c'est quand tu as les couilles et le bassin réduits à l'état de galette. Jusqu'au thorax, paraît que tu peux vivre encore, mais si ton poitrail est en flaque, alors, mec, tu tires définitivement ta révérence.

Un temps.

— Pour le compte de qui travailles-tu ?

Silence.

Drôle d'obstiné ! Peut-être que l'éther l'a plongé dans les vapes intégrales, non ? Pourtant, son regard conserve une lucidité indéniable.

— Vas-y ! enjoins-je à mon assistant.

Le cylindre frémit, puis amorce un début de mouvement. Sentant que la masse de métal aborde ses pieds, Berkley replie ses jambes. Ça lui fait quarante centimètres de gagné. Le rouleau s'avance, majestueux. Il rattrape les genoux du gars.

— Parle, bordel, sinon il sera trop tard ! hurlé-je-t-il.

Ça lui commotionne le bulbe, à cézigos, pour le coup.

— Oui, d'accord, je vais tout vous dire ! hurle le tueur à gages.

— Stoppe ! lancé-je à mon pote.

Jérémie acquiesce et voilà que tout se passe comme dans un film d'horreur.

Au lieu de s'arrêter, le rouleau compresseur prend de la vitesse. Un immense cri déchire la nuit. Toujours, dans les bons romans policiers, « les cris déchirent la nuit » ! Le fauve de fonte (tiens, c'est joli comme image) paraît « envelopper » Horace.

Avec une stupeur incrédule, je le vois passer sur ses jambes, son ventre, sa poitrine, SA TÊTE ! Enfin il s'immobilise et le silence s'étend, tel un linceul (superbe !) sur cette brève tragédie.

Jérémie, hagard, se dresse, immense et sombre sur le marchepied.

— J'ai fait une fausse manœuvre, balbutie-t-il.

— J'ai cru le remarquer.

— Tu comprends, explique l'écrabouilleur, généralement, sur ces sortes d'engins, pour obtenir la marche arrière, il faut pousser la manette à gauche. Là, il fallait la pousser à droite.

— C'était pas son jour ; fatalisé-je en désignant le cylindre.

On ne voit plus rien d'Horace Berkley ; la galette qui subsiste de lui est complètement engagée sous le rouleau.

— Si un jour tu quittes la Rousse, tu pourras te lancer dans le pressing, je soupire.

Il saute à terre, vient examiner l'avant de sa brouette et, n'apercevant personne, émet :

— Tu l'as tiré au dernier moment ?

— Ne rêve pas, beau blond. Comment aurais-je eu le temps, ça été si soudain ! On l'a dans le prosibus, quoi ! Enfin, moins que lui tout de même. Ce qu'il y a de con c'est qu'il venait de mettre les pouces.

— Tu crois qu'il a souffert ?

Je hausse mon cintre à habits.

J'ai toujours trouvé cette question stupide. Qu'est-ce que ça peut foutre que quelqu'un ait souffert ou non pour trépasser, du moment « qu'il n'existes plus » quand tu t'inquiètes de la chose ! Ce qui est révolu ne nous concerne pas et, vu au passé, ne nous a jamais concernés !

— C'est chié, comme philosophie, bougonne Bébé Rose.

Nous regagnons notre vieille guinde. Avant d'y prendre place, je me ravise :

— On pourrait jeter un œil à cette tire !

— Je l'ai fait en la pilotant jusqu'ici, je n'y ai rien découvert d'intéressant.

Néanmoins, je grimpe dans la guinde de l'Aplati. Qu'à peine, un ronfleur se déclenche. De quoi s'agite-t-il ? comme disait ce brave cher Béru.

Le bruit semble émaner de l'accoudoir central. Je soulève icelui et m'aperçois qu'il servait de couvercle, en quelque short, à une cavité contenant un combiné téléphonique du genre Natel. Je m'en saisis, le branche d'un coup de pouce au portun et l'oreillise.

— Oui ? je grommeluche, feutré.

— Horace ?

— Videmment.

— Tout va ?

— Au poil !

Moi, faut que je te redise car je n'ai pas l'outrecuidance de croire que tu mémorises tout ce que je révèle dans mes polbookars, mais je possède un don d'imitation qui en ferait grincher plus de deux si je l'exploitais. M'arrive même d'imiter les imitateurs, c'est te dire ! Tiens, un jour que le Patrick Sébastien avait avalé une arête de clitoris et a dû subir de ce fait une petite intervention bénigne, c'est moi qui l'ai remplacé au gala qu'il devait donner à Saint-Ederne (Allier) pour les trépanés du bulbe. Parole ! Si t'as des doutes, téléphone-lui, c'est un mec réglo qui ne ment jamais en dehors des repas !

Ce, pour t'expliquer que ma pomme reinette, bien que n'ayant pratiquement pas entendu le son de la voix de feu Horace Berkley, je le « contresuis » (comme on dit chez nous) à la perfection.

La voix du téléphone, tu sais quoi ? C'est celle de Peggy Ross, l'exquise Noirpiote. Décidément, elle fait équipe avec Horace-la-Limande !

— Je me faisais du souci, reprend-elle.

— Moi aussi, grincé-je.

— Des problèmes ?

— Pas qu'un peu !

— Ça n'a pas joué ?

— En fin de compte, si !

— Ouf ! J'ai eu peur. Maintenant, il va falloir se remuer. Je crois que le plus simple c'est qu'on se retrouve directement à l'aérodrome ; ils récupéreront la voiture là-bas.

— O.K.

Fin de la communication.

Le Suédois se pointe.

— Qu'est-ce que tu bricoles ? s'impatiente-t-il, peu soucieux de bivouaquer sur le terrain de ses exploits de coureur d'élite sur rouleau compresseur.

Je lui relate le coup de turlu.

— Et la fille t'a vraiment pris pour l'autre, avec ton accent franchouillard !

— Je sais le perdre quand je parle avec des mots

n'excédant pas cinq syllabes. Tu crois qu'il y a un aérodrome à Lyons ?

— T'es louf ! Je sais bien que les States sont riches en aéroports, mais tout de même.

— Elle n'a pas parlé d'aéroport, mais d'aérodrome, nuance ! Dans ce patelin, un habitant sur dix fait de l'aviation. Bon, suis-moi, on retourne à l'hôtel se renseigner ! Moi, je vais garder cette tire.

*
* *

A tombeaux ouverts !

Note que le tombeau d'Horace n'a pas besoin d'être très ouvert. Cézigue, tu le glisses dans la boîte aux lettres du cimetière !

Je roule sec. Au volant de notre vieille caisse déboulonnée, Jérémie a du mal à me filocher. Si, à Pantruche, un loche drivait son G 7 à cette allure, ses clilles gerberaient leur quatre-heures sur ses velours frappés !

En moins de jouge, je rallie l'auberge bleue aux encadrements jaunes. Y a de la lumière, en bas, et aussi des cris. Je me précipite et que vois-je-t-il ? Je te le donne pas en cent, je t'en fais cadeau avec un paquet de Bonux en suce : *uncle* Jerry, saboulé d'un caleçon long, d'une liquette et coiffé de son éternel Stetson file une dérouillée sournoise à la gentille Molly !

Ah ! le chien ! Il l'a entreprise au torchon mouillé. Recette : tu trempes un torchon dans l'eau, tu le tords pour l'égoutter, le saisis par chacune de ses extrémités et t'en sers de matraque. Radical. Antibavures. Ça laisse peu de trace, n'étant pas contondant. A la poule, c'est du contondant qu'on doit se gaffer : les poings, les goumis, les crosses de pétard… Mais dès que t'as la sagesse de te rabattre sur la pattemouille ou l'annuaire des P. et T., t'obtiens des performances pas punissables.

Le grand sagouin glauque et torve de partout, il sait cela. Alors il frappe, frappe. Avec son épaule fanée, elle peut pas parer, la pauvrette. D'autant qu'il l'a coincée dans un angle de l'auberge, près du jeu de fléchettes. Chplaff ! dans le museau ! Chplaff ! sur le ventre ! Chplaff ! sur les cuisses ! Chplaff ! sur sa blessure ! Ah ! la carne vomique ! Ah ! le cancrelat à pustules ! Ah ! le panaris incisé ! Moi, de voir ça, j'en oublie tout : les traites de ma bagnole, la retraite de Russie, la date de naissance de Line Renaud ! (T'as des gens qui croivent que la date de naissance de Line Renaud n'a jamais existé, foutaises ! On a retrouvé récemment des parchemins comme quoi).

Tu me verrais, je me reconnaîtrais plus ! Je traverse tout le troquet en une enjambée, et peut-être même pas. J'alpague le bitos de ce grand connard et le lui enfonce jusqu'au menton, et d'une ! Ensuite, coup de genou dans ses ridicules précieuses ! Et de (ses) deux ! Pour suivre, je rassemble tous les plis de sa grosse limace à carreaux dans ma main, je le virevolte et l'expédie. Il aboutit dans la partie épicerie de sa taule. Et de trois (de Gibraltar) ! Je l'y course pour un crochet par-dessous sa jugulaire ! Et de quatre ! Mon pain le décolle du plancher, il va éventrer un sac de maïs. Les grains cascadent sur le sol. Et de cinq ! Je l'empoigne alors par le col et par le calcif (bien que ce dernier soit devenu merdeux à force de mon comportement), le soulève pour le plonger la tête la première dans un baril de mélasse. Et de six !

Lorsque je l'oublie, « et de cent ! », je suis sans

force et lui ressemble à un déraillement de chemin de fer en Haute-Volta.

— Je peux savoir les raisons de ce mouvement d'humeur ? me demande Jérémie qui m'a rejoint et assiste, médusé, à cet exercice de style.

— Il molestait la pauvre enfant, allant jusqu'à la cogner sur sa blessure.

La petite nous explique que son singe a été réveillé par nos démêlés nocturnes avec Horace Berkley. Poltron comme un lapin puceau, il s'est planqué. Mais quand elle a été de retour de l'hosto, il a voulu tout savoir et elle lui a alors tout dit, d'où la hargne de cet homme qui a appris dans un laps de temps très bref : qu'il était cocu, que son établissement servait de champ clos pour les combats singuliers de gens douteux, lesquels étaient partis sans payer leur écot après avoir enfoutré et revolvérisé sa literie de luxe.

— Allez faire votre bagage, petite, dis-je, je ne vous laisserai pas une seconde de plus en compagnie de ce saligaud !

— Elle reste ! proteste *uncle* Jerry à travers ses lèvres éclatées : sa mère me l'a confiée !

— Elle vous l'a confiée pour que vous la violiez[1] et la frappiez, misérable ? Je vais saisir la justice de votre comportement et vous serez traduit devant les tribunaux[2] !

Là, il la ferme ; d'ailleurs c'est ce qu'il a de mieux

1. Si le tutoiement existait en anglais, j'aurais écrit : « pour que tu la violes, Oncelle », obtenant ainsi un effet irrésistible, mais, hélas, ces cons baisent en se voussoyant.

2. Moi qui suis traduit en seize langues, je ne l'ai encore jamais été devant les tribunaux !

à faire, avec tout ces caillots et viscosités glaireuses qui lui emplissent la bouche.

Comme nous sommes pressés, je file quelques talbins sur le plancher pour payer notre écot et, prenant la Molly mollissante par la main, nous caltons.

— Il existe un terrain d'aviation, à Lyons ? j'y demande.

Elle répond qu'oui, accepte de nous montrer le chemin.

Mon plan (à genêt) est le suivant.

Je me pointe en trombe (d'Eustache). Peggy Ross doit attendre dehors la venue d'Horace et…

Fondu enchaîné.

La piste de l'aérodrome est éclairée, mais une aube livide commence à argenter la nuit. J'avise, de loin, un Sisnétoi 18 biréacteur à ovulation précoce en train de chauffer.

A droite s'élève un baraquement de planches sur le toit duquel on peut lire (quand on sait lire, naturellement) « Lyons Aeroclub ». Une biroute pendouille au faîte d'un mât. Derrière le baraquement, un parking où sont stationnés quelques véhicules (biliaires).

Devant le *club-house*, j'aperçois trois silhouettes : une femme, deux hommes.

Au lieu d'obliquer vers le parking, je fonce en direction de la piste en faisant des appels de phares. La gonzesse qui est bel et bien Peggy Ross lève la main en reconnaissant la voiture. Je bombe comme un perdu sur le trio, mais alors droit sur lui. Instinctivement, les trois personnages ont un mouvement de reculette. Je freine à mort une fois parvenu à leur hauteur, stoppe sans couper le moteur.

Nous bondissons simultanément de la guinde, Jérémie et bibi. Lui se tenait à l'arrière. Et le travail qu'il accomplit est digne des doges, comme on dit à Venise. Il a le revolver de feu Berkley en main mais il le tient par le canon. Cette agilité ! Cette promptitude ! Grâce et souplesse. Les compagnons de la gosse n'ont pas le temps de piger. En deux gestes précis, il les rétame l'un et l'autre. Ça fait un double bruit comme, en moins bruyant, un bang supersonique : vlan… lan ! A terre ! Deux descentes de lit !

Pour ma part, je me suis contenté de la besogne la plus facile et la plus lâche, ajouteré-je manière de faire mon m'encule-pas (disait ce pauvre Béru). Ma manchette asphyxiante à la glotte si gracieuse de Miss Peggy. Elle suffolk, suffoque, couine du corgnolon, tombe à genoux. Je la ramasse tel un pacsif de linge sale et la jette à l'arrière de la bagnole. M. Blanc la rejoint.

Décarrade à l'arraché. Bien joué ! Temps de l'opération : quatre secondes six dixièmes ! Y a mieux, mais dans les dessins animés seulement.

Notre action se décompose de la façon ci-dessous et suivante :

Neutralisation de notre prisonnière par l'irremplaçable M. Blanc.

Récupération de notre propre tire à quinze cents mètres de là.

Le Noirpiot la drive.

On retourne à l'esplanade aux travaux sur la route de la Cordelière des Indes (toujours le regretté Béru dixit). Pour quelle raison prends-je un tel risque ? Parce que, mon vieux protozoaire décadent, quand on a accidentellement commis une bavure de ce tonneau, il faut en tirer profit, afin de « l'amortir ». Ce qui va maintenant se dérouler (c'est le verbe idéal), je te parie une orchite double contre une cornemuse écossaise que cela doit nous assurer en un temps record la totale confession de Peggy Ross.

Je la fais descendre de bagnole. Elle a les poignets liés dans son dos et ses chevilles sont entravées de telle sorte qu'elle ne peut pas se permettre des enjambées supérieures à douze centimètres pièce.

— J'espère que vous avez le cœur bien accroché, douce Peggy, ma superbe tubéreuse de l'ombre.

J'adresse un signe d'intelligence (rien ne m'est plus aisé) à Jérémie et le voilà qui gravit le marchepied donnant accès à la cabine du cylindre.

Moteur !

Je crois tourner un film.

Action !

Cette fois, la pesante et trépidante machine se met à reculer lentement. Je braque le faisceau d'une torche électrique sur le sol, au ras de la roue de fonte et d'acier.

Hug ! Je te mets au défi de pas gerber, même que tu sois chirurgien ou boucher. Tu balances ta fusée éclairante, devant un aussi ignominieux spectacle. La tronche à Horace est large comme un couvercle de lessiveuse. On le devine à peine dans cette flaque : aplatis de la sorte, les poils de sa barbe restent en partie collés après le cylindre. Ah ! l'abomination !

Peggy défaille.

— On peut pas croire que c'est Berkley, hein ? fanfaronné-je sinistrement.

Le rouleau démasque progressivement ce qui reste du corps d'Horace. Surréaliste dans l'horreur !

— Peggy Ross, fais-je en assurant ma voix (à la Lloyd), si vous ne répondez pas à mes questions avec la plus grande franchise, voilà ce que vous serez d'ici dix minutes. Horace m'a déjà dit beaucoup, suffisamment pour que je sois en mesure de savoir si vous mentez ou parlez vrai. Seulement, lui n'a pas *tout dit*, soit parce qu'il s'obstinait à nous faire des cachotteries, soit parce qu'il *ne savait pas tout*. Toujours est-il qu'il se retrouve dans ce triste état. J'ai voulu vous le montrer pour que vous compreniez notre détermination. Les menaces sont prises au sérieux quand on peut fournir la preuve de leur réalité. Sommes-nous bien sur la même longueur d'onde, avant de démarrer ?

Ah ! les femmes !

Tu sais quoi ?

Alors qu'elle est tétanisée (j'allais pas le rater, çui-là) par la terreur, vitrifiée à la vue du plus horrible spectacle jamais offert à l'homme depuis que sa mort a été inventée, oui, malgré elle, elle trouve le moyen de murmurer :

— Vous me tuerez, même si je parle !

— Quelle idée !

— Parce que vous ne pourrez plus me laisser en vie après ce que j'ai vu ! analyse-t-elle.

C'est charognard comme situation. Ce cadavre aplati me crédite d'un terrible préjugé. Il fait de nous, à ses yeux, des individus impitoyables pour qui la vie humaine compte moins qu'une épluchure de cacahuète sur le paillasson de Jimmy Carter. Elle se dit que nous sommes allés trop loin avec elle. En lui découvrant cette galette humaine, nous la condamnons à mort pour nous assurer de son silence, comprends-tu-t-il ? La logique même ! Et pourtant ! Tu me vois la buter ? Une fille comme elle, avec une peau de cette ambrerie, une chatte aussi veloutée, une cressonnière aussi luxurieuse (et ante). Mais ce serait de la confiture donnée à la mort ! Un crime de lèse-baise !

Je la prends par les épaules.

— Vous avez souvenir de mes caresses dans le palace de Denver ? Quand on fait à une femme ce que je vous ai fait cette nuit-là, on n'a pas envie de l'assassiner. Votre dernier atout est de croire en ma parole, Peggy. Si vous parlez, je vous jure que je ne vous tuerai pas. Je vous le jure sur la tête de ma mère qui est l'être que j'aime le plus au monde.

Elle objecte en montrant la cabine du rouleau compresseur.

— Mais lui, là-haut ?

— Il fait ce que je dis et rien de plus !

A présent, elle semble tout à fait en condition. Me reste plus qu'à lui soumettre le questionnaire décisif. Pas celui de Marcel Proust : le mien !

*
* *

La maisonnette mauve ressemble à quelque illustration pour un conte de Grimm, dans l'éclairage incertain de l'aube.

Nous y parvenons par-derrière, en suivant une sente herbue que nous indique Molly, car nous ne voulons pas nous faire repérer par les voisins. Je laisse ma vieille tire (nous avons abandonné l'autre que les « amis » de Peggy doivent chercher ardemment) derrière un buisson de noisetiers et nous aidons Peggy à en sortir sans avoir à la détacher.

Une vingtaine de mètres nous amène sur la porte arrière de la masure, porte dont mon sésame se rit comme les sulfamides chargés de neutraliser une chtouille ordinaire. La gentille Molly, frêle et meurtrie, nous suit comme un chien perdu sans collier (je lui en achèterai un chez Cartier où je vais faire mes provisions avec un caddie).

On pénètre. J'explore. Choisis. Ce sera la soupente aménagée en dortoir. Il y a trois lits bas disposés n'importe comment. Une tabatière opacifiée par la poussière et les toiles d'araignée. On y conduit Peggy, plus morte que vive. Cette maison abandonnée ne lui dit rien qui vaille et elle craint que je ne faillisse à ma promesse.

— N'ayez pas peur, lui soufflé-je, il s'agit d'une simple parenthèse ; vous allez rester ici très peu de temps afin que nous ayons les coudées franches.

— J'ai une surprise pour toi, Grand ! m'annonce Blanc en sortant de sa vague une paire de menottes américaines. Je les ai dénichées dans la voiture de Berkley.

— Parfait.

Je visionne de près le topo de la pièce. Tuyau du lavabo scellé au mur. En poussant l'un des lits de camp tout contre, Peggy pourra y être reliée sans grand dommage.

— L'aile ou la cuisse ? lui demandé-je en brandissant l'une des boucles ?

Elle hausse les épaules. Généreux, je lui emprisonne la cheville et fixe le deuxième bracelet au tuyau rouillé.

— Essayez de vous reposer le plus possible, dis-je. Pour ce qui est des fonctions naturelles, quand vous aurez besoin, Molly vous apportera un seau. Quant à la bouffe, vous serez contrainte à une petite diète, toutes les deux. Elle ne devrait pas excéder la journée. Nous vous apporterons de la nourriture dès que possible. Cela dit, l'eau fonctionne encore et il y a un pommier chargé de fruits dans le jardinet, c'est bon pour la ligne. Molly, je compte sur vous.

Je l'entraîne sur le palier.

— Vous avez confiance en moi, petite aubépine-en-fleur ?

— Oh ! oui.

Fervente, tu vois ? Conquise ! Une queue pareille, dis, ce serait dommage qu'elle l'oublie déjà !

Je lui saisis le menton, comme j'aime à le faire, tu sais, chérie ? Les yeux dans les yeux, que le rapprochement finit par troubler. Et puis la galoche roulée, titilleuse au départ, investisseuse à l'arrivée. La femme que t'embrasses bien, au début c'est à peine un effleurement, à la fin c'est presque minette. La minette d'en haut. Chat-perché, quoi ! T'épanouis du module en goinfrant la frangine. Y a lubrification consensuelle. Tu bidures de la cave au grenier. Elle aussi. C'est superbe comme du clavecin !

*
* *

On roule. Comme pierre qui n'amasse pas mousse. Mais que ferions-nous d'un mousse, sinon le sodomiser ? Or notre religion ne s'y prête pas.

M. Blanc est ajoué contre la vitre (on dit adossé pour le dos, on peut dire ajoué pour la joue, non ?). Il somnole ou bien il réfléchit ?

Il réfléchit !

A preuve :

— Si ces malins nous ont débusqués à l'auberge, ils connaissent également notre voiture, non ?

— Pas nécessairement.

— Pas nécessairement mais PROBABLEMENT. Faut changer de calèche.

— Si on en pique une, ça ne solutionnera rien.

— On peut en acheter une autre ? C'est pas non plus l'idéal car on se fera retapisser par le marchand mais ça nous fera gagner un peu de temps.

Ce que cet être intelligent exprime avec pertinence,

tu te doutes bien que je l'ai déjà envisagé. A quoi me servirait d'être son chef si je ne réfléchissais pas plus vite que son ombre ?

— A Denver, nous nous mettrons en quête d'un marchand de tires, fais-je, mais nous ne lui demanderons pas de reprendre celle-ci, au contraire nous l'abandonnerons dans le centre de la ville, près de la gare routière.

— Subtil, apprécie le décrocheur de noix de coco.

Soudain le sort s'en mêle (ou s'emmêle). Notre tas de boue se met à fumer comme toute la Ruhr en période de surproductivité. Le vrai nuage de vapeur qui nous contraint à stopper sur le bas cocotier de la route (dirait Jérémie).

Je déponne le capot. Madoué ! Ça crache épais ! Le Vésuve en éruption !

— Tu as coulé une bielle ! accuse aussitôt Blanche-Neige.

— Pas moi : la bagnole, rectifié-je.

Et nous voilà deux connards à pied sur cette autoroute sinueuse. Dans ces cas précis, ton premier soin est d'égrener trois pages de jurons et autres blasphèmes, histoire de te soulager un peu le biliaire. Mais moi, je demeure impérial. Détaché, pensif.

Tu ne devineras jamais à qui je songe à cet instant foireux. A Martha Woaf ! Ça me mène, hein ? Au moment où ça s'est mis à cramer dans le moteur, je croyais voir son reflet dans mon pare-brise. Pourtant je ne la connais pas. Néanmoins, je me la constitue en partant de la petite Molly. J'imagine un être ayant les traits de la gosse, mais en plus affinés, en plus énergiques aussi, avec des yeux qui regardent au-delà des gens et des choses. Un être farouche, beau et lointain…

Ce qu'elle devait être émouvante lorsqu'elle giguait du cul sur les biroutes des messieurs, sans jamais les regarder, ces vilains mâles cancreleux !

Pourquoi ai-je l'impression qu'il existe une sorte de connivence entre elle et moi, par-delà la mort ? Je tentais d'imaginer sa figure ou bien « s'imposait-elle à moi » ? Frontières indicibles entre le mystère et la réalité. Liens impondérables, tissés par le subconscient.

— T'as l'air d'un homme foudroyé ! note M. Blanc. Tu ne vas pas nous faire une thrombose parce qu'un vieux baquet coule une bielle.

— C'est elle ! murmuré-je.

— Elle qui ? Elle quoi ?

— La panne…

— Explique, merde ! T'as du caramel à la place du cervelet ?

Que lui « expliquer » ? Une sensation insensée, surnaturelle ? Lui annoncer que c'est Martha qui s'est manifestée du fond des limbes pour stopper notre calèche ! Dis, il bat la chamade le commissaire !

Et moi, tu veux que je te dise bien tout ? Je regarde sur ma gauche, le flot des voitures déferlantes. Elles passent sans que leurs conducteurs nous accordent un regard. Tout le monde se fout de tout le monde. C'est chacun pour soi. Bien fait pour ceux qui restent en rade.

Et pourtant, je vois surviendre des horizons une grosse Cadillac bleu clair, pleine de chromes étincelants, et je « pressens ».

Ai-je esquissé un moindre geste ? Toujours est-il que la grosse tire d'un modèle déjà ancien, mais entretenue au poil de zob, ralentit et se range devant notre épave écumante.

A l'intérieur, une créature de roman. Femme style rétro : brune, cheveux coupés à la garçonne comme la pute du bordel à Denver, maquillage vif (lèvres couleur cerise), nez pincé, regard vert d'eau, profond et languissant. Elle est en veste de cachemire grège à col de renard ivoire. Ça crache ! C'est beau ! Conforme à ton rêve le mieux agencé.

Comme la plupart des femmes, elle a retroussé sa jupe pour piloter, et ôté ses escarpins. Vision fabuleuse dont nous gavons nos rétines.

— Des misères ? elle murmure, laconique.

— Il y a des choses plus graves, souris-je.

— Montez !

Je prends place à son côté ; Jérémie s'installe à l'arrière. Comme les banquettes sont de cuir blanc, il murmure :

— N'ayez crainte : je ne déteins pas !

La dame ne sourit pas et démarre. On n'a pas parcouru trois cent soixante-dix mètres que j'entends survenir un vacarme, loin derrière. D'instinct, je me retourne. Des perdreaux ! Motards à fière allure sur des bolides d'apocalypse. Ils sont quatre. Les voilà qui stoppent à la hauteur de notre auto fumante. Deux d'entre eux mettent pied à terre. Il y a con s'il y a bulle. Puis les deux autres repartent.

— Ta godasse est délacée, fais-je à Jérémie.

Il pige, se penche en avant, très bas, de façon à disparaître complètement à l'intérieur de la Cad'. Je mets mon bras gauche sur le dossier, de manière à dissimuler mes traits pourtant si séduisants.

Les deux motards roulent mollo, défrimant l'intérieur des chignoles qu'ils doublent.

Notre bonne Samaritaine (de luxe) murmure :

— Les vitres sont teintées. On ne s'en aperçoit pas de l'intérieur, mais on voit très mal depuis l'extérieur.

Les motards nous doublent et matent les tires qui nous précèdent. Alors là, je SAIS que c'est vraiment Martha qui nous a filé ce joker providentiel. Ces draupers motorisés sont lancés à nos trousses et il s'en est fallu d'un moins que rien qu'ils nous coiffent !

Je me laisse aller à une sotte gratitude. Faut être jobastre pour croire à des trucs pareils ! Si je continue sur ce tracé, bientôt je vais faire tourner les tables et étudier le marc de caoua. La réalité ne me suffit plus, en somme ! Et pourtant ce qu'elle est copieuse, la salope ! Mais non, faut que je tète les mamelles du merveilleux, tu penses ! Que je foisonne, signedecroise, fasse des pipes aux premiers présages qui passent à portée. Qu'on m'oracle de la tête aux pieds, bénisse, miraculise ! Qu'on me flamboie, irradise, rayonne, auréolise. Un complet, je veux !

La conductrice ressemble un peu à l'exquise et regrettée Romy Schneider dans *La Banquière*. Moi, insatiable, toujours survolté de la membrane, je suis en train d'imaginer sa chatte. Mon dada ! Dès que j'aperçois une gerce de plus de quinze ans et de moins de quatre-vingt-dix, boum ! Je « vois » son frifri, hypothèse sa couleur, sa conformation, son manteau, sa puissance énergétique, sa saveur. Ah ! c'est éprouvant d'être un homme de cul ! Faut rester sur la brèche vingt-quatre heures sur vingt-quatre, l'arme à l'épaule, sentinelle du chibre toujours sur le qui-vive. Vigiler sans la moindre relâche pour répétitions ! Un apostolat, quoi !

Elle roule sans se presser, soucieuse de respecter la *speed limit*.

Au bout d'un peu, elle remarque :

— Je crois que vous êtes étrangers, non ?

— Gagné !

— Italiens ?

— Pas encore, seulement français. Vous savez : Paris, le Mont-Saint-Michel, la Côte d'Azur, les châteaux de la Loire…

— Je ne connais pas.

— Je vais vous donner mon adresse et si vous vous décidez à visiter la France, je vous servirai de guide.

— Où souhaitez-vous aller ?

— Denver. Mais si ça vous pose problème, laissez-nous où vous voudrez.

Elle murmure :

— Voilà ce que nous allons faire : on passe chez moi à Crackbitt City, on y prend un petit lunch et je vous conduis ensuite à Denver où j'ai affaire.

Je reconnais là l'hospitalité américaine. Te dire si j'accepte ! L'aubaine.

— Vous êtes dans le commerce ? je demande.

— Non, je suis avocate.

— Etre défendu par vous, c'est déjà une grâce du Ciel.

Elle rit langoureusement, en bonne baiseuse. Puis, soudain sérieuse :

— Cela ennuierait votre ami de se défaire du pistolet qu'il trimbale dans sa ceinture ?

Froidement, comme ça. Déjà, elle tend entre nos deux sièges sa fine main gantée de peau de cavouille des Andes.

— Donne à madame ! conseillé-je à Jérémie. Il offre son feu, galamment, par le canon.

— Merci, dit-elle. Peut-être est-ce de la déformation professionnelle, mais la présence d'une arme m'incommode.

Et elle glisse le pétard dans le vide-fouilles de sa portière.

— Soyez sans crainte : je vous le rendrai à Denver, assure l'avocate.

J'éprouve quelque embarras. Je pourrais bredouiller des explications pour justifier que mon pote se promène avec ce gadget mais cette gonzesse n'est pas du genre pomme cuite. Elle ne doit pas couper facilement à des vannes blettes. Alors bon, je prends le parti de laisser quimper. Cette jolie dadame me paraît plutôt étrange. Sa réflexion, tout à l'heure, sur les vitres teintées de son char quand les poulardins s'intéressaient aux bagnoles indiquerait qu'elle est parfaitement consciente que notre position n'est pas blanc-bleu ; mais comme elle semble s'en foutre, tout baigne !

On se dégage de l'autostrada pour enquiller une bretelle non asphaltée. Les States, on croit que c'est *clean* partout, organisé à mort, mais quand tu y es, tu t'aperçois qu'il y a pas plus débraillé et cradoche. Les poteaux électriques semblent dater de la guerre de Concession (Béru dixit), les trottoirs sont jonchés de détritus en tout genre, et dès que tu quittes une voie rapide, tu roules sur des chemins à la con en comparaison desquels nos vicinaux de la Creuse ressemblent à des nationales à grosse circulation.

Elle habite plus très loin, la dame. J'ai pas osé lui demander son blaze pour ne pas avoir à lui fournir le mien.

Voilà qu'elle engage la Cadillac bleu céleste dans

une allée bordée d'ifs bien taillés. Tout au fond, on distingue une jolie maison ocre et blanche, avec un péristyle et des petits carreaux aux fenêtres. Pelouse sur le devant, piscaille sur le côté. Sans être l'opulence, c'est le grand confort. La « garçonne » roule jusqu'à un vaste garage dont les portes sont ouvertes. Dedans, se trouvent une Range Rover noire et une tondeuse à gazon grand modèle qu'on pilote comme un petit tracteur.

Notre hôtesse descend et on la filoche jusqu'à la maison. Une bonniche noire aux cheveux de neige qui semble sortie de *Autant en emporte le vent* nous accueille avec un sourire grand comme la partie « soleil » des arènes de Séville. Nous passons ensuite dans un vaste living où un vieux gazier voûté regarde la télé, assis dans un fauteuil d'infirme. Il a le poil aussi blanc que la servante, mais lui il est rouge de teint et sa peau ressemble à du crocodile finement travaillé pour la maison Hermès. Notre arrivée ne le décroche pas des aventures de « l'Inspecteur Baxter ».

— Je vous présente mon mari ! annonce notre sauveuse.

Elle a parlé fort, alors il s'est retourné. Il a le regard sombre, très enfoncé, surmonté d'épais sourcils blancs.

— Des clients ! annonce laconiquement l'avocate.

— Hello ! fait le vieux crabuchard.

Et nous, en écho :

— Hheelloo[1] !

Les Ricains, franchement, ils ne se cassent pas le

1. Je l'écris comme ça, parce qu'on le dit en même temps, le Noirpiot et moi.

tronc en formules de politesse. Même les chiens en font davantage lorsqu'ils se rencontrent. Eux, au moins, ils se reniflent le trouduc et licebroquent une giclette pour se faire la fête.

Madame va donner des instructions à son ancillaire. Le monsieur aux quilles nazées, lui, se repassionne aussi sec pour ce con d'inspecteur Baxter. Nous, nous posons nos meules dans des fauteuils dodus.

J'ai une impression bizarre, dans cette turne. Comme si quelque chose clochait. L'ambiance, probable. Tu te croirais dans un polar d'Hadley Chase. Because le vieux mari paralytique et sa superbe jeune femme, œuf corse.

Justement, elle revient déjà :

— Willy ! fait-elle au croquant, tu veux bien m'ouvrir le coffre pour que j'y prenne mon autre montre, celle-ci s'est arrêtée.

Et elle agite une tocante d'un air dégoûté. Pépère, ça fait pas sa botte. Juste au moment que l'inspecteur Baxter s'introduisait chez l'entraîneuse du *Red Fox* pour lui faire dire la planque de Mustapha-le-Turc qui vient de s'échapper du pénitencier de San Diego Chiraco dans le Nevada d'où jamais on ne s'évada !

Il grogne :

— Un instant, Barbara, y a pas le feu aux Rocheuses !

Alors elle, pardon : du caractère, la donzelle ! Elle va au poste et coupe le contact. Puis elle saisit les mancherons du fauteuil roulant et sort de la pièce avec son époux. Avant de passer le seuil, elle nous adresse dans le dos du vieux (ce qui n'est pas difficile), un geste pour nous inviter à les suivre sans bruit.

Oui, mon amour, d'une mimique, elle réussit à exprimer ça, la Barbara !

Bon, on se lève pour lui obéir.

Elle traverse le hall et pénètre dans une pièce plus petite que le salon servant de bureau-bibliothèque.

Le fauteuil est pulsé jusqu'à un panneau où est fixé un tableau peint à l'huile d'olive vierge et qui représente l'assassinat d'Abraham Lincoln comme si on y était.

Coup classique dans toutes les bourgeoisies de cette « planète des singes » qu'est la nôtre : le tableau masque la porte du coffre-fort rébarbatif. Le gag du tableau fait pisser de rire les cambrioleurs dans leur culotte. Moi qui ai eu le privilège de sauter Jo-le-Stéphanois, grand spécialiste du craquage de coffiots, je peux te dire qu'ils les trouvent plaisantes, les œuvrettes-cache-fortune, Messieurs les Mecs ! Se les racontent aux veillées.

Il disait, Jo, que lorsqu'il s'agissait d'un portrait, il pouvait pas résister à le graffiter, soit en lui dessinant des moustaches et des lunettes, comme tout le monde fait sur la pube des magazines, soit en lui plaçant un paf dans la bouche. Il expliquait comme quoi, lors d'un cassement chez des richards, il avait trouvé un godemichet dans le tiroir de leur table de chevet et avait enquillé la mignonne prothèse dans la clape d'une grand-mère à bonnet blanc de l'école Hollandaise. Selon lui c'était irrésistible et il regrettait de n'avoir pas disposé d'un Polaroïd pour flasher le chef-d'œuvre.

Or, donc, le père Lincoln pivote avec son assassin et la redoutable porte d'acier apparaît. Pas de clé : à système. Double cadran. Un à chiffres, un à lettres. Le paralysé grince :

— Eh bien ! Barbara, détournez-vous !

Elle.

M'est avis que c'est le tout vieux grigou, cézigue. Il doit compter les morceaux de sucre à la cuisine et mettre le chauffage en veilleuse quand ils sont couchés. Sa dame, c'est pas lui qui lui paie ses bioutifoules toilettes, j'en mettrais ma main à ses fesses (à celles de la dame).

Il ne s'est pas aperçu de notre présence, faut dire que nous nous trouvons à l'entrée du burlingue. Le voilà qu'escrime sur ses grosses molettes. Tic tic tic tac ; tac tic tic tic... Ça dure chiément !

Enfin la porte s'ouvre.

Et là, mon petit canaillou chéri, là, ma praline rose, les événements ne se précipitent pas : ils se ruent. Barbara, au lieu d'aller au coffre choper sa montre, retrousse sa jupe jusqu'aux cuisses. On égosille de la prunelle, tant tellement c'est féerique, inattendu à craquer sur le tapis !

Elle glisse la main entre ses cuisses pour saisir quelque chose. Et ce quelque chose, je te donne pas à chercher le ce dont il s'agite : un feu ! Celui qu'elle a réclamé à Mister Blanchâtre. Elle l'avance jusqu'à la nuque de son mironton et presse la détente. Putain, ce travail ! On voit l'impact, comme dans les films de violence au cinoche. Le raisin qui part en gerbe, le crâne qui explose, tout impec, clair et net, malgré la fumaga qui sort en lentes volutes de l'arme.

La madame est d'un calme qui en remontrerait à la Statue de la Liberté. Tu sais quoi ? Elle pose le pistolet sur un siège proche, fait tourner sa jupe de manière à placer le derrière devant, reprend le feu, écarte ses jambes et, tenant sa main armée devant elle, tire les deux dernières balles à travers l'étoffe. Puis elle replace sa jupe dans le bon sens et jette le flingue sur le tapis. Alors elle se met à hurler de façon hystérique. Des cris d'un aigu insoutenable ! Tout en criant, elle se dégante, la vache, (car elle était restée gantée) et lance les gants dans la cheminée où flambe un discret feu de charbon.

On se visionne mutuellement, Jéré et ma pomme.

Dans le regard de mon pote il y a cette muette interro : « Elle est folle ? » Le mien répond : « Et mon beau gros nœud à tête ronde, il est fou ? » D'un éclair de ma vaste intelligence de première qualité, j'ai tout compris. Il m'a fallu un millième de seconde pour piger, mais je vais devoir employer davantage de temps pour t'expliquer.

Cette gonzesse mariée au paralytique grigou rêve de s'en débarrasser. Ce matin, en roulant sur l'autoroute, elle écoute la radio. Que dit-on aux infos locales ? Qu'un Noir et un Blanc sont recherchés pour meurtre (on a découvert le corps d'Horace) et rapt. Signalement de notre caisse, de nous un peu aussi, *probably*. La femme à la Cadillac soudain nous aperçoit en rideau sur la route. Elle a des couilles grosses commak. S'arrête, nous charge, repart. La survenance des draupers à moto la conforte dans sa certitude : oui, nous sommes bien les « dangereux » hommes recherchés. D'ailleurs, elle a aperçu le feu de M. Blanc (celui d'Horace que le Noirpiot a conservé). Avec une autorité et un culot phénoménaux, elle exige qu'il le lui remette.

Une fois chez elle, elle nous installe, retourne chercher le feu dans la voiture, se le fourre dans la culotte (où je prendrais volontiers sa place) va annoncer à sa servante que nous sommes de dangereux gangsters qui les menaçons et lui ordonne de courir chercher du secours. Elle revient et fait ce que tu sais.

Officiellement, elle déclarera que nous avons contraint son vieux à nous ouvrir son coffre, puis que nous l'avons tué et avons tiré sur elle pendant qu'elle s'enfuyait.

Justement, elle s'enfuit en hurlant à perte de vue, et emprunte la porte-fenêtre donnant sur la terrasse.

Sur ces entrechoses, une sirène de police retentit dans les lointains. Son sinistre glapissement se fait de plus en plus présent.

— De premier ordre ! murmuré-je.

M. Blanc qui vient enfin de comprendre également le topo opine.

Il demande, en désignant le paralytique au crâne fracassé :

— La peine de mort existe encore dans le Colorado ?

— Tu vas pouvoir te renseigner auprès des perdreaux : les voilà.

Maintenant, la sirène est proche.

J'ai une pulsion que d'aucuns qualifieraient d'incoercible. « Ah non ! Pas comme des rats ! Pas comme des ploucs ! Pas comme des cons, bordel ! »

— Viens !

Je me rue par la porte-fenêtre. La salope court à tue-tête en direction de l'entrée. Je fonce me réfugier derrière une haie de houx vert et de bruyère en fleur. Elle sépare la maison de la piscine. Une tire de police bleu et blanc, avec une barre lumineuse sur son pavillon et un gyrophare malade se pointe en vacarmant, freine comme pour un dérapage, dérape en effet et barre l'allée. Un shérif et son adjoint en descendent. Barbara-la-fumière se jette toute sanglotante sur eux en hurlant :

— Ils l'ont tué ! Vite ! Vite !

Pour lors, les deux mectons dégainent leurs Colt et bombent vers le perron à l'allure « trot attelé ». La salope les regarde filer en continuant de bieurler à la veuve.

Pour la seconde fois consécutive, je souffle à Jérémie :

— Viens !

Et ton Sana d'amour plonge à travers la haie.

« Alors, la vieille garde plongea dans la fournaise. » Je me récite ce vers d'Hugo en me jetant sur la Barbara pour lui appliquer ma fameuse manchette stranguleuse.

Bis repetita placent, comme dit le gentil page rose du Seigneur Larousse.

Oui, la vie est un recommencement. Deux gnères polyglottées dans la même journée, c'est une belle moyenne ! Vois combien les habitudes se contractent rapidement : tout naturellement, M. Blanc recueille la dame et m'aide à la coltiner dans sa voiture. Je flanque deux coups de tournevis dans la roue avant droite de celle des policiers et nous caltons.

Mais où ?

On baigne dans une telle mélasse que M. Blanc n'ose même pas me poser la question.

Nous sommes en pleine Amérique, avec une série de meurtres accrochés à nos basques. Et des chouettes, des pas banaux (comme les moulins). La merderie vérolisée ! Abjection, Votre Honneur ! Dans très peu de temps, ce sera l'arrestation et qui sait si, en haut lieu, des ordres officieux n'ont pas été donnés pour qu'on nous garenne sans sommation ? Tu les connais pas bien, toi, les Ricains. On peut tout attendre d'eux. C'est des julots étranges (venus d'ailleurs), bons garçons d'apparence, mais fumaraux dès que ça se biscorne.

Ils t'envoient de la pénicilline ou des balles à travers la gueule, selon les circonstances. Et puis ils viennent se faire trouer la paillasse tout de même quand les Teutons nous teutonnent de trop près. Alors on est partagés entre la reconnaissance et le Coca-Cola. On peut pas choisir, tu comprends ? C'est la carte forcée du bonneteau. Ils semblent te laisser ton libre arbitre, mais en réalité tu comportes à leur guise.

Des idées confuses me submergent le ciboulot, ça crépite dans ma tronche.

Je roule sans hâte : la vitesse tue.

— On pourrait mettre le Vieux au courant ? suggère Jérémie.

Il ajoute :

— Y a le téléphone dans l'auto ; sur le coffre se trouve une antenne spéciale et je vois un fil qui entre dans la boîte à gants.

Je rabats le volet métallique simili-acajou ! Effectivement, un gros combiné à cadran fait dodo dans la niche. Je le tends à mon camarade.

— Essaie toujours d'obtenir la Grande Boutique.

M. Blanc s'active posément. Quel calme ! Félicitations. Un mec qui, naguère, balayait les merdes canines sur les trottoirs de Saint-Sulpice !

Il compose le numéro avec une application de premier de la classe. On perçoit des grignoteries, des stridences brèves, des carillons différents se succèdent et puis, au bout de tout ça : la chère France, le *gay* Paris, la Maison Pouleman.

Une standardiste roguise :

— Police judiciaire !

Jérémoche se nomme et réclame môssieur le directeur.

— Vous rigolez ! clame la pécore. Il est sept heures du matin !

C'est vrai que Pépère pantoufle jusqu'à dix plombes et mèche à présent. Il doit se faire vaseliner le Petit Chose par la déesse qu'il a trimbalée jusqu'ici.

— Demande si Mathias est là ! soufflé-je.

Il demande et le Rouillé y est. J'ai idée que son élevage de lardons commence à lui peser, au dirlo du labo. Une mégère et dix-huit moufflets dont aucun n'est encore manda, ça finit par t'élimer le tempérament.

— Donne !

Je reprends le combiné.

— Bonté divine ! écrie le brasero ambulant, je me rongeais les sangs à vous attendre. Vingt-quatre heures que je ne quitte pas le bureau !

— Ça te fera peut-être un chiare de moins à ton tableau de baise, ricané-je.

— Où êtes-vous ?

— Dans la merde, mon cher ami. La plus nauséabonde dans laquelle j'aie jamais eu à patauger.

Mais lui, ça lui fait pas plus d'effet qu'un suppositoire dans le fion du cher Roger Peyrefitte (le plus grand écrivain de France après moi).

— J'ai des nouvelles de votre docteur Golstein.

— Vraiment ?

— Il était prodigieux, cet homme-là ; on commence seulement à découvrir l'étendue de ses travaux. S'il n'y avait pas eu la guerre et s'il n'avait été juif, ce qui l'a contraint à fuir, il aurait obtenu le prix Nobel.

— C'est comme moi, fais-je : si je n'étais pas flic et si je n'étais pas con, je gérerais une entreprise de ciment armé au lieu de passer bientôt à la chambre à gaz.

Il ne prend garde à ma réplique amère.

— Vous savez la nature de ses recherches ? La génétique ! Depuis Mendel, on n'a jamais trouvé plus fortiche en la matière. Il a été le premier à travailler sur l'embryon humain. Il a quitté l'Allemagne en 42. Au début, les nazis l'avaient en considération, mais il a compris que, même s'il travaillait pour eux, ça finirait mal pour lui et pour sa sœur.

Nous longeons l'autoroute, en contrebas. Au loin, sur les voies rapides, j'aperçois un barrage de police. L'étau se resserre comme disait un vieux pédé qui s'était oint l'oignon d'astringent.

Avisant un sentier forestier, je m'y engage au ralenti et reprends la converse :

— Pardonne-moi, nous sommes traqués par la police, Mathias, et je dois manœuvrer serré.

— Savez-vous où le docteur Golstein s'était réfugié, dans un premier temps ? reprend le bel indifférent.

— En France.

— Mais encore ?

— En Normandie.

— Oui, en effet. Il avait loué une maisonnette en pleine campagne. Pinaud est allé enquêter là-bas hier et m'a communiqué à votre intention un renseignement tout à fait intéressant.

— Le père d'Alexandre-Benoît Bérurier le fréquentait ?

Alors là, il s'emporte, l'Enflammé. Il estime que je le prends pour une vieille capote anglaise surmenée, avec mes questions dont je détiens les réponses.

— Mais bonté divine, commissaire, pourquoi vous ruiner en téléphone depuis les Etats-Unis si vous savez tout ?

— Parce que la communication ne me coûte rien, dis-je en coupant le contact.

*
**

T'as dû voir ce film à la con avec Stallone : ancien combattant du Vietnam, il se rend dans un patelin des U.S.A. à la recherche d'un pote (ou de sa famille, je sais plus très bien). Il est d'aspect zonard et l'irascible shérif du comté veut le faire déguerpir. S'ensuit un sévère affrontement et voilà le baroudeur traqué dans une forêt par tout un corps d'armée. Ça castagne dur, le sang coule à souhait et à flots. Bref, c'est une véritable guerre d'embuscade que ce brave Stallone (qui me fait toujours un peu de peine car il a sans cesse l'air, même au plus fort de ses bagarres, de se traîner un pacson d'hémorroïdes gros comme un chou-fleur) livre aux forces armées.

Bon, ben, je me dis que pour nous ça va être du kif, à moins qu'on ne se rende. Mais mon instinct me déconseille cette solution de facilité. Je te parierais la photo de Le Pen contre une tête de veau que nos vies sont mises à prix et que si nous sommes arrêtés, nous serons rapatriés en France dans un pardingue en zinc cousu à la riveteuse.

A l'abri d'un fourré, nous voilà provisoirement hors de vue et loin de toute agglomération. Comme nous avons décarré en voiture, il est probable que les perdreaux s'attendent à ce que nous sillonnions les routes, d'où ce foisonnement de barrages dressés dans tous les azimuts.

Perplexe, je me tourne à demi, le coude sur le dossier de mon siège. On croise nos regards, Blanc et moi. Le sien est de la couleur de son nom, avec plein de mauvais présages dedans. Je mate alors la dame Barbara et constate qu'elle a repris ses esprits. Dans l'effervescence de son rapide enlèvement, sa jupe étroite a craqué et on découvre son exquise culotte blanche. Tiens ! elle est civilisée puisqu'elle met des vrais bas avec porte-jarretelles.

Je lui souris.

— Vous devez avoir mal à la gorge, n'est-ce pas ? Ma manchette foudroyante provoque toujours ce genre de séquelles.

Elle me bigle droit dans les lotos. Une femme de tronche (elle l'a prouvé) courageuse et qui assume. Elle s'en veut de s'être connement laissée piéger alors que tout baignait.

— Il s'en est fallu d'un rien, n'est-ce pas ? murmuré-je. Mais chapeau quand même, une femme aussi déterminée constitue une œuvre d'art. Vous avez ourdi ce plan en un temps record. L'occasion fait la laronne ! Le coup du pistolet, bravo ! Et les autres coups du même pistolet, une merveille de maîtrise et d'intelligence. La jupe retournée pour donner à croire qu'on vous a tiré dans le dos et ratée, ça, si j'ai la joie de me faire vieux, je la raconterai à mes petits-enfants.

« Seulement voilà, compte tenu des circonstances, pour devenir vieux, il va falloir que j'y mette du mien et même que vous y mettiez du vôtre. Alors je vous propose un marché : si nous tombons dans les pattes des flics, je vous bousille illico et sans remords ; si vous nous aidez à nous en sortir, je vous laisse palper l'assurance vie de votre époux et la dépenser à votre guise. Correct ? »

Elle acquiesce :

— Correct.

J'ajoute :

— Vous avez pris des meurtriers comme boucs émissaires, il est normal que vous payez le prix. D'ailleurs, celui que je vous propose n'est pas tellement élevé.

Elle fait une moue d'acceptation. Vache, ce qu'elle est belle et bandante avec sa jupe déchirée !

Ça va te sembler idiot, mais je suis convaincu qu'elle phosphore dans le bon sens, la mère. Elle sait qu'elle est coincée et, persuadée que nous sommes des tueurs, pense que sa vie ne tient plus qu'à un poil de zob.

— J'entrevois quelque chose, fait-elle au bout d'un assez long temps méditatoire.

— Je vous écoute.

— Je possède un coral, à six kilomètres de la maison. Il y a quatre chevaux.

— Qui les soigne ?

— Un vieil homme qui dort au-dessus des écuries ; il est seul dans la vie.

— Eh bien, allons lui tenir compagnie ; on peut emprunter des chemins de traverse ? Votre putain de bagnole bleu ciel, avec ses chromes de baraque foraine attire l'attention comme une partouze au milieu d'un carrefour.

Elle opine.

— Continuez à travers ce bois, faites attention de ne pas vous enliser dans les ornières, ensuite nous trouverons un chemin plus carrossable.

— O.K.

Je recommande à Jérémie de la tenir à l'œil, cette foutue garce. Du regard, mais il a pigé.

— Roule, me dit-il, madame va me tailler une petite pipe pour passer le temps.

Non mais tu te rends compte ! Jérémie qui me dit une chose pareille, le prude ! Si je n'en avais besoin pour conduire, les bras m'en tomberaient !

— T'es chié, dans ton genre, lui dis-je en embrayant.

Le père Citizen et le vieux Ben : même combat. Ils se ressemblent comme deux frelots poivrots. Le palefrenier de médème, en plus, il est sourdingue à ne plus pouvoir lire les manchettes des journaux. Il pue le cheval, la merde, l'alcool, le chien, le rance, la pisse froide, le pet renouvelé, le vieux, le cuir, la paille, la harde, la soupe au lard et l'embrocation Smith and Lee contre les fluxions de poitrine. Il a passé son existence dans les courtines d'Amérique et il a dû être centaure dans sa vie antérieure car le bourrin est son complément direct.

Il a la voix tellement cassée qu'on ne se donne même pas la peine d'en ramasser les miettes. Barbara, c'est sa fée Marjolaine. Faut voir comme ses yeux glaireux s'animent quand il les pose sur elle.

On se tape une boîte de corned-beef pendant qu'il selle les chevaux. Notre « hôtesse » semble avoir pris son parti de l'aventure. On la surveille de très près pour l'empêcher de donner l'alerte d'une façon quelconque ;

pas qu'elle confie la vérité au vieux kroumir en loucedé. Remarque que cézigus, pour se faire entendre de lui, faut un entonnoir et de la vaseline. La maigre collation expédiée, on s'affuble des tenues équestres que recèle la cambuse et, peu après, nous voici partis à chevaucher, tels des mousquetaires du roi, à travers le Colorado.

T'as vu bien sûr *La vache et le prisonnier* ? Le film où Fernandel s'évade d'Allemagne en traînant une vache au bout d'une ficelle ?

Les astuces rassurantes constituent une belle recette de psychologie appliquée. Un prisonnier escorté d'une vache n'est pas soupçonné de s'évader, de même, trois personnes galopant à cheval en rase campagne ne sauraient intéresser des policiers courant après deux bandits.

Moi, je suis pas un fana de l'équitation ; je préfère traîner mon couloir à lentilles sur le cuir d'une Mercedes 500 SL plutôt que sur celui d'un gail. La partie de tape-cul, merci bien, ça te meurtrit les montgolfières et t'écrase les légumes. Et puis, un canasson, faut le tenir en main, y tirer sur les babines pour l'avoir à sa botte, pas qu'il t'emporte vers des frénésies galopantes. Un rien le chancetique, le bourrin. Y a pas plus trouillard ni capricieux.

J'ai dégauchi une carte routière dans la guinde de la meurtrière et je la consulte de temps en temps pour m'assurer que nous sommes dans la bonne direction. Si tu veux tout savoir, sans payer davantage que le prix dérisoire de ce chef-d'œuvre, je retourne à Cracket Springs, là que se trouve l'asile du pauvre Standley (que j'écris avec un « d » pour le différencier du Stanley sans « d »).

Ce que je compte y faire, tu le sauras en son temps ; pour l'heure, la question de notre sécurité momentanée étant à peu près réglée, je me turluqueute à me demander ce que je vais bien pouvoir fiche de la Barbara quand je n'aurai plus besoin d'elle. C'est encombrant, les vivants. Les morts également, note bien, mais eux, au moins, ont le grand mérite de ne plus parler.

Enfin, il ne sert à rien de se ronger le sang à l'avance, étant donné que le Seigneur veille sur nous et Se manifeste lorsque vraiment on ne peut plus faire sans Lui. Alors : à dada ! Hop ! Hop ! Piquons des deux comme les trois lanciers du Bengale !

Elle est croquignolette, Barbara, avec sa bombe noire et ses jodhpurs blancs. Elle a le dos violoncelle, la chérie. Contrairement aux intentions déclarées de Jérémie, elle ne lui a pas taillé une baveuse dans la tire pour l'excellente raison qu'il n'a pas osé le lui demander. Il fait le mariolle, Bébé-Lion-Noir, mais dans le fond, il continue de macérer dans ses timidités africaines.

Question assiette, il laisse à désirer, le Noirpiot, sur sa belle monture (noire également), mais il est si souple qu'il s'en tire vaille que vaille. N'empêche que je le vois pas fixe au franchissement d'un ruisseau. Il n'a pas su conditionner son bidet et celui-ci s'est cabré devant l'obstacle, alors mon pote a été désarçonné et le voilà qui gît les quatre fers en l'air dans des nénuphars (à iode). Sa bête brusquement libérée en profite pour s'emballer.

Ma pomme éperonne les flancs de la mienne afin de la rattraper. Mais je ne suis pas Buffalo Bill. L'autre bourrin de chiasse, tu croirais une antilope, la manière qu'il flèche à mort dans un champ de maïs. Il prend de la vitesse, donc de la distance et me sème du poivre. Putain d'Adèle; est-ce qu'on serait dans la scoume jusqu'aux prémolaires ?

Je perçois un sifflement aigu. Me retourne au plus fort de ma fantasia. C'est Blanc qui me hèle en désignant un point de l'horizon, rigoureusement opposé au mien, où Barbara développe une fuite éperdue. Salope ! Tout à mon souci de ramener la monture de Jérémie, je l'avais oubliée, celle-là.

Comme quoi, quand t'as du lait sur le feu, c'est pas le moment d'aller regarder Télé Foot.

Abandonnant le cheval de désarçon du Négus, j'attaque la randonnée infernale pour rattraper Barbara.

Elle a plusieurs centaines de mètres d'avance sur ma pomme et monte comme une amazone de cirque !

Mais bordavel de maverdave, c'est donc la vraie calamité désastratrice ! La pommade noire ! La tartine de dégueulis ! Qu'ai-je fait pour connaître un pareil bannissement !

Je galope, galope, galope, lope !

Mais Barbara davantage encore. J'avise, au loin, une immense construction, genre ferme ricaine. C'est vers elle qu'elle fonce.

Salope ! Salope ! Salope !

Si ce crétin de Négro n'était pas tombé de son canasson !

Si, si, si…

Je pousse des cris de rage qui ressemblent à des sanglots. Elle va me biter, la gueuse ! Je vois bien que sa monture est plus véloce que la mienne et qu'elle la pilote avec beaucoup plus de maestria que moi mon cheval.

Je bourre mon bourrin de coups d'éperons et ron, petit patapon…

Fonce, Dunœud ! Mais fonce donc ! T'as quatre pattes, faut que tu t'en serves ! T'es juste bon à travailler dans les mines. A faire des remplacements sur les manèges de la foire du Trône ! Défonce-toi, haridelle ! Et il pète, ce con ! Oh ! Seigneur, reprenez cette rossinante et donnez-moi une jeep, par pitié.

C'est alors qu'il se passe un truc du Ciel. Moi, je dis le Ciel parce que c'est la solution de facilité, mais franchement, oui, franchement, j'en vois pas d'autre !

Magine-toi que, brusquement (tiens, voilà un adverbe qui nous aide dans notre métier d'écrivailleur populaire ! « Brusquement », c'est un coup de gong dans notre prose de pisseurs de lignes. Ça réveille, ça fait sursauter) le cheval (blanc comme celui d'Henri IV) et sa passagère disparaissent. Pourtant nous sommes dans une morne plaine et il n'y a pas de bosquets à la ronde. Qu'est-ce à dire ? Caisse à savon ?

Je continue d'avancer, mais plus prudemment. Parviens à la zone de disparition de la cavalière. Et je pige.

Que ne pigeré-je, puisque je vois !

Le champ de maïs produit une cassure avec une brusque dénivellation d'au moins quinze à vingt mètres. Cette dénivellation a été aménagée, l'homme étant ingénieux, en une voie rurale, plus large qu'il n'est habituel d'en pratiquer pour desservir les zones agricoles.

A cause des hautes tiges de maïs et de leurs épis, cavalier et monture ne se sont aperçu de l'accident géologique qu'au tout dernier moment. Le bourrin s'est alors arc-bouté de toutes ses forces. Mais il a malgré tout glissé car c'était trop tard ; sa cavalière, désarçonnée, a piqué un valdingue épique. Et tu vas voir combien le mot « épique » est judicieux : Barbara a terminé son plongeon dans la combe en s'embrochant sur les fourches nombreuses d'une vieille moissonneuse rouillée abandonnée là.

Vision dantesque, comme on dit puis en pareil cas. L'une des fourches lui a traversé la gorge et une partie du visage. Une seconde lui perfore la poitrine, une troisième le ventre et une quatrième et dernière la cuisse droite.

Je contemple l'hideux spectacle depuis ma monture écumante. Je pense à la justice immanente qu'on te cause dans les écoles. Son veuvage provoqué aura été de courte durée, à Mme X (car j'ignore toujours son nom de famille). Elle gît, perforée de toutes parts et de part en part sur ce vétuste engin de culture. Des ruisselets de sang lui dégoulinent le long du corps par une vingtaine d'orifices.

Son cheval qui lui n'est pas mort, hennit à la renverse, en agitant misérablement ses grosses pattounes. Visiblement, il a les reins brisés.

Conscient de ce qu'il est malsain de s'éterniser ici, je le laisse à son agonie pour aller rejoindre Messire Blanc.

*
* *

En fin de journée, nous atteignons Cracket Springs. Nous sommes vannés, fanés, moulus. L'épine d'or sale pareille à un jeu de dominos mis debout, queue leu leu avant d'être renversés.

Que je te fasse poiler : on a pu récupérer le bourrin

de Jérémie. Après son canter solitaire, cet enfoiré de gail s'était mis à se goinfrer de maïs pour se refaire une santé. Ce con avait découvert que c'était une denrée comestible qu'il foulait de ses sabots et il s'en faisait craquer la sous-ventrière. On l'a approché sans mal et Jéré l'a escaladé.

Il en revenait pas, le Négus, de la mort brutale de Barbara. En attendant, elle solutionnait mes préoccupations concernant l'avenir immédiat de cette garce. La Providence lui avait présenté sa facture plus vite qu'espéré.

Donc, nous voici à quelques encablures de l'hospice où l'on s'occupe de Standley Woaf. Sur fond de couchant, il fait sinistre.

On a mis pied à terre dans un bois de mélèzes. Les chevaux sont k.-o. debout (c'est le cas ou jamais de le dire).

— Qu'en faisons-nous ? demande mon subordonné.

— On va les desseller.

A ne pas confondre avec le verbe déceler, lequel n'apporterait rien à leur confort.

— Et après ?

— On planque le harnachement dans le grand fourré que voilà et on les laisse vivre leur vie. Quand ils auront récupéré, ils partiront à l'aventure.

Un peu plus tard, deux hommes se tiennent sur le chemin conduisant à l'asile.

Deux beaux garçons dans la farce de loge. Je veux dire : dans la force de l'âge. Un Noir, un Blanc. Tous deux bien membrés et d'une intelligence supérieure à la moyenne d'au moins trente centimètres. Tu as deviné ? Nous !

Embusqués derrière de gros rochers moussus. Guettant.

Quoi ?

La sortie de l'établissement.

On se détend. Cette infernale randonnée en rang d'oignons fut une terrible épreuve. Mais le but est comme la tarte du même nom et dont je raffole : il est tatin[1] !

Nous n'avons pas longtemps à attendre.

Une petite voiture verte, de marque japonaise, hélas, finit par déboucher de la rébarbative entrée. De loin, je reconnais Margaret, la jolie et peu farouche secrétaire du docteur Robinson, le dirlo de l'établissement.

Aussitôt, je me place au mitan de la route, bras en croix pour stopper la gosse. Elle freine à bloc, puis me reconnaissant, amorce une marche arrière. Elle semble terrorisée par ma présence, sans doute a-t-elle eu de nos funestes nouvelles par les infos. Je pique une pointe de vitesse et parviens à déboulonner la portière, côté passager. Faut dire que les gerces ne sont pas émérites, question conduite ; elles, les marches arrière, c'est pas leur flacon de vernis à ongles. Elles zigzaguent piètros. Aussi bibi n'a aucun mal à sauter dans la tire et à couper le contact.

— Eh bien, qu'est-ce qui vous prend, ma chérie ?

1. Parfois je me dis qu'il faut être débile profond pour écrire des conneries pareilles et que je devrais ouvrir un magasin d'articles de pêche au lieu de faire romancier, mais j'ai plein de lecteurs qu'insurgent et qui crient : « Mais non, mais non, continue : c'est drôle quand même ! » Alors, bon.

je susurre. Vous ne reconnaissez donc pas le chevalier Castor, l'homme à la grosse queue bâtisseuse ?

Et j'adresse, à travers le pare-brise, un geste pressant à Jérémie, lequel se dépêche de nous rejoindre.

La Margaret, c'est bien simple : elle castagnette des crochets. C'est le grand à glagla intégral dans son corps mignon.

— Mais n'ayez pas peur, ma chérie ! fais-je d'une voix caressante en promenant ma main sur sa cuisse. Je ne veux pas vous faire de mal. Votre attitude me donne à penser que vous avez appris de vilains mensonges à notre propos. Ce ne sont que des mensonges, chérie. Regardez-moi, ai-je une tête de bandit ? Tenez, voici mes papiers : Police ! Je suis flic en France et pris dans un vilain complot ici. Vous ne craignez rien, ma belle âme. Au contraire, aidez-nous à faire triompher la vérité et je ferai de vous une vedette que toutes les chaînes de télévision s'arracheront.

Ce langage la calme. Je dissipe ses ultimes frissons avec des bisous sucrés dans le cou et de légers attouchements intra-frifri ponctués de plongées circulaires dans le corneski.

— Nous devons dégager la route, réagis-je. Démarrez gentiment.

Elle tremble encore un peu, mais s'exécute. On dévale la côte sans se presser.

Au bas, y a une fourche (brrr ! ça me fait songer à Barbara) qui nous oblige à décider.

Elle balbutie :

— Où voulez-vous aller ?

— Chez le docteur Robinson.

— Mais je vous ai dit, l'autre jour, qu'il partait en voyage. Il ne doit rentrer que demain.

— Allons tout de même chez lui. Il est marié ?

— Divorcé.

— Il vit seul ?

— Il… il…

— Il, quoi, ma douceur parfumée ?

— Il vit avec un ami.

— Ah ! bon. Ce brave médecin a viré sa cuti ! Ce sont des choses qui arrivent en vieillissant. En prenant de l'âge, on prend aussi du rond. Où demeure-t-il ?

— Il a un appartement à l'asile, où il dort quand il y a des cas d'urgence, sinon il possède une maison forestière au bord du lac de Biteme The Knot, à vingt kilomètres de là.

— Mon rêve, fais-je. Allons-y vite !

L'endroit est d'une somptueuse sauvagerie. Surtout pas que je rate la descriptance. Tu sais ce que c'est : des fois, on a une gueule de bois tenace, ou bien des hémorroïdes en folie, quand c'est pas ta feuille d'impôts qui te déboule à l'improvisation (comme disait Béru) sur la marigoule, et t'es moins apte à te lancer dans l'agreste, l'enchanteur, le poétal.

Mais faut que je te campe de *first* force ce panorama exceptionnel. Magine-toi la forêt de sapins, très noire. Et puis une déchirure, et là t'as deux éléments primordialeurs : sur la gauche, un lac bleu sombre, couleur épinard ; sur la droite, la montagne avec une cascade féerique comme celle du *Lido* de Paris, sauf qu'a pas de gonzesses avec plumes dans le fion pour gambader autour, mais des vraies biches. Tu crois rêver. Au centre de ce site enchanteur, tu sais quoi ? Une sorte d'espèce d'isba de rondins (pléonasme, les isbas étant toujours faites de rondins) évoquant une pendule suisse (*made in* Formose).

Superbe, que je te dis. Chromo ! Le rêve « Sam-'Suffit » en pleine apothéose !

On stoppe devant la lourde. Je vais y frapper à index replié. Mais, comme prévu, onc ne répond.

Alors, mû par une impulsion de toute beauté, je contourne la construction pour aller placarder notre tire dans la forêt. N'ensuite on se rabat sur le chalet, je le force sans barguigner avec mon sésame et nous voici à pied d'œuvre.

Nid d'amoureux. Murs tendus de tissu cretonne. Mobilier d'arole plein de jolis nœuds. Objets délicats (bouquets séchés sous globe, instruments de musique très anciens, tableautins dans le style galant). Ça sent les plantes odoriférantes, le tabac blond, l'encaustique à la pure cire d'abeilles. C'est délicat, un brin foufou, vaporeux. La joliesse de l'habitat détonne avec l'ampleur du panorama servant de cadre au chalet.

— Vous êtes téméraire d'entrer chez quelqu'un que vous ne connaissez pas, s'enhardit Margaret, époustouflée par mon audace.

— Cas de force majeure, lui objecté-je. Nous allons nous installer là pour la nuit en attendant le retour de Robinson.

On bivouaque, malgré les protestations de la jeune fille qui demande à ce que nous la conduisions chez elle.

Quelques boîtes de conserve nous défringalent un peu ; une bouteille de vin californien nous réconforte. Bientôt nous sommes languissamment vautrés sur les canapés du toubib, contemplant par les baies le lac désert et immobile.

Seul le grondement monotone de la cascade rompt le silence.

Nous avons décidé de faire le guet, à toutes fins utiles, afin de ne pas nous laisser surprendre. C'est à Jérémie qu'échoit le premier tour de garde. Assis, face au chemin d'arrivée, à l'abri d'un rideau de tulle, il sonde les alentours de son regard de guerrier noir tandis que je mandoline avec deux doigts futés la culotte de Margaret.

C'est un instant d'extrême délicatesse. Suave. Tu vois le climat ? Le mec fatigué, surmené, qui est assis dans les pénombres confortables, tandis que la nuit magistrale monte lentement et qu'il caresse une jeune chatte frémissante. Il est bénaise. Nuageux ! Flottant. Il bandoche mollo dans son kangourou, en réfléchissant à son affaire en cours. Il fait le point. Capital ! Le point, c'est déterminant dans notre job. Quand tu fais une addition, faut tirer un trait sous les chiffres alignés.

Alors, je tire un trait.

Et je compte…

Les frères Karamazov, tu parles d'un cadeau ! Tout est singulier dans leur vie, et même avant leur vie. Leur papa et leur maman *ne se sont jamais rencontrés* ; que dis-je : ils n'ont jamais su qu'ils existaient. Papa Bérurier en Normandie. Maman Martha dans le Colorado. Trait d'union : le docteur Golstein. Ce savant traqué par les nazis continue vaille que vaille ses expériences sur la génétique. C'est lui qui va prélever la semence du père Béru pour aller, plus tard, l'inséminer sur Martha (future Woaf). Clic-clac ! merci Kodak ! Résultat : des jumeaux ! Le père Golstein les a voulus. Ce doublé faisait partie de son expérience. Par quel moyen a-t-il pu conserver le foutre de Bérurier père et lui faire traverser l'Atlantique ? Mystère ! Mais les faits furent là !

Passons.

Les jumeaux grandissent auprès d'une étrange maman détachée des joies de ce monde. Elle avait servi de cobaye à Golstein. Pour l'en remercier, il l'a dotée après l'avoir si étrangement mise enceinte. Vie détachée, pour ainsi dire. Ses deux jumeaux-du-diable se passionnent tout jeunes pour les armes à feu. Ils deviennent champions de tir au revolver, allant même jusqu'à perfectionner une arme tant leur ferveur est grande pour ce sport. Ils en font leur gagne-pain…

Oh ! tiens : mes doigts distraits ont cessé de taquiner la culotte de Margaret pour partir à l'aventure et les voilà qui folâtrent dans sa forêt amazonienne. Elle en roucoule d'aise, la mignonne !

Petit ange, va ! Je t'en glisserai une, ma poule, sois tranquille. Je ne suis pas homme à te laisser en rade de fade. Tu l'auras, ta troussée jolie, ma divine ! Avec une petite minouchette préalable pour te rendre la case trésor plus avenante encore.

Je t'en reviens aux frères Woaf…

Le cirque. Et puis la tuile, un jour. Ce pénible accident. Séparation. Dur dur pour des jumeaux. L'un part pour l'asile, l'autre pour la déchéance ; ce dernier est le plus à plaindre, sûrement. Il dévale la pente jusqu'au sous-sol des bas-fonds, Jess. Le voilà clodo ! Alcoolo ! Fin de section ! L'antichambre de la mort !

Qu'est-ce qui pourrait modifier l'ordre des choses ? Sa famille sombre mornement. La vieille Martha, veuve depuis lurette, va bientôt clamser. Sa frangine tapine dans un ignoble boui-boui. Elle est noire, obèse, chtouillée peut-être ? La tragédie silencieuse.

Et puis il se passe quelque chose. Jess refait surface. L'étrange lieutenant Mortimer prétend qu'il a été récupéré par une bande mystérieuse à cause de ses qualités de tireur pour perpétrer un coup fumant dans une base de recherche classée top secret. Balivernes ! Il était rincé, comme tireur d'élite, le mec. A preuve : avant de déchoir, il avait zingué accidentellement son frelot ; alors tu penses comme des années de cloche pouvaient se « remonter » !

Qu'est-ce qu'elle est en train de me bricoler, Margaret ? Oh ! dis, la v'là qui s'attaque à mon bénouze ! Se suspend à la tirette de ma fermeture Eclair ! Je bée du futal. Sa main faufileuse part à la recherche de coquette. La trouver est un jeu d'enfant (de pute) ; la dégainer présente par contre certaines difficultés, biscotte l'incompliance de mon kangourou que la dilatation rapide de ma marionnette à tête ronde rend duraille à manœuvrer. Mais enfin, la volonté vient à bout de tous les obstacles. Bonjour tout le monde ! Oh ! le beau bébé rose ! J'épanouis du joufflu. Dodeline du chauve à col montant. Et voilà-t-il pas que l'assistante du docteur Robinson m'entonne le Crusoé ! Merde, ça existe donc, la pipe, dans ces contrées perdues ? Elle est arrivée plusieurs siècles après le *Mayflower* ?

J'en reviens pas. Tu verrais comme elle m'extrapole le Nestor, la grande fille ! En toute délicatesse. Langue roulée Bocuse avec béchamel sur le mardi-gras ! Wahou ! J'en perds le fil de mes pensées ! Je disais quoi, tu te le rappelles ? Je causais de Jess Woaf. Oh ! oui, sa remontée des abîmes ! Mon œil ! De bronze !

C'est pas ses prestations qu'on lui a achetées ! C'est son revolver truqué ! L'invention qu'il avait mise au point avec son jumeau, à l'époque héroïque. Comment a-t-elle été connue ? Etait-elle donc si importante que cela pour qu'on s'y intéresse et qu'on lui en propose du blé ?

Là, mes pensées flottent, vu que la Margaret me fait un travail sur la tige à coulisse digne des meilleures pompeuses professionnelles de la chère Madame Claude.

Ce qu'elle n'a pas acquis d'expérience, elle le possède de tempérament. L'inspiration, c'est irremplaçable en ce domaine enchanté ! Quelle initiative ! Quelle subtilité ! Même un gonzier sourd et aveugle prendrait son *foot* à ce régime-là !

Qu'est-ce que je te disais ? Non, rien… Je m'en fous ! Continue, môme ! C'est chouette ! Le tout vrai calumet. Le calumet de l'happé, comme j'aime à dire. Du nectar ! Hectar de dunes ! Oh ! je ne peux plus… C'est trop *too* ; c'est tout trop ! Je… je… Ben oui, je, quoi ! Après tout, je vote et je paie des impôts, non ? Oh ! la belle bleue !

Pour tout te dire, elle est très bien, cette fille. Pas chipoteuse. Elle prend son plaisir où elle le trouve, et j'aime bien où elle le trouve, franchement ! Ça ne mange pas de pain, ça ne bouche pas de trou, mais ça soulage ! Mieux : ça euphorise.

Jérémie s'est montré d'une discrétion exemplaire pendant la séance et il est resté le dos tourné.

— Tu sais à quoi je pense ? lui fais-je-t-il, après un silence de récupération.

— Tu peux encore penser ? il hurricane.

— Aux deux souris que nous avons laissées à Lyons.

— Elles ne sont pas sous la pluie, philosophe le Négro.

— C'est vrai, bravo : je n'avais pas songé à ça ! N'empêche que la position de la petite Molly est inconfortable. Si les amis de Peggy Ross les retrouvent, ça risque de chier pour elles !

— S'ils nous retrouvent, ça chiera bien plus fort pour nous !

Arguments égoïstes mais imparables ! Je baisse les bras pour remettre mister Dugland dans sa niche.

Faudrait que je renoue avec mon « bilan ». Que j'expose jusqu'au bout ce que je sais et ce que je devine ; mais franchement, ma mayonnaise mentale retombe. Je poursuivrai plus tard. La petite Margaret est blottie à mort contre moi. Je crois qu'elle n'a plus peur. Elle est totalement conquise, soumise, comme chantait la mère Printemps au siècle des Lumières.

Je béate.

On tient le bambou !

Faut qu'on s'en sorte. Cette équipée coloradienne m'a mis k.-o.

J'aperçois des lumières dans les vitres.

— Retour du propriétaire ! annonce calmement M. Blanc.

Déjà !

Tant mieux.

— Place-toi derrière la porte, avec le tisonnier de la cheminée, au cas où, ordonné-je à Jéré.

Mais en homme averti, il a déjà trouvé mieux : un bronze d'art représentant un chat arqué avec la queue droite.

Dehors, c'est la bruyance d'une arrivée. Claquements de portières, vidage d'un coffre d'auto. Les loupiotes se sont éteintes. Double bruit de pas, gravissement (d'aucuns écrivent gravissage ; pour ce que je veux en foutre, l'un et l'autre se dit) du perron de bois. Les clés (car j'ai relourdé) *in the* serrure. Heurt d'une valoche contre la cloison. Et puis la lourde du petit livinge s'écarte. Une main tâtonne pour le commutateur. Lumière ! On se met à ciller, tous, d'être brusquement illuminés.

Un grand type pâle, chauve du dessus, mais le restant des douilles coupés en brosse se cabre. Il porte un futal de daim et un blouson de même métal. Mâchoire carrée, nez copieux, regard clair. Tout de suite derrière lui, il y a un grand jeune homme languissant qui tient deux chiens de race yorkshire dans ses bras. Il fait Werther amerloque, le minet. Habillé d'un élégant costume sport dans les teintes automnales, foulard de soie jaune négligemment noué. Lunettes cerclées d'or.

Le docteur Robinson, tu sais quoi ?

— Eh bien ! Margaret ! il sévérise en nous découvrant vautrés sur son canapé, elle et moi.

La gosseline, apeurée, me fait penser à la môme Molly. Elle cloaque des labiales ; veut causer, ne peut !

— Il faut la pardonner, docteur Robinson, interviens-je, j'ai dû beaucoup insister pour qu'elle me conduise jusqu'ici.

Un silence succède. Je te parie mon cierge de premier communiant (que maman conserve dans sa chambre) contre ta dernière chaude-pisse que ce médecin SAIT qui je suis.

Pendant cette brève scène de confrontation, le gars Jérémie se tient toujours placardé derrière la lourde, prêt à interviendre le casé chéant.

— Vous êtes au courant des dernières nouvelles ? reprends-je. Un peu tumultueuses, n'est-ce pas ? Le temps est lourd. Nuageux à couvert !

— Que voulez-vous ?

— Mettre certaines choses au point ; rien de plus, mais rien de moins !

Il réagit enfin, et pas mal du tout pour un intellectuel. Il tient un sac de cuir à soufflets, de type ancien. Epoque « Autant en emporte le vent ». Il fait mine de le déposer sur un meuble, mais d'un geste fulgurant, me le propulse en plein portrait. Je dérouille le projectile dans la poitrine, ce qui me coupe le souffle. Le fumelard ! Là, il m'a niqué de première. Et puis c'est pas fini, son rodéo. Dans tout Américain – fût-il futile ou intello –, t'as un Buffalo Bill qui somnole. Il porte sa sinistre à sa poche, déplâtre un pistolet extra-plat, l'arme de l'homme du monde (convient pour le smoking et le bleu croisé), et me le braque plein cadre en criant :

— Tirez-vous de là, Margaret !

Tu sais qu'il va me roussir les poils avec sa lampe à souder, ce veau ! C'est écrit sur sa gueule et son carton s'appellera « légitime défense ! »

N'heureusement, M. Blanc se tenait en réserve de la République. Te lui balance le chat de bronze dans le dossard, au docteur ! Vacca, ce parpaing ! Il fait « Eeeeehhhh ! », Robinson. J'y change pas une lettre. Comme ça « Eeeeehhhh ! » Mais en plus fort. L'impact le (tu vas voir le mot que je vais trouver !) tétanise.

T'as bien lu, tête en os ? Tétanise ! Son bras armé retombe, tout son corps aussi. Floc ! Au tapis.

Les yorkshires, courageux, se mettent à aboyer comme toute une chasse à courre quand le pauvre cerf est débusqué. La petite pédale n'arrive plus à les tenir dans ses bras divins. Une brassée de cadors en furie, tu parles ! Il glaglate moche, le chérubin !

Est-il besoin de te dire que Mister Jéré a déjà ramassé l'arme du toubib ?

Retournement de situation : avec nous, t'as l'habitude. On finit par te blaser, d'à force d'à force ! Vexé, je me remets sur pied.

— Doc, dis-je, penché sur Robinson, tout cela est de bonne guerre, mais ce sont « les feux de la Saint-Jean » comme nous disons, nous autres, dans nos contrées civilisées, voire « le chant du cygne ». J'ai cru remarquer que vous possédiez un petit laboratoire ; allons-y. Simplement pour me servir du téléphone. Je vais appeler les services de police français afin de leur dicter devant vous mon rapport complet sur toute cette affaire. Après quoi, nous aviserons. M. Jérémie Blanc, mon éminent collaborateur va prendre votre giton en otage ; c'est une pratique très usitée de nos jours, n'est-ce pas, monsieur Blanc ? Montrez un peu au docteur Robinson ce que vous ferez à ce garçon, si quelque chose cloche.

— Volontiers, dit Jérémie.

Et il balance un aller-retour fulgurant sur la frite du môme qui titube et chougnasse. Les abominables yorkshires (que J.-P. Belmondo me pardonne de ne pas aimer les chiens pesant moins de quarante kilogrammes) se redéclenchent.

— Parfait, approuvé-je, et que faites-vous à ces affreuses bestioles quand elles vous cassent les couilles, inspecteur Blanc ?

— Ceci ! répond Jérémie.

Ils ont un truc peu banal, en Afrique, pour neutraliser les mammifères de petite taille. Ils leur appuient sur le nerf chiato-vasculeur et ça les, tu sais quoi ? Tétanise comme dans un roman policier à la con. C'est sans danger pour l'animal et ça produit un monstre effet. Il agit, le Négus. Illico, le premier cador verminique se raidit, comme foudroyé.

— Misérable ! gronde Robinson ! D'adorables animaux sans défense !

On a touché le point sensible, m'est avis. P't-être qu'il préfère ses roquets à son minet, va savoir ! Des fois qu'ils partouzent, les quatre. La zoophilie, ça existe.

J'entraîne le médecin, mort d'angoisse, jusqu'en son antre.

*
* *

Travail précis. Pourtant, je déteste dicter. Quand on commet, faut « regarder » sa pensée se développer sur le papelard, sinon tu te mets à vagabonder de la gamberge. Mais là, non, correct : ça sort bien. *No* problème. Mes idées sont nettes et mes phrases à peu près cohérentes.

Je m'y suis pris de la manière suivante : j'ai tubé au Vieux, lui ai annoncé que j'étais dans une situation critique et que j'allais balancer un rapport soi-soi. Il a mandé une secrétaire spécialisée, a branché le diffuseur et je n'ai plus eu qu'à dicter. C'est parti tout seul, comme un orgasme. Mon esprit était d'une limpidité de source. J'oubliais rien. Je cheminais pépère dans ce paquet d'embrouilles. Ça me venait comme te revient une récitation apprise dans ta jeunesse. « Il fait nuit, la cabane est pauvre mais bien close. Le logis est plein d'ombre et l'on sent quelque chose… » Tout pareil, je te dis. Un pur bonheur. Ça devait me résulter de cette immense fatigue qui m'affûtait la perception.

Je restais assis, face à Robinson, son flingue en pogne toujours dirigé vers lui. Il m'écoutait. Au début, j'ai eu l'impression de lui apprendre des choses. Marrant, non ? Des trucs que d'autres n'avaient pas pris la peine de lui expliquer, bien qu'il fût leur allié.

Là-bas, à l'autre bout, dans son burlingue de la belle France, le père Chilou ne pipait pas. Peut-être qu'il se laissait lanturer le zifolo en m'écoutant, car il est capable de ça, le dirluche, lorsqu'une greluse lui perturbe le glandulaire. Grave ou pas, l'instant est toujours à la disposition de son bec verseur, l'apôtre ! Priorité absolue au chipolata, il est commako, l'Achille au pied léger !

Je percevais le tapotis léger de la sténotypiste. Des fois que c'était elle qu'il bricolait en loucedé ? Un petit solo de poiluchards pendant que s'escrimait la pauvrette à capter mon verbe sacré. Comment qu'elle aurait rebiffé, talonnée qu'elle se trouvait par mes phrases rapides ?

Et puis, bon, j'ai eu fini. Il s'en est suivi comme un silence.

Le Vénérable a fini par murmurer :

— Vous ne trouvez pas ça un peu extravagant, Antoine ?

— Terriblement, voire même à la limite du vraisemblable, patron !

— Heureux de vous l'entendre dire.

— Vous connaissez la vieille formule : incroyable mais vrai !

Nouveau silence.

— Que comptez-vous faire ? a-t-il questionné.

— Le plus dur. Mais il faut que vous me balisiez la piste pour « après ».

Réflexion prolongée de l'Eminent, ou alors on lui

tergiversait le guignol à deux mains (il adore). Enfin, il a soupiré :

— D'accord, San-Antonio. Je vais réaliser l'impossible. Réclamer l'aide du président, si nécessaire ; vous savez qu'il vous a à la bonne.

*
* *

De nuit, l'asile ressemblait à une citadelle bavaroise du siècle dernier. Il se découpait, en noir d'encre de Chine, sur une dégueulasserie de ciel gris marqué de lourds nuages. Le docteur a stoppé sa tire là où il la garait habituellement.

Je conservais son pétard en fouille.

— Soyez naturel, Dac, l'ai-je prévenu. Au moindre problème, j'interromps votre saloperie de carrière.

Il n'a pas réagi. Semblait boudeur. Mécontent ! Il allait sonner à la grande porte, mais j'ai arrêté son geste.

— Ne me faites pas croire que vous n'avez pas la clé de votre propre boutique, mon vieux !

Alors il hausse les épaules et tire un trousseau de clés de sa vague, en sélectionne une. On pénètre dans cette affreuse bâtisse. Nos pas résonnent sur les dalles. Direction : *first floor*. Large couloir qui pue le désinfectant. Un gros balèze à frime de gorille constipé surgit. Il porte un bénouze de toile blanche, un pull à col roulé, des sabots blancs garnis de caoutchouc en dessous.

— Oh ! Docteur ! exclame-t-il, surpris.

Mon compagnon ne bronche pas et se dirige vers la pièce où « demeure » Standley (avec un « d ») Woaf.

Il fait un signe du menton au gorille constipé. Icelui sort un passe dont il se sert pour délourder la porte.

Nous entrons. Il donne la lumière. Le lit est occupé par un très vieil homme à tête de mort barbue.

Je bondis :

— Où est Woaf ?

Chose curieusement étrange, voire étrangement curieuse, Robinson paraît tout aussi stupéfait que moi. Il se tourne vers le garde nocturne pour répercuter ma question (en anglais *my question*). L'autre a le menton noir de barbe. Il est à ce point pileux que tu la vois croître sur son minois de chourineur.

Il répond, surpris de la surprise du toubib, que « Mais, le malade a été transféré, selon vos instructions, docteur. »

— Quelles instructions ? égosille le chef de cet étrange asile.

Moment de transition. On passe la vitesse supérieure.

Je défrime Robinson avec le regard qu'avait Vendredi, le jour où le ravitaillement ne s'étant pas opéré, il se mettait à envisager des choses.

Je phosphore à une vitesse supersonique. T'entends le « bang ! » de ma pensée qui déchire le silence de cet établissement.

Dominé, le doc interroge son singe à poils longs. Nous apprenons ainsi que la veille, une ambulance est venue chercher Standley Woaf pour le conduire vers une destination inconnue.

Pincemi et Pincemoi sont sur un bateau, le commandant tombe à l'eau, qu'est-ce qui reste à faire ?

T'as déjà entendu jouer de la scie musicale ? Quand le scieur étire une note entre ses genoux, la longue vibration imprimée par son tremblottement…

En moi, « ça » joue de la scie. C'est sur mes nerfs que frotte l'archet. Je m'exhorte :

« Antoine chéri, tu as cinq secondes pour piger. Passé ce délai, aucune réclamation ne sera prise en considération. »

Je mate la fenêtre. Oui, c'est bien la chambre où se trouvait Standley.

Je contemple le lit, avec le petit vieillard barbu, quasi mort (ce qui lui reste à vivre doit se compter en jours, peut-être en heures.) Il est pratiquement « out », la paupière retroussée sur du blanc, le souffle imperceptible, la bouche pareille à celle d'un poisson naturalisé.

Puis mon regard dévie sur la potence soutenant le matériel du goutte-à-goutte, dérisoire poste à essence schématisé. Son tuyau est accroché au bras de la potence à l'aide d'une grosse pince métallique. Bibi, comme en état second, s'approche du vieux malade et rabat drap et couvrante. Il gît sur sa couche, les deux bras allongés le long de sa décharnance ; pudiquement je le recouvre.

La scie musicale file un aigu au fond de moi. Mais alors tout à fait à la cave !

Tout à coup ça se déclenche. Sans crier gare ! L'impulsion incontrôlable.

Je prends mon élan et shoote dans les roustons de l'infirmier de nuit ! Il s'attendait pas, le gorille ! Un tir pareil du gauche dans les amulettes, ça te désastre tout l'organisme. Il ne profère qu'un mot. Si on peut appeler cela un mot. Il s'agit plus exactement d'une onomatopée. Il fait « Beurg ». En américain. Mais très fort ! Un rugissement de lion !

Et puis il serre les genoux, se penche très en avant

et dégueule des denrées évasives, passablement digérées déjà, si je puis me permettre cette précision indispensable pour la compréhension de l'œuvre. Il tremble en gerbant. Sa gueule verdit poireau. Il porte ses mains devant ses couilles en un geste de tardive protection. De si beaux roustons qu'il couvait comme des œufs dans son bénoche flottant ! Oh ! l'infortuné ! Heureusement qu'il a deux enfants, dont l'un de sexe mâle, ce qui perpétuera sa race de con !

Robinson pige mal l'objet de cette agression. Il me frime craintivement, se disant que si je lui accorde le même régime, il est pas près de ramoner la voie romaine de son gigolpince.

— Je déteste qu'on me bourre la caisse, lui dis-je. Votre gros primate prétend qu'on a évacué Standley Woaf hier, or ce goutte-à-goutte est toujours en place et il perle encore du sang sur l'aiguille alors que les poignets du vieux moribond ne comportent pas la moindre trace de piqûre. En réalité « on vient de déménager Standley », juste avant notre arrivée. Je crois comprendre pourquoi. Dès que nous avons eu le dos tourné, cette petite garce de Margaret a profité de ce que mon ami était occupé à surveiller votre minet pour donner l'alerte. Elle cache bien son jeu !

Robinson hausse les épaules.

— Je n'en sais pas plus que vous, fait-il.

Et c'est probablement vrai. Seulement le gorille éburné, lui, sait tout puisqu'il ment. Pour travestir la vérité, il faut la connaître, non ?

Qui vient de crier que je suis génial ? Vous, mademoiselle ? Merci. Vous changerez de culotte et vous viendrez me voir dans mon bureau après le livre, j'en n'ai plus pour très longtemps.

Je me sépare momentanément du bon docteur Robinson d'un coup de crosse sur le cigare, qu'ensuite je vais appuyer le canon de l'arme sur la tempe du simien :

— Je me suis toujours demandé si une cervelle humaine était beaucoup plus grosse qu'une cervelle de mouton, lui dis-je ; si tu ne me racontes pas où tu as planqué Standley Woaf, j'aurai la réponse à ma question.

— Au sous-sol, il s'empresse.

— Tu peux marcher ?

— Je ne sais pas.

— Essaie, tu verras bien. Ça joue ? Bueno ! Aide-moi à coucher le toubib dans le lit du grand-père, ensuite, tu lui feras une piqûre de Staphylome glauque pour qu'il puisse récupérer en paix ; j'en ai aperçu sur la petite table de chevet à Pépé.

*
* *

Standley Woaf est allongé sur un brancard roulant, recouvert d'un drap jusqu'au menton, le regard vide. Nazé, prostré. *Out !* Et même septembre, tu vois !

Je me penche sur lui et avance une main tremblante vers son cou que traverse une longue cicatrice d'un sale brun rougeâtre. De la peau de mes doigts, je la caresse. Puis, de l'ongle de mon cher auriculaire, en titille le commencement. A force de grattouiller, un petit bout se soulève. Je le pince entre le pouce et l'index, tire. Ça vient. Cicatrice parfaitement imitée.

Une fois arrachée, elle découvre un large cou à replis, couperosé, sur lequel se lisent les traces d'ecchymoses anciennes.

D'un geste rageur, je fous loin le drap-suaire.

— Maintenant, retire-lui le bas de son pyjama, enjoins-je à mon accompagnant.

Il commence à retrouver figure humaine, si je puis dire, le gorille. Des projets de couleurs s'amorcent derrière sa barbe satanique.

A gestes expérimentés, il dépiaute le bas du patient.

— Je vais te poser une question, l'ami. T'est-il déjà arrivé de voir une bite de cette ampleur ? je lui demande gentiment.

Il secoue négativement la tête. Sincère.

— Non ! reprends-je. Plus mahousse, plus long, plus turgescent, on ne peut pas trouver. Même le cheval est ridiculisé. Franchement, y a que l'éléphant qui lui fait la pige. Mais C'EST L'ÉLÉPHANT !

« Il est également sous Staphylome glauque ? » fais-je en désignant Béru.

Mon Béru ! Notre Béru à tous.

— Exact.

— Depuis plusieurs jours ?

— Depuis son arrivée ici.

— Et le Staphylome glauque fait effet combien de temps ?

— Si on cesse les injections, il commencera à récupérer dans les quarante-huit heures.

— Avant, déclaré-je, je prends le pari. Tu ne sais pas ce que c'est que ce mec ! Raspoutine était une gonzesse pubère en comparaison !

*
* *

Effectivement, il a commencé à rouvrir les yeux le lendemain à midi, le Gros.

L'heure du déjeuner, tu penses bien qu'il allait pas rater ça ! Par contre, le docteur Robinson, lui, pionçait toujours, je crois que l'infirmier, dans son brouillard de souffrance, avait dû lui voter la dose gladiateur.

On attendait la conclusion au chalet de rondins. C'était plus joyce que l'abominable hospice. J'avais puni Margaret de sa trahison (elle m'a expliqué qu'elle avait agi par crainte des futures représailles) en ne la touchant plus. J'avais même interdit à Blanc de se laisser moduler la haute fréquence par cette péteuse de merde. Si ses sens lui trémulsaient le baigneur, elle avait qu'à se rabattre sur le petit pédoque du docteur Robinson, histoire de le convertir ou bien se pratiquer une lutinerie ambivalente dans le Comptoir des Indes !

On a profité de l'attente pour questionner le giton aux yorkshires. Il aurait préféré prendre un gouine dans le rond que des baffes dans la gueule, mais il savait se contenter des torgnoles. Elles l'émoustillaient. Quand il avait une nouvelle dent branlante, il répondait à mes questions. A la fin, pour l'accoucher complet, je lui ai laissé entendre qu'en récompense, mon pote noir lui interpréterait peut-être la *Danse du Sabre* en première mondiale et sans lubrifiant.

Alors il a complètement craqué. Cela dit, depuis que j'avais accouché la môme Peggy près du rouleau compresseur, je savais à peu près tout : à preuve mon rapport circonstancié au Vieux. Toutefois, il restait des points obscurs, des précisions, tout ça. T'sais, après des embrouillaminis de ce tonneau, on oublie des choses, des trucs, des machins. Cent fois sur le métier faut repasser à tabac Pierre, Paul, Jacques, pour compléter la vulve d'ensemble. Mastiquer les fentes !

L'histoire…

Tu veux vraiment que je te la résume ? A quoi bon, puisque je l'ai narrée au Vieux ? T'insistes ? Tu quoi ? Ah ! t'as payé. Oui, c'est vrai. Toujours ces bon vieux arguments minables ! Le pognon sacré ! Finir le plat puisqu'il est réglé ! Tant pis si tu vas au refile ensuite.

Bon, tout ce cinoche parce que Jess Woaf, un beau matin, comme il n'avait plus un *cent* pour s'acheter de l'alcool, a eu une idée. Il s'est souvenu de l'arme qu'ils avaient inventée, son frère et lui, puis planquée et oubliée. Il s'est dit qu'il pouvait peut-être monnayer leur découverte. Il s'agissait d'un pistolet hydrothérapique capable de tirer des balles en glace. T'as bien lu, mon Lulu ? En glace, c'est-à-dire en eau congelé ! Son efficacité résidait dans la force propulsive qui ne s'accompagnait d'aucune élévation de température grâce à une chambre de gaufrage modulé incorporée au combusteur latent.

Je t'explique : le tireur conservait ses balles, solidifiées au diamètre de l'arme, dans une boîte isotherme. Il les introduisait l'une après l'autre dans le canon et un système d'air comprimé extrêmement puissant, précipitait la balle de glace sur la cible. Elle accomplissait son travail perforateur tout comme si elle eût été en acier, mais, évidemment, sans provoquer d'éclatement des tissus. Il fallait donc un tireur d'élite pour s'en servir efficacement, c'est-à-dire un homme capable de viser rigoureusement juste un point vital : le cœur, ou le cerveau via l'œil ou l'oreille.

Cette invention permettait d'abattre un individu sans laisser de trace, le projectile fondant rapidement dans le corps qu'il venait de trouer. Etant des artistes de music-hall, les deux frères n'avaient pas l'emploi de cette trouvaille pour tueur à gages, ils la cachèrent donc chez eux et l'oublièrent.

Et voilà que, par ce méchant matin (au fait, peut-être était-ce un soir ou une nuit ?), Jess Woaf, totalement à la cote, repense au pistolet. Comment en tirer de l'artiche ? Un truand se fout de cette invention, les flingues classiques lui suffisent. A y bien réfléchir, Jess se dit que l'arme ne saurait intéresser à la rigueur que certains services occultes de l'Etat. Alors il écrit carrément à la C.I.A.

C'est vraiment, quand on y réfléchit, une bouteille à la mer. Que pèse dans cette institution la lettre d'un quelconque zozo plus ou moins illuminé ? Pourtant, Jess a dû fournir suffisamment de détails pratiques pour que sa propose ne tombe pas aux oubliettes. Sans doute a-t-il joint des programmes de leur période artistique pour inspirer confiance, prouver qu'il avait été un professionnel des armes à feu ? Toujours est-il qu'il est contacté.

Malgré qu'il soit un homme déchu, un clodo de dernière zone, on « traite » avec lui. Et sur ses dires, ses explications, ses graphiques, il touche une avance et écrit à sa mère de lui envoyer « la chose ». Combien lui a-t-on versé pour son gadget ? Je l'ignore. M'en tartine la prostate. Toi aussi, je gage ? Assez, sûrement, pour qu'il puisse se beurrer un bon bout de temps et ne plus coucher sur les trottoirs.

Seulement, sa période faste ne durera pas. Il sera victime de son génie, car il se trouve que le fameux pistolet s'avère être une totale réussite. Un certain compartiment (je n'ose employer le mot « département ») de la C.I.A. groupe tous les coups pas cathos, y compris les recherches louches et les exécutions dites « de nécessité ». Ce service a pour chef le lieutenant Mortimer.

Ce mec, c'est le diable avec la gueule de Monsieur Tout-le-Monde ! Il a commencé dans la truanderie, mais il a obliqué en cours de route pour devenir – ô ironie ! – une espèce de *gangster de l'Etat*. Les grandes entreprises ont de coupables besoins ; pour garder les mains propres, il leur faut des « valets de sang ». Le pistolet des frères Woaf est appelé à de drôles de missions. Lorsqu'elles s'accompliront, il est impensable qu'un poivrot se répande en révélations gênantes. Mieux vaut le museler radicalement. Le voilà pour ainsi dire condamné à mort. On veut du travail propre. On organise donc un « accident de la circulation ».

Par miracle, Jess Woaf en réchappe. Seulement, il n'est pas si abruti qu'on le pense, « l'inventeur ». Ses méninges font peut-être un peu la colle, because le bourbon, n'empêche qu'il sait les faire travailler dans les cas graves ! Il entrevoit de sales perspectives concernant sa retraite heureuse, l'ancien tireur d'élite. Il lui vient comme des présages méchamment funestes, Ernest ! Alors, comme ça reste un zig plein de culot, il reprend contact avec ses potes de la C.I.A. et leur balance un avertissement sans frais. En substance, celui-là : « Méfiez-vous, j'ai un demi-frère qui est une huile dans la Police parisienne. Je viens de l'affranchir de ce qu'il se passe. Qu'on me bute et y aura de sacrées révélations à propos de votre damnée baraque. Un patacaisse in-ter-na-tio-nal ! »

Vous savez ce qu'on pense des Ricains sur la planète ? On les craint encore un peu, mais le monde entier ou presque rêve de les barbouiller de merde ! Et alors tu sais quoi, Benoît ? Jess balance le nom de

Bérurier. Comment il est au courant ? Par sa maman, la vieille Martha. Elle s'est fait affranchir par le docteur Golstein après qu'il l'eût fécondée artificiellement.

C'était une fille pas comme les autres, une fille à idées fixes. Et moi, dans mon immense tronche ruisselante d'intelligence, avec, de surcroît (voire de suroît quand le vent souffle du sud-ouest) un pif de flic qui équivaut à douze antennes paraboliques géantes, moi donc, je ne puis m'empêcher d'évoquer l'étrange mort des Golstein et de me dire… Parce qu'enfin, ils étaient bien à l'abri, aux U.S.A., ces braves israélites teutons ! Leur existence était *cool*, non ? Ils possédaient du blé (peut-être trop ?), lui poursuivait ses travaux… L'ennui, selon moi, c'est qu'il les ait entrepris sur une diablesse comme la môme Martha ; une frangine pas du tout comme les autres, qui haïssait les matous de la terre entière ! Alors, oui, je peux pas m'empêcher de songer que… Tu piges ? Oui : qu'elle ait assassiné les Golstein. Mais enfin, c'est pas mon problème, Arsène. Elle avait ses raisons. Y a prescription, de toute manière.

Pour t'en revenir, Martha a voulu connaître les origines de ses foutus jumeaux. Elle avait de l'argent pour faire procéder à des recherches. Peut-être s'y est-elle pris tardivement, à l'époque où Alexandre-Benoît était directeur intérimaire de la Rousse ? Elle a cassé le morcif à ses garçons, pour leur assurer un condé en cas de besoin. Je sais pas. Je suppute, comme disait une péripatéticienne de mes relations. Elle leur a narré les expériences de Golstein sur sa personne. Tout, quoi ! Les secrets sont faits pour être révélés. Anastasia, Louis XVII, le Masque de Fer, c'est juste des exceptions chargées de fournir des sujets à mon ami Decaux quand il est pas ministre.

Du coup, ça l'a passionné, Mister Mortimer. Il a carrément fait assaisonner Jess Woaf et a mandé Bérurier afin d'avoir le cœur net à propos des révélations faites à Béru. Il a monté tout un barlu sur la fameuse base où l'autre con se serait soi-disant fait descendre, afin que l'histoire revête de telles proportions que les fariboles du gars Jess ne tiennent plus la route devant un bigntz top secret. Affaire d'Etat ! Il a prétendu que Jess, dans sa mourance, avait proféré le nom du Gros : c'était pour tâter le terrain, tenter d'accoucher mon pote. Le hic c'est que je suis venu avec le Mastar et qu'on ne la fait pas à Sana, si tu veux bien l'admettre !

Quand il nous a vus à l'œuvre, le salaud a pris peur. Il a décidé de procéder à une fausse mise à mort du Mammouth. On a sacrifié Standley, le déplafonné, pour pouvoir le remplacer par Bérurier, et ainsi avoir mon pote à dispose, le médicamenter à bloc pour, lorsqu'il serait à point, le faire parler. Une équipe « spéciale », dirigée par Miss Peggy et ayant Horace Berkley comme « chef exécuteur » a pris les choses en main.

Béru officiellement mort, et ma pomme soupçonné de son assassinat, Mortimer a cru avoir aplani la situasse. On rapatriait le cadavre et moi, libéré par protection, j'allais retourner vite fait à Pantruche, heureux de m'en tirer à si bon compte. Seulement il est pugnace, ton Sana chéri. Et pas qu'au plumard ! Il s'accroche pire qu'un morpion alpiniste ! J'opère un faux départ et reviens en force avec mon collaborateur noir ! Je me berlurais en espérant leur avoir donné le change.

Ils ont su *immediately* que, non seulement je ne regagnais pas l'amère patrie mais que, tout au contraire, je revenais à la charge. Cette fois, ça cacatait un peu trop pour leur pomme ; ils aiment pas les vagues, à la C.I.A. ! Je commençais à leur franchir le mur du son, aux vilains. Fallait me couper l'herbe sous les arpions. Alors, liquidation de Nancy qui devait savoir trop de choses, à mon nez et barbe ! Couic ! Pile à l'instant où j'allais l'accoucher en grand, lui faire une césarienne.

Après cette déconvenue, je me pointe à l'asile où l'on m'empêche de voir Standley ! Tu parles : il avait été remplacé par le Gros ! Malgré l'interdit et la douce complaisance de Margaret-le-feu-aux-meules, mon pote parvient jusqu'au « malade ». Cette fois, la mesure est comble. On décide de me faire figurer sur la liste des allongés. Mais le commissaire bénéficie jusqu'à ce jour de la protection divine, j'aimerais que tu le suces ! Le reste, t'es au courant, Bertrand ! Les embûches de Noël, t'as vu comme il s'en rit, Antonio, dit beau dard ? Même quand le hasard cynique nous met entre les pattes veloutées d'une gourgandine assoiffée de veuvage, il s'en sort, l'Invincible ! Mieux, ce drame qui se greffe sur l'autre s'avère bénéfique quand on considère les choses avec le recul.

Le téléphone sonne. On sursaute. Le Black décroche. Ecoute.

— Je vous le passe !

Il m'adresse un clin d'œil :

— Mortimer !

Une bouffée libératrice me débloque les éponges.

Je me disais, en sourdine que, de deux choses l'une : ou bien le lieutenant faisait donner l'assaut à l'isba afin qu'on nous mette le ventre en l'air, ou bien il nous téléphonerait pour « négocier ».

J'empare le combiné :

— Hello, Dave, comment va ? lancé-je d'un ton léger.

Il a sa voix de mêlé-cass, ce gros dégueulasse. Celle d'un gonzier qui n'a pas roupillé depuis quarante-huit plombes et qui a remplacé le sommeil par de la bière et du bourbon.

Il grommelle :

— Qu'est-ce que c'est que ce micmac, San-Antonio ?

— Vous le savez bien, cher Dave ! Qui sème le vent récolte la tempête ! Je pressens que mon valeureux directeur vous a déjà appelé ?

— Vous nous foutez dans une drôle de merde ! élude ce porc carré.

— Vous avez le sens de l'humour, lieutenant ! Je fous la merde parce que je ne me laisse pas égorger comme les autres ?

Un temps.

Il soupire :

— Qu'est-ce que vous proposez ?

— Les solutions les plus simples sont toujours les meilleures : vous nous rapatriez en France, mes deux collaborateurs et moi, à bord d'un jet privé plein de kérosène et on fait comme si on ne s'était jamais rencontrés ! La vie reprend son cours languissant. Vous tirez des balles de glace sur qui vous voulez et moi des coups de bite sur toutes les femmes qui bougent.

— Je pourrais vous faire rapatrier morts, objecte-t-il,

cynique, car maintenant les masques glissent de nos gueules.

— Naturellement. Mais je connais Achille, mon saint patron : il a l'air un peu gâteux, mais il ne pardonne pas les entourloupes. S'il nous recevait à l'état de cadavres, il rameuterait toutes les polices et toutes les chancelleries de l'univers. Ce ne serait pas la fin de la C.I.A., mais son crédit en prendrait un sérieux coup ! Il est en mesure de prouver que le cadavre de Bérurier que vous lui avez remis n'est pas le vrai. Personne au monde, pas même un demi-frère ne saurait passer pour lui.

« Et savez-vous pourquoi, Mortimer ? Parce que l'officier de police Bérurier possède le plus gros membre qui ait jamais existé sous le ventre d'un individu. Vos gredins ont eu beau s'employer, quand j'ai découvert le cadavre de mon ami égorgé, à *Cheyennes Village*, pour « adapter » celui de Standley, il a suffi que j'ouvre sa braguette pour constater qu'il s'agissait d'une macabre supercherie. Bérurier ne saurait être le sosie d'un autre que par son hémisphère septentrional. Il est rigoureusement unique de l'austral ! D'ailleurs, le musée de l'Homme a retenu sa queue pour l'exposer un jour, dans un bocal. Un énorme bocal. »

La Bérurière a accumulé les meubles de sa salle à manger-salon dans le fond de la pièce, ce qui libère une surface de quarante mètres carrés. Elle a installé des chaises en demi-cercle, face à un fauteuil voltaire (le meuble ayant le plus de valeur en cet appartement). Cette disposition qui rappelle la configuration d'une salle de cours de faculté, permet à Berthe de tenir sous son regard, les huit personnages ainsi rassemblés. Ils sont très différents, par l'âge, la mise, la morphologie.

Chacun a une bouteille de beaujolais village et un verre déposés devant lui sur le parquet.

Berthe couvre son monde d'une œillade bienveillante, puis ouvre la séance.

— Messieurs et chers amants, attaque la gaillarde, si j'vous ai fait viendre ce soir chez moi…

— Venir ! corrige un vieux kroum maniéré, portant lavallière et veste de velours.

L'hôtesse fronce le sourcil.

— Ecoutez, l'poète, fait-elle, soudain glaciale, j'discute pas vos qualités intrinsèches, question du français, mais j'sus pas apteuse à suiv' un cours particulier d'c'moment qu'est grave. Pisqu'vous n'l'avez pas compris, prenez vos cliques et vos claques et remportez-vous, j'ai rien à fout' d'un prof de beau langage dans mon plumard.

Le bonhomme blêmit :

— Mais, ma douce colombe…

— Ta douce colombe, ell't'chie d'sus, connard ! Taille-toi, je t'dis : t'es hors jeu !

Fuite éperdue et titubante du candidat évincé, ricanements jubilatoires des autres. Les hommes sont salauds.

La veuve reprend :

— Y m'plumait d'puis quèqu'temps, ce birbe, av'c ses alexandras. Bon, j'reprends. Mes chéris, des circonstances dramaturges viendent d'm'rend' veuve dans la force de l'âge. Va donc falloir qu'je dégauchissasse un aut' époux. J'vous aye réunis, vous tous qui pustulez à la succession de m'on pauv' Béru, pour qu'je pusse faire mon choix en connaissance de vos choses. V'savez ce que c'est ? Su' l'moment, on se dit « C'est lui », et puis on s'fait mett' par un aut' et on se dit « Non, c'était çu-là » ; l'influençabilité d'la tringlette, quoi ! La chair est faib' ! J'vas vous appeler par ord' analphabétique, et à vot' tour d'rôle, vous annoncerez vos mérites et qualités.

Elle pointe une francfort sur le premier candidat situé à sa gauche :

— J'vous écoute, m'sieur Albert…

Un gros rougeaud se lève, ému. Au point de flanquer un coup de saton dans sa boutanche de rouge. L'ineffable liquide se répand sur le plancher. Berthy explose :

— Mais t'es manche comm' une bite de phoque, tête de nœud ! Cours chercher la serpillère, n'ensute tu foutras l'camp. Qu'est-ce je f'rais d'un branque pareil, bordel ! A vous, m'sieur Charlot !

L'interpellé, un grand sec aux joues creuses, rouflaquettes en pointe, nez crochu, beau chandail marron sur une chemise verte, se dresse avec précaution.

— Je m'appelle Charles, il dit. Je suis chef magasinier, je gagne huit mille francs par mois, j'ai 45 ans et, comme vous le savez, Berthe, ma bite mesure 19 centimètres hors tout !

— Mesure prise des couilles et non du ventre, précise Berthe, donc approximative !

— Non, non ! proteste le postulant, du ventre !

Elle devient sévère, l'ogresse :

— Faut pas me chambrer, Charlot ! Tu t'rappelles pas qu'un soir, j'avais mesuré moi-même personnellement ? Du ventre au trou de pine, tu fais 17, et encore en tirant dessus. J'veux bien qu'on m'baise, mais pas qu'on m'mente ; t'es illiminé, mon drôle. J'hais les grandes gueules ! File !

Et elle poursuit son examen de passage ; mais sans résultat, chaque postulant présentant une faille, une tare, un handicap physique ou moral qui le blackboule.

Une fois le dernier parti, la Grosse se tassa dans le voltaire. Les toutes premières atteintes de l'âge semblaient brusquement l'accabler.

Elle se prit à sangloter frénétiquement en balbutiant :

— Oh ! Béru, mon bon Gros, j'pourrerai jamais t'remplacer ! Comparés à toi, c'est tous des sous-merdes ! Pas un qu'arrive à la cheville de ton paf, mon voyou ! Où qu't'es, Sandre ? Où qu't'es, toi et ton zob d'enfer ?

A travers ses sanglots, elle perçut un glissement en provenance du couloir et tourna la tête dans cette direction. Elle vit alors passer dans l'encadrement de la porte une chose énorme et rouge, pleine de santé, avec une grosse tête chercheuse brillante comme un gyrophare de police. On aurait dit le T.G.V. entrant lentement en gare !

— Mon Dieu ! murmura-t-elle, serait-ce-t-il possible ?

Et elle tomba à genoux.

Eperdue de reconnaissance.

Prête !

FIN

Un guide de lecture inédit élaboré
par Raymond Milési

REMONTEZ LE FLEUVE AVEC LE COMMISSAIRE SAN-ANTONIO

La première aventure du commissaire San-Antonio est parue en 1949. Peu à peu, ce personnage au punch et à la sincérité extraordinaires a pris dans le cœur des lecteurs de tous âges une place si importante qu'on peut parler à son sujet de véritable *phénomène*. Qu'il s'agisse de son exceptionnel succès dans l'édition ou de l'enthousiasme qu'il provoque, on est en droit de le situer — et de loin — au premier rang des « héros littéraires » de notre pays.

1. Bibliographie des aventures de San-Antonio

A) La série

Jusqu'en 2002, la série était disponible dans une collection appelée « *San-Antonio* », abrégée en « **S-A** », **avec une numérotation qui ne tenait pas compte – pour une bonne partie – de l'ordre originel des parutions.**

La collection garde le même nom mais, à partir de 2003, **sa numérotation va respecter l'ordre chronologique.**

Dès lors, la bibliographie ci-après se consulte de la façon suivante :

- En tête apparaît le numéro « chronologique », celui qui figure sur chaque roman réimprimé *à partir de 2003.*
- Après le titre vient, entre parenthèses, la date de première publication.
- Puis est indiquée la collection d'origine (Spécial Police de 1950 à 1972 et **S-A avec l'ancienne numérotation** : reprises et originaux de 1973 à 2002).
- O.C. signale que le titre a été réédité dans les Œuvres Complètes, le numéro du tome étant précisé en chiffres romains.

■■■■■■■■■■■■■■

1. **RÉGLEZ-LUI SON COMPTE** (1949)
(S-A 107) – O.C. XXIV

2. **LAISSEZ TOMBER LA FILLE** (1950)
Spécial-Police 11 – **(S-A 43)** – O.C. III

3. **LES SOURIS ONT LA PEAU TENDRE** (1951)
Spécial-Police 19 – **(S-A 44)** – O.C. II

4. **MES HOMMAGES À LA DONZELLE** (1952)
Spécial-Police 30 – **(S-A 45)** – O.C. X

5. **DU PLOMB DANS LES TRIPES** (1953)
Spécial-Police 35 – **(S-A 47)** – O.C. XII

6. **DES DRAGÉES SANS BAPTÊME** (1953)
Spécial-Police 38 – **(S-A 48)** – O.C. IV

7. **DES CLIENTES POUR LA MORGUE** (1953)
Spécial-Police 40 – **(S-A 49)** – O.C. VI

8. **DESCENDEZ-LE À LA PROCHAINE** (1953)
Spécial-Police 43 – **(S-A 50)** – O.C. VII

9. **PASSEZ-MOI LA JOCONDE** (1954)
Spécial-Police 48 – **(S-A 2)** – O.C. I

10. **SÉRÉNADE POUR UNE SOURIS DÉFUNTE** (1954)
Spécial-Police 52 – **(S-A 3)** – O.C. VIII

11. **RUE DES MACCHABÉES** (1954)
Spécial-Police 57 – **(S-A 4)** – O.C. VIII

12. **BAS LES PATTES !** (1954)
Spécial-Police 59 – **(S-A 51)** – O.C. XI

13. **DEUIL EXPRESS** (1954)
Spécial-Police 63 – **(S-A 53)** – O.C. IV

14. **J'AI BIEN L'HONNEUR DE VOUS BUTER** (1955)
Spécial-Police 67 – **(S-A 54)** – O.C. VIII

15. **C'EST MORT ET ÇA NE SAIT PAS** (1955)
Spécial-Police 71 – **(S-A 55)** – O.C. XIII

16. **MESSIEURS LES HOMMES** (1955)
Spécial-Police 76 – **(S-A 56)** – O.C. II

17. **DU MOURON À SE FAIRE** (1955)
Spécial-Police 81 – **(S-A 57)** – O.C. XV

18. **LE FIL À COUPER LE BEURRE** (1955)
Spécial-Police 85 – **(S-A 58)** – O.C. XI

19. **FAIS GAFFE À TES OS** (1956)
Spécial-Police 90 – **(S-A 59)** – O.C. III

20. **À TUE... ET À TOI** (1956)
Spécial-Police 93 – **(S-A 61)** – O.C. VI

21. **ÇA TOURNE AU VINAIGRE** (1956)
Spécial-Police 101 – **(S-A 62)** – O.C. IV

22. **LES DOIGTS DANS LE NEZ** (1956)
Spécial-Police 108 – **(S-A 63)** – O.C. VII

23. **AU SUIVANT DE CES MESSIEURS** (1957)
Spécial-Police 111 – **(S-A 65)** – O.C. IX

24. **DES GUEULES D'ENTERREMENT** (1957)
Spécial-Police 117 – **(S-A 66)** – O.C. IX

25. **LES ANGES SE FONT PLUMER** (1957)
Spécial-Police 123 – **(S-A 67)** – O.C. XII

26. **LA TOMBOLA DES VOYOUS** (1957)
Spécial-Police 129 – **(S-A 68)** – O.C. IV

27. **J'AI PEUR DES MOUCHES** (1957)
Spécial-Police 141 – **(S-A 70)** – O.C. I

28. **LE SECRET DE POLICHINELLE** (1958)
Spécial-Police 145 – **(S-A 71)** – O.C. III

29. **DU POULET AU MENU** (1958)
Spécial-Police 151 – **(S-A 72)** – O.C. V

30. **TU VAS TRINQUER, SAN-ANTONIO** (1958)
Spécial-Police 157 – **(S-A 40)** – O.C. V
(tout en pouvant se lire séparément, ces deux derniers romans constituent une même histoire en deux parties)

31. **EN LONG, EN LARGE ET EN TRAVERS** (1958)
Spécial-Police 163 – **(S-A 7)** – O.C. XIII

32. **LA VÉRITÉ EN SALADE** (1958)
Spécial-Police 173 – **(S-A 8)** – O.C. VI

33. **PRENEZ-EN DE LA GRAINE** (1959)
Spécial-Police 179 – **(S-A 73)** – O.C. II

34. **ON T'ENVERRA DU MONDE** (1959)
Spécial-Police 188 – **(S-A 74)** – O.C. VII

35. **SAN-ANTONIO MET LE PAQUET** (1959)
Spécial-Police 194 – **(S-A 76)** – O.C. IX

36. **ENTRE LA VIE ET LA MORGUE** (1959)
Spécial-Police 201 – **(S-A 77)** – O.C. IX

37. **TOUT LE PLAISIR EST POUR MOI** (1959)
Spécial-Police 207 – **(S-A 9)** – O.C. XIII

38. **DU SIROP POUR LES GUÊPES** (1960)
Spécial-Police 216 – **(S-A 5)** – O.C. II

39. **DU BRUT POUR LES BRUTES** (1960)
Spécial-Police 225 – **(S-A 15)** – O.C. IX

40. **J'SUIS COMME ÇA** (1960)
Spécial-Police 233 – **(S-A 16)** – O.C. VI

41. **SAN-ANTONIO RENVOIE LA BALLE** (1960)
Spécial-Police 238 – **(S-A 78)** – O.C. VII

42. **BERCEUSE POUR BÉRURIER** (1960)
Spécial-Police 244 – **(S-A 80)** – O.C. IV

43. **NE MANGEZ PAS LA CONSIGNE** (1961)
Spécial-Police 250 – **(S-A 81)** – O.C. XI

44. **LA FIN DES HARICOTS** (1961)
Spécial-Police 259 – **(S-A 83)** – O.C. X

45. **Y A BON, SAN-ANTONIO** (1961)
Spécial-Police 265 – **(S-A 84)** – O.C. VIII

46. **DE « A » JUSQU'À « Z »** (1961)
Spécial-Police 273 – **(S-A 86)** – O.C. XII

47. **SAN-ANTONIO CHEZ LES MAC** (1961)
Spécial-Police 281 – **(S-A 18)** – O.C. VII

48. **FLEUR DE NAVE VINAIGRETTE** (1962)
Spécial-Police 293 – **(S-A 10)** – O.C. I

49. **MÉNAGE TES MÉNINGES** (1962)
Spécial-Police 305 – **(S-A 11)** – O.C. IX

50. **LE LOUP HABILLÉ EN GRAND-MÈRE** (1962)
Spécial-Police 317 – **(S-A 12)** – O.C. X

51. **SAN-ANTONIO CHEZ LES « GONES »** (1962)
Spécial-Police 321 – **(S-A 13)** – O.C. V

52. **SAN-ANTONIO POLKA** (1963)
Spécial-Police 333 – **(S-A 19)** – O.C. V

53. **EN PEIGNANT LA GIRAFE** (1963)
Spécial-Police 343 – **(S-A 14)** – O.C. II

54. **LE COUP DU PÈRE FRANÇOIS** (1963)
Spécial-Police 358 – **(S-A 21)** – O.C. XI

55. **LE GALA DES EMPLUMÉS** (1963)
Spécial-Police 385 – **(S-A 41)** – O.C. V

56. **VOTEZ BÉRURIER** (1964)
Spécial-Police 391 – **(S-A 22)** – O.C. I

57. **BÉRURIER AU SÉRAIL** (1964)
Spécial-Police 427 – **(S-A 87)** – O.C. III

58. **LA RATE AU COURT-BOUILLON** (1965)
Spécial-Police 443 – **(S-A 88)** – O.C. I

59. **VAS-Y BÉRU** (1965)
Spécial-Police 485 – **(S-A 23)** – O.C. VIII

60. **TANGO CHINETOQUE** (1966)
Spécial-Police 511 – **(S-A 24)** – O.C. VI

61. **SALUT, MON POPE !** (1966)
Spécial-Police 523 – **(S-A 25)** – O.C. X

62. **MANGE, ET TAIS-TOI !** (1966)
Spécial-Police 565 – **(S-A 27)** – O.C. XII

63. **FAUT ÊTRE LOGIQUE** (1967)
Spécial-Police 577 – **(S-A 28)** – O.C. X

64. **Y'A DE L'ACTION !** (1967)
Spécial-Police 589 – **(S-A 29)** – O.C. XIII

65. **BÉRU CONTRE SAN-ANTONIO** (1967)
Spécial-Police 613 – **(S-A 31)** – O.C. XII

66. **L'ARCHIPEL DES MALOTRUS** (1967)
Spécial-Police 631 – **(S-A 32)** – O.C. XI

67. **ZÉRO POUR LA QUESTION** (1968)
Spécial-Police 643 – **(S-A 34)** – O.C. XIII

68. **BRAVO, DOCTEUR BÉRU** (1968)
Spécial-Police 661 – **(S-A 35)** – O.C. XIV

69. **VIVA BERTAGA** (1968)
Spécial-Police 679 – **(S-A 37)** – O.C. XIV

70. **UN ÉLÉPHANT, ÇA TROMPE** (1968)
Spécial-Police 697 – **(S-A 38)** – O.C. XIV

71. **FAUT-IL VOUS L'ENVELOPPER ?** (1969)
Spécial-Police 709 – **(S-A 39)** – O.C. XIV

72. **EN AVANT LA MOUJIK** (1969)
Spécial-Police 766 – **(S-A 89)** – O.C. XIV

73. **MA LANGUE AU CHAH** (1970)
Spécial-Police 780 – **(S-A 90)** – O.C. XV

74. **ÇA MANGE PAS DE PAIN** (1970)
Spécial-Police 829 – **(S-A 92)** – O.C. XV

75. **N'EN JETEZ PLUS !** (1971)
Spécial-Police 864 – **(S-A 93)** – O.C. XV

76. **MOI, VOUS ME CONNAISSEZ ?** (1971)
Spécial-Police 893 – **(S-A 94)** – O.C. XV

77. **EMBALLAGE CADEAU** (1972)
Spécial-Police 936 – **(S-A 96)** – O.C. XVI

78. **APPELEZ-MOI CHÉRIE** (1972)
Spécial-Police 965 – **(S-A 97)** – O.C. XVI

79. **T'ES BEAU, TU SAIS !** (1972)
Spécial-Police 980 – **(S-A 99)** – O.C. XVI

80. **ÇA NE S'INVENTE PAS** (1973)
(S-A 1) – O.C. XVI

81. **J'AI ESSAYÉ, ON PEUT** (1973)
(S-A 6) – O.C. XVII

82. **UN OS DANS LA NOCE** (1974)
(S-A 17) – O.C. XVII

83. **LES PRÉDICTIONS DE NOSTRABÉRUS** (1874)
(S-A 20) – O.C. XVII

84. **METS TON DOIGT OÙ J'AI MON DOIGT** (1974)
(S-A 26) – O.C. XVII

85. **SI, SIGNORE** (1974)
(S-A 30) – O.C. XVIII

86. **MAMAN, LES PETITS BATEAUX** (1975)
(S-A 33) – O.C. XVIII

87. **LA VIE PRIVÉE DE WALTER KLOZETT** (1975)
(S-A 36) – O.C. XVIII

88. **DIS BONJOUR À LA DAME** (1975)
(S-A 42) – O.C. XVIII

89. **CERTAINES L'AIMENT CHAUVE** (1975)
(S-A 46) – O.C. XIX

90. **CONCERTO POUR PORTE-JARRETELLES** (1976)
(S-A 52) – O.C. XIX

91. **SUCETTE BOULEVARD** (1976)
(S-A 60) – O.C. XIX

92. **REMETS TON SLIP, GONDOLIER** (1977)
(S-A 64) – O.C. XIX

93. **CHÉRIE, PASSE-MOI TES MICROBES !** (1977)
(S-A 69) – O.C. XX

94. **UNE BANANE DANS L'OREILLE** (1977)
(S-A 75) – O.C. XX

95. **HUE, DADA !** (1977)
(S-A 79) – O.C. XX

96. **VOL AU-DESSUS D'UN LIT DE COCU** (1978)
(S-A 82) – O.C. XX

97. **SI MA TANTE EN AVAIT** (1978)
(S-A 85) – O.C. XXI

98. **FAIS-MOI DES CHOSES** (1978)
(S-A 91) – O.C. XXI

99. **VIENS AVEC TON CIERGE** (1978)
(S-A 95) – O.C. XXI

100. **MON CULTE SUR LA COMMODE** (1979)
(S-A 98) – O.C. XXI

101. **TIRE-M'EN DEUX, C'EST POUR OFFRIR** (1979)
(S-A 100) – O.C. XXII

102. **À PRENDRE OU À LÉCHER** (1980)
(S-A 101) – O.C. XXII

103. **BAISE-BALL À LA BAULE** (1980)
(S-A 102) – O.C. XXII

104. **MEURS PAS, ON A DU MONDE** (1980)
(S-A 103) – O.C. XXII

105. **TARTE À LA CRÈME STORY** (1980)
(S-A 104) – O.C. XXIII

106. **ON LIQUIDE ET ON S'EN VA** (1981)
(S-A 105) – O.C. XXIII

107. **CHAMPAGNE POUR TOUT LE MONDE !** (1981)
(S-A 106) – O.C. XXIII

→ À partir du 108e roman ci-dessous, la numérotation affichée auparavant sur les ouvrages de la collection « *San-Antonio* » correspond à l'ordre chronologique. Le numéro actuel et le précédent sont donc identiques. Mais, pour éviter toute équivoque, nous continuons tout de même à les mentionner l'un et l'autre jusqu'au bout.

108. **LA PUTE ENCHANTÉE** (1982)
(S-A 108) – O.C. XXIII

109. **BOUGE TON PIED QUE JE VOIE LA MER** (1982)
(S-A 109) – O.C. XXIV

110. **L'ANNÉE DE LA MOULE** (1982)
(S-A 110) – O.C. XXIV

111. **DU BOIS DONT ON FAIT LES PIPES** (1982)
(S-A 111) – O.C. XXIV

112. **VA DONC M'ATTENDRE CHEZ PLUMEAU** (1983)
(S-A 112) – O.C. XXV

113. **MORPION CIRCUS** (1983)
(S-A 113) – O.C. XXV

114. **REMOUILLE-MOI LA COMPRESSE** (1983)
(S-A 114) – O.C. XXV

115. **SI MAMAN ME VOYAIT !** (1983)
(S-A 115) – O.C. XXV

116. **DES GONZESSES COMME S'IL EN PLEUVAIT** (1984)
(S-A 116) – O.C. XXVI

117. **LES DEUX OREILLES ET LA QUEUE** (1984)
(S-A 117) – O.C. XXVI

118. **PLEINS FEUX SUR LE TUTU** (1984)
(S-A 118) – O.C. XXVI

119. **LAISSEZ POUSSER LES ASPERGES** (1984)
(S-A 119) – O.C. XXVI

120. **POISON D'AVRIL ou la vie sexuelle de Lili Pute** (1985)
(S-A 120) – O.C. XXVII

121. **BACCHANALE CHEZ LA MÈRE TATZI** (1985)
(S-A 121) – O.C. XXVII

122. **DÉGUSTEZ, GOURMANDES !** (1985)
(S-A 122) – O.C. XXVII

123. **PLEIN LES MOUSTACHES** (1985)
(S-A 123) – O.C. XXVII

124. **APRÈS VOUS S'IL EN RESTE, MONSIEUR LE PRÉSIDENT** (1986)
(S-A 124) – O.C. XXVIII

125. **CHAUDS, LES LAPINS !** (1986)
(S-A 125) – O.C. XXVIII

126. **ALICE AU PAYS DES MERGUEZ** (1986)
(S-A 126) – O.C. XXVIII

127. **FAIS PAS DANS LE PORNO...** (1986)
(S-A 127) – O.C. XXVIII

128. **LA FÊTE DES PAIRES** (1986)
(S-A 128) – O.C. XXIX

129. **LE CASSE DE L'ONCLE TOM** (1987)
(S-A 129) – O.C. XXIX

130. **BONS BAISERS OÙ TU SAIS** (1987)
(S-A 130) – O.C. XXIX

131. **LE TROUILLOMÈTRE À ZÉRO** (1987)
(S-A 131) – O.C. XXIX

132. **CIRCULEZ ! Y A RIEN À VOIR** (1987)
(S-A 132)

133. **GALANTINE DE VOLAILLE POUR DAMES FRIVOLES** (1987)
(S-A 133)

134. **LES MORUES SE DESSALENT** (1988)
(S-A 134)

135. **ÇA BAIGNE DANS LE BÉTON** (1988)
(S-A 135)

136. **BAISSE LA PRESSION, TU ME LES GONFLES !** (1988)
(S-A 136)

137. **RENIFLE, C'EST DE LA VRAIE** (1988)
(S-A 137)

138. **LE CRI DU MORPION** (1989)
(S-A 138)

139. **PAPA, ACHÈTE-MOI UNE PUTE** (1989)
(S-A 139)

140. **MA CAVALE AU CANADA** (1989)
(S-A 140)

141. **VALSEZ, POUFFIASSES** (1989)
(S-A 141)

142. **TARTE AUX POILS SUR COMMANDE** (1989)
(S-A 142)

143. **COCOTTES-MINUTE** (1990)
(S-A 143)

144. **PRINCESSE PATTE-EN-L'AIR** (1990)
(S-A 144)

145. **AU BAL DES ROMBIÈRES** (1990)
(S-A 145)

146. **BUFFALO BIDE** (1991)
(S-A 146)

147. **BOSPHORE ET FAIS RELUIRE** (1991)
(S-A 147)

148. **LES COCHONS SONT LÂCHÉS** (1991)
(S-A 148)

149. **LE HARENG PERD SES PLUMES** (1991)
(S-A 149)

150. **TÊTES ET SACS DE NŒUDS** (1991)
(S-A 150)

151. **LE SILENCE DES HOMARDS** (1992)
(S-A 151)

152. **Y EN AVAIT DANS LES PÂTES** (1992)
(S-A 152)

153. **AL CAPOTE** (1992)
(S-A 153)

154. **FAITES CHAUFFER LA COLLE** (1993)
(S-A 154)

155. **LA MATRONE DES SLEEPINGES** (1993)
(S-A 155)

156. **FOIRIDON À MORBAC CITY** (1993)
(S-A 156)

157. **ALLEZ DONC FAIRE ÇA PLUS LOIN** (1993)
(S-A 157)

158. **AUX FRAIS DE LA PRINCESSE** (1993)
(S-A 158)

159. **SAUCE TOMATE SUR CANAPÉ** (1994)
(S-A 159)

160. **MESDAMES VOUS AIMEZ « ÇA »** (1994)
(S-A 160)

161. **MAMAN, LA DAME FAIT RIEN QU'À ME FAIRE DES CHOSES** (1994)
(S-A 161)

162. **LES HUÎTRES ME FONT BÂILLER** (1995)
(S-A 162)

163. **TURLUTE GRATOS LES JOURS FÉRIÉS** (1995)
(S-A 163)

164. **LES EUNUQUES NE SONT JAMAIS CHAUVES** (1996)
(S-A 164)

165. **LE PÉTOMANE NE RÉPOND PLUS** (1995)
(S-A 165)

166. **T'ASSIEDS PAS SUR LE COMPTE-GOUTTES** (1996)
(S-A 166)

167. **DE L'ANTIGEL DANS LE CALBUTE** (1996)
(S-A 167)

168. **LA QUEUE EN TROMPETTE** (1997)
(S-A 168)

169. **GRIMPE-LA EN DANSEUSE** (1997)
(S-A 169)

170. **NE SOLDEZ PAS GRAND-MÈRE, ELLE BROSSE ENCORE** (1997)
(S-A 170)

171. **DU SABLE DANS LA VASELINE** (1998)
(S-A 171)

172. **CECI EST BIEN UNE PIPE** (1999)
(S-A 172)

173. **TREMPE TON PAIN DANS LA SOUPE** (1999)
(S-A 173)

174. **LÂCHE-LE, IL TIENDRA TOUT SEUL** (1999)
(S-A 174)
(ces deux derniers romans sont à lire à la suite car ils constituent une seule histoire répartie en deux tomes)

175. **CÉRÉALES KILLER** (2001) – parution posthume
(original non numéroté : v. ci-dessous)

B) Les Hors-Collection

Neuf romans, de format plus imposant que ceux de la « série », sont parus depuis 1964. Tous les originaux aux éditions FLEUVE NOIR, forts volumes cartonnés jusqu'en 1971, puis brochés. Ces ouvrages sont de véritables feux d'artifice allumés par la verve de leur auteur. L'humour atteint souvent ici son paroxysme. Bérurier y tient une place « énorme », au point d'en être parfois la vedette !

Remarque importante : outre ces neuf volumes, de nombreux autres « Hors-Collection » – originaux ou rééditions de *Frédéric Dard* – signés **San-Antonio** ont été publiés depuis 1979. Ces livres remarquables, souvent bouleversants *(Faut-il tuer les petits garçons qui ont les mains sur les hanches ?, La vieille qui marchait dans la mer, Le dragon de Cracovie...)* ne concernent pas notre policier de choc et de charme. Sont mentionnés dans les « Hors-Collection » ci-dessous uniquement les romans dans lesquels figure le *Commissaire San-Antonio !*

- **L'HISTOIRE DE FRANCE VUE PAR SAN-ANTONIO**, 1964 – réédité en 1997 sous le titre **HISTOIRE DE FRANCE**
- **LE STANDINGE SELON BÉRURIER**, 1965 – réédité en 1999 sous le titre **LE STANDINGE**
- **BÉRU ET CES DAMES**, 1967 – réédité en 2000
- **LES VACANCES DE BÉRURIER**, 1969 – réédité en 2001
- **BÉRU-BÉRU**, 1970 – réédité en 2002
- **LA SEXUALITÉ**, 1971 – réédité en 2003
- **LES CON**, 1973 – réédité en 2004
- **SI QUEUE-D'ÂNE M'ÉTAIT CONTÉ**, 1976 (aventure entièrement vécue et racontée par Bérurier) – réédité en 1998 sous le titre ***QUEUE D'ÂNE***
- **NAPOLÉON POMMIER**, 2000

→ Paru en 2001 dans un format « moyen » non numéroté, **CÉRÉALES KILLER** est bien le 175e roman de la série *San-Antonio*. Réédité en poche en 2003.

2. Guide thématique de la série « San-Antonio »

Les aventures de San-Antonio sont d'une telle richesse que toute tentative pour les classifier ne prêterait – au mieux – qu'à sourire si l'on devait s'en tenir là. Une mise en schéma d'une telle œuvre n'a d'intérêt que comme jalon, à dépasser d'urgence pour aller voir « sur place ». Comment rendre compte d'une explosion permanente ? Ce petit guide thématique n'est donc qu'une « approche », partielle, réductrice, observation d'une constellation par le tout petit bout de la lorgnette. San-Antonio, on ne peut le connaître qu'en le lisant, tout entier, en allant se regarder soi-même dans le miroir que nous tend cet auteur de génie, le cœur et les yeux grands ouverts.

Dans les 175 romans numérotés parus au Fleuve Noir, on peut dénombrer, en simplifiant à l'extrême, 10 types de récits différents. Bien entendu, les sujets annexes abondent ! C'est pourquoi seul a été relevé ce qu'on peut estimer comme le thème « principal » de chaque livre.

Le procédé vaut ce qu'il vaut, n'oublions pas que « simplifier c'est fausser ». Mais il permet – en gros, en très gros ! – de savoir de quoi parlent les *San-Antonio,* sur le plan « polar ». J'insiste : gardons à l'esprit que là n'est pas le plus important. *Le plus important, c'est ce qui se passe entre le lecteur et l'auteur, et qu'on ne pourra jamais classer dans telle ou telle catégorie.*

Avertissement

Comme il serait beaucoup trop long de reprendre tous les titres, seuls leurs *numéros* sont indiqués sous chaque rubrique. ATTENTION : ce sont les numéros de la collection *« San-Antonio »* référencée **S-A** dans la bibliographie ! En effet, les ouvrages de cette collection sont et seront encore disponibles pendant longtemps.

Néanmoins, ces numéros sont chaque fois rangés dans l'ordre chronologique des parutions, du plus ancien roman au plus récent.

A. Aventures de Guerre, ou faisant suite à la Guerre.

Pendant le conflit 39-45, San-Antonio est l'as des *Services Secrets.* Résistance, sabotages, chasse aux espions avec actions d'éclat. On plonge ici dans la « guerre secrète ».

→ S-A **107** (reprise du tout premier roman de 1949) • S-A **43** • S-A **44** • S-A **47**

Dans les années d'après-guerre, le commissaire poursuit un temps son activité au parfum de contre-espionnage (espions à identifier, anciens collabos, règlements de comptes, criminels de guerre, trésors de guerre). Ce thème connaît certains prolongements, bien des années plus tard.

→ S-A **45** • S-A **50** • S-A **63** • S-A **68** • S-A **78**

B. Lutte acharnée contre anciens (ou néo-)nazis

La Guerre n'est plus du tout le « motif » de ces aventures, même si l'enquête oppose en général San-

Antonio à d'anciens nazis, avec un fréquent *mystère à élucider.* C'est pourquoi il était plus clair d'ouvrir une nouvelle rubrique. Les ennemis ont changé d'identité et refont surface, animés de noires intentions ; à moins qu'il s'agisse de néo-nazis, tout aussi malfaisants.

→ S-A **54** • S-A **58** • S-A **59** • S-A **38** • S-A **92** • S-A **93** • S-A **42** • S-A **123** • S-A **151**

C. San-Antonio opposé à de dangereux trafiquants

Le plus souvent en mission à l'étranger, San-Antonio risque sa vie pour venir à bout d'individus ou réseaux qui s'enrichissent dans le trafic de la drogue, des armes, des diamants… Les aventures démarrent pour une autre raison puis le trafic est découvert et San-Antonio se lance dans la bagarre.

→ S-A **3** • S-A **65** • S-A **67** • S-A **18** • S-A **14** • S-A **110** • S-A **159**

D. San-Antonio contre Sociétés Secrètes : un homme traqué !

De puissantes organisations ne reculent devant rien pour conquérir pouvoir et richesse : *Mafia* (affrontée par ailleurs de manière « secondaire ») ou *sociétés secrètes* asiatiques. Elles feront de notre héros un homme traqué, seul contre tous. Il ne s'en sortira qu'en déployant des trésors d'ingéniosité et de courage.

→ S-A **51** • S-A **138** • S-A **144** • S-A **160** • S-A **170** • S-A **171** • S-A **172** • S-A **173**

Certains réseaux internationaux visent moins le profit que le chaos universel. San-Antonio doit alors défier lors d'aventures échevelées des groupes *terroristes* qui cherchent à dominer le monde. Frissons garantis !

→ S-A **34** • S-A **85** • S-A **103** • S-A **108**

E. Aventures *personnelles :* épreuves physiques et morales

Meurtri dans sa chair et ses sentiments, San-Antonio doit *s'arracher à des pièges mortels.* Sa « personne » – sa famille, ses amis – est ici directement visée par des individus pervers et obstinés. Jeté aux enfers, il remonte la pente et nous partageons ses tourments. C'est sans doute la raison pour laquelle plusieurs de ces romans prennent rang de *chefs-d'œuvre.* Bien souvent, le lecteur en sort laminé par les émotions éprouvées, ayant tout vécu de l'intérieur !

→ S-A **61** • S-A **70** • S-A **86** • S-A **27** • S-A **97** • S-A **36** • S-A **111** • S-A **122** • S-A **131** • S-A **132** • S-A **139** • S-A **140** • S-A **174** • **175**

F. À la poursuite de voleurs ou de meurtriers

Pour autant, on peut rarement parler de polars « classiques ». Ce sont clairement des *enquêtes,* mais à la manière (forte) de San-Antonio !

• Enquêtes « centrées » sur le vol ou l'escroquerie

Les meurtres n'y manquent pas, mais l'affaire tourne toujours autour d'un vol (parfois chantage, ou fausse monnaie…). Peu à peu, l'étau se resserre autour des malfaiteurs, que San-Antonio, aux méthodes « risquées », finit par ramener dans ses filets grâce à son cerveau, ses poings et ses adjoints.

→ S-A **2** • S-A **62** • S-A **73** • S-A **80** • S-A **10** • S-A **25** • S-A **90** • S-A **113** • S-A **149**

• **Enquêtes « centrées » sur le meurtre**

À l'inverse, ces aventures ont le meurtre pour fil conducteur. San-Antonio doit démêler l'écheveau et mettre la main sur le coupable, en échappant bien des fois à la mort. Vol et chantage sont encore d'actualité, mais au second plan.

→ S-A **55** • S-A **8** • S-A **76** • S-A **9** • S-A **5** • S-A **81** • S-A **83** • S-A **84** • S-A **41** • S-A **22** • S-A **23** • S-A **28** • S-A **35** • S-A **94** • S-A **17** • S-A **26** • S-A **60** • S-A **100** • S-A **116** • S-A **127** • S-A **128** • S-A **129** • S-A **133** • S-A **135** • S-A **137** • S-A **143** • S-A **145** • S-A **152** • S-A **161** • S-A **163**

• (Variante) **Vols ou meurtres *dans le cadre d'une même famille***

→ S-A **4** • S-A **7** • S-A **74** • S-A **46** • S-A **91** • S-A **114** • S-A **141** • S-A **148** • S-A **154** • S-A **165**

G. Affaires d'enlèvements

Double but à cette *poursuite impitoyable* : retrouver les ravisseurs et préserver les victimes !

→ S-A **56** (porté à l'écran sous le titre *Sale temps pour les mouches*) • S-A **16** • S-A **13** • S-A **19** • S-A **39** • S-A **52** • S-A **118** • S-A **125** • S-A **126** • S-A **136** • S-A **158**

H. Attentats ou complots contre hauts personnages

Chaque récit tourne autour d'un attentat – visant souvent la sécurité d'un état – que San-Antonio doit à tout prix empêcher, à moins qu'il n'ait pour mission de… l'organiser au service de la France !

→ • S-A **48** • S-A **77** • S-A **11** • S-A **21** • S-A **88** • S-A **96** • S-A **33** • S-A **95** • S-A **98** • S-A **102** • S-A **106** • S-A **109** • S-A **120** • S-A **124** • S-A **130**

I. Une aiguille dans une botte de foin !

À partir d'indices minuscules, San-Antonio doit *mettre la main sur un individu, une invention, un document* d'un intérêt capital. Chien de chasse infatigable, héroïque, il ira parfois au bout du monde pour dénicher sa proie.

→ S-A **49** • S-A **53** • S-A **57** • S-A **66** • S-A **71** • S-A **72** • S-A **40** • S-A **15** • S-A **12** • S-A **87** • S-A **24** • S-A **29** • S-A **31** • S-A **37** • S-A **89** • S-A **20** • S-A **30** • S-A **69** • S-A **75** • S-A **79** • S-A **82** • S-A **101** • S-A **104** • S-A **105** • S-A **112** • S-A **115** • S-A **117** • S-A **119** • S-A **121** • S-A **134** • S-A **142** • S-A **146** • S-A **147** • S-A **150** • S-A **153** • S-A **156** • S-A **157** • S-A **164** • S-A **166** • S-A **167**

J. Aventures aux thèmes entremêlés

Quelques récits n'ont pris place – en priorité du moins – dans aucune des rubriques précédentes. Pour ceux-là, le choix aurait été artificiel car aucun des motifs ne se détache du lot : ils s'ajoutent ou s'insèrent l'un dans l'autre. La caractéristique est donc ici *l'accumulation des thèmes.*

→ S-A **32** • S-A **99** • S-A **1** • S-A **6** • S-A **64** • S-A **155** • S-A **162** • S-A **168** • S-A **169**

SANS OUBLIER...

Voilà donc répartis en thèmes simplistes *tous* les ouvrages de la série. Mais les préférences de chacun sont multiples. Plus d'un lecteur choisira de s'embarquer dans un « San-Antonio » pour des raisons fort éloignées de la thématique du polar. Encore heureux ! On dépassera alors le point de vue du spécialiste, pour ranger de nombreux titres sous des bannières différentes. Avec un regard de plus en plus coloré par l'affection.

Note

Contrairement à ce qui précède, certains numéros vont apparaître ici à plusieurs reprises. C'est normal : on peut tout à la fois éclater de rire, pleurer, s'émerveiller, frissonner, s'émouvoir... dans un même *San-Antonio !*

• ***Incursions soudaines dans le fantastique***

Au cours de certaines affaires, on bascule tout à coup dans une ambiance mystérieuse, avec irruption du « fantastique ». San-Antonio se heurte à des faits *étranges :* sorcellerie, paranormal, envoûtement…

→ S-A **28** • S-A **20** • S-A **129** • S-A **135** • S-A **139** • S-A **140** • S-A **152** • S-A **172** • S-A **174**

• ***Inventions redoutables et matériaux extraordinaires***

Dans plusieurs romans, le recours à un attirail futuriste entraîne une irruption soudaine de la *science-fiction.* Il arrive même qu'il serve de motif au récit. Voici un échantillon de ces découvertes fabuleuses pour lesquelles on s'entretue :

Objectif fractal (un grain de beauté photographié par satellite !), réduction d'un homme à 25 cm, armée tenue en réserve par cryogénisation, échangeur de personnalité, modificateur de climats, neutraliseur de volonté, lunettes de télépathie, forteresse scientifique édifiée sous la Méditerranée, fragment d'une météorite transformant la matière en glace, appareil à ôter la mémoire, microprocesseur réactivant des cerveaux morts, et j'en passe… !

→ S-A **57** • S-A **12** • S-A **41** • S-A **23** • S-A **34** • S-A **35** • S-A **37** • S-A **89** • S-A **17** • S-A **20** • S-A **30** • S-A **64** • S-A **69** • S-A **75** • S-A **105** • S-A **123** • S-A **129** • S-A **146**

• ***Savants fous et terrifiantes expériences humaines***

→ S-A **30** • S-A **52** • S-A **116** • S-A **127** • S-A **163**

• ***Romans « charnière »***

Sont ainsi désignés les romans où apparaît pour la première fois un nouveau personnage, qui prend définitivement place aux côtés de San-Antonio.

S-A **43** : Félicie (sa mère), *en 1950.*
S-A **45** : Le Vieux (Achille), *en 1952.*
S-A **49** : Bérurier, *en 1953.*
S-A **53** : Pinaud, *en 1954.*
S-A **66** : Berthe (première apparition physique), *en 1957.*
S-A **37** : Marie-Marie, *en 1968.*
S-A **94** : Toinet (ou Antoine, le fils adoptif de San-Antonio), *en 1971.*
S-A **128** : Jérémie Blanc, *en 1986.*
S-A **168** : Salami, en *1997.*
S-A **173** : Antoinette (fille de San-Antonio et Marie-Marie), en *1999.*

Mathias, le technicien rouquin, est apparu peu à peu, sous d'autres noms.

• ***Bérurier et Pinaud superstars !***

Le Gros, l'Inénarrable, Béru ! est sans conteste le plus brillant « second » du commissaire San-Antonio. Présent dans la majorité des romans, il y déploie souvent une activité débordante. Sans se hisser au même niveau, le doux et subtil Pinaud tient aussi une place de choix…

· *participation* importante *de Bérurier*

→ S-A **18** • S-A **10** • S-A **11** • S-A **14** • S-A **22** • S-A **88** • S-A **23** • S-A **24** • S-A **27** • S-A **28** • S-A **32** • S-A **34** • S-A **37** • S-A **89** • S-A **90** • S-A **93** • S-A

97 • S-A **1** • S-A **20** • S-A **30** • S-A **33** • S-A **46** • S-A **52** • S-A **75** • S-A **101** • S-A **104** • S-A **109** • S-A **116** • S-A **126** • S-A **145** • S-A **163** • S-A **166**

N'oublions pas les « Hors-Collection », avec notamment *Queue d'âne* où Bérurier est seul présent de bout en bout !

· *participation* importante *de Bérurier* et *Pinaud* → S-A **12** • S-A **87** • S-A **25** • S-A **35** • S-A **96** • S-A **105** • S-A **111** • S-A **148** (fait exceptionnel : San-Antonio ne figure pas dans ce roman !) • S-A **156**

• ***Marie-Marie, de l'enfant espiègle à la femme mûre***

Dès son apparition, Marie-Marie a conquis les lecteurs. La fillette malicieuse, la « Musaraigne » éblouissante de *Viva Bertaga* qui devient femme au fil des romans est intervenue dans plusieurs aventures de San-Antonio.

· *Fillette espiègle et débrouillarde :*
→ S-A **37** • S-A **38** • S-A **39** • S-A **92** • S-A **99**

· *Adolescente indépendante et pleine de charme :*
→ S-A **60** • S-A **69** • S-A **85**

· *Belle jeune femme, intelligente et profonde :*
Il ne s'agit parfois que d'apparitions intermittentes.
→ S-A **103** • S-A **111** • S-A **119** • S-A **120** • S-A **131** (où Marie-Marie devient veuve !) • S-A **139** • S-A **140** • S-A **152**

· *Femme mûre, mère d'Antoinette (fille de San-Antonio) :*
→ S-A **173** • S-A **174** • **175**

• ***Le rire***

Passé la première trentaine de romans (et encore !), le *rire* a sa place dans toutes les aventures de San-Antonio, si l'humour, lui, est *partout,* y compris au cœur de la colère, de l'amour et de la dérision. Mais plusieurs aventures atteignent au délire et nous transportent vraiment d'hilarité par endroits. Dans cette catégorie décapante, on conseillera vivement :

→ S-A **10** • S-A **14** • S-A **87** • S-A **88** • S-A **23** • S-A **25** • S-A **2** • S-A **35**

Y ajouter, là encore, tous les « Hors-Collection ». Qui n'a pas lu *Le Standinge, Béru-Béru* ou *Les vacances de Bérurier* n'a pas encore exploité son capital rire. Des romans souverains contre la morosité, qui devraient être remboursés par la Sécurité Sociale !

• ***Grandes épopées planétaires***

San-Antonio – le plus souvent accompagné de Bérurier – nous entraîne aux quatre coins de la planète dans des aventures épiques et « colossales ». Humour, périls mortels, action, rebondissements.

→ S-A **10** • S-A **87** • S-A **88** • S-A **24** • S-A **37** • S-A **89**

• ***Les « inoubliables »***

Je rangerais sous ce titre quelques romans-choc (dont certains ont déjà été cités plusieurs fois, notamment dans les épopées ci-dessus). On tient là des *chefs-d'œuvre,* où l'émotion du lecteur est à son comble. Bien sûr, c'est subjectif, mais quel autre critère adopter pour ce qui relève du coup de cœur ? Lisez-les : vous serez vite convaincus !

→ S-A **61** • S-A **70** • S-A **83** • S-A **10** • S-A **87** • S-A **88** • S-A **24** • S-A **25** • S-A **37** • S-A **111** • S-A **132** • S-A **140**

POUR FINIR...

Il ne me reste plus qu'à souhaiter à tous ceux qui découvrent les aventures de San-Antonio (comme je les envie !) des voyages colorés, passionnants, émouvants, trépidants, surprenants, pathétiques, burlesques, magiques, étranges, inattendus ; des séjours enfiévrés ; des rencontres mémorables ; des confidences où l'intime se mêle à l'épopée.

Quant aux autres, ils savent déjà tout ça, n'est-ce pas ?

Ce qui ne les empêche pas de revisiter à tout instant la série *San-Antonio,* monument de la littérature d'évasion, pour toujours inscrit à notre patrimoine.

Raymond Milési

Correspondance entre l'ancienne numérotation de la collection « San-Antonio » et la nouvelle numérotation chronologique *portée sur chaque roman réimprimé à partir de 2003.*

S-A → *chrono*

S-A 1 → *80*
S-A 2 → *9*
S-A 3 → *10*
S-A 4 → *11*
S-A 5 → *38*
S-A 6 → *81*
S-A 7 → *31*
S-A 8 → *32*
S-A 9 → *37*
S-A 10 → *48*
S-A 11 → *49*
S-A 12 → *50*
S-A 13 → *51*
S-A 14 → *53*
S-A 15 → *39*
S-A 16 → *40*
S-A 17 → *82*
S-A 18 → *47*
S-A 19 → *52*
S-A 20 → *83*
S-A 21 → *54*
S-A 22 → *56*
S-A 23 → *59*
S-A 24 → *60*
S-A 25 → *61*
S-A 26 → *84*
S-A 27 → *62*
S-A 28 → *63*
S-A 29 → *64*
S-A 30 → *85*
S-A 31 → *65*
S-A 32 → *66*
S-A 33 → *86*
S-A 34 → *67*
S-A 35 → *68*
S-A 36 → *87*
S-A 37 → *69*
S-A 38 → *70*
S-A 39 → *71*
S-A 40 → *30*
S-A 41 → *55*
S-A 42 → *88*
S-A 43 → *2*
S-A 44 → *3*
S-A 45 → *4*
S-A 46 → *89*
S-A 47 → *5*
S-A 48 → *6*
S-A 49 → *7*
S-A 50 → *8*
S-A 51 → *12*
S-A 52 → *90*
S-A 53 → *13*
S-A 54 → *14*
S-A 55 → *15*
S-A 56 → *16*

S-A 57 → ***17***
S-A 58 → ***18***
S-A 59 → ***19***
S-A 60 → ***91***
S-A 61 → ***20***
S-A 62 → ***21***
S-A 63 → ***22***
S-A 64 → ***92***
S-A 65 → ***23***
S-A 66 → ***24***
S-A 67 → ***25***
S-A 68 → ***26***
S-A 69 → ***93***
S-A 70 → ***27***
S-A 71 → ***28***
S-A 72 → ***29***
S-A 73 → ***33***
S-A 74 → ***34***
S-A 75 → ***94***
S-A 76 → ***35***
S-A 77 → ***36***
S-A 78 → ***41***
S-A 79 → ***95***
S-A 80 → ***42***
S-A 81 → ***43***
S-A 82 → ***96***
S-A 83 → ***44***
S-A 84 → ***45***
S-A 85 → ***97***
S-A 86 → ***46***
S-A 87 → ***57***
S-A 88 → ***58***
S-A 89 → ***72***
S-A 90 → ***73***
S-A 91 → ***98***
S-A 92 → ***74***
S-A 93 → ***75***
S-A 94 → ***76***
S-A 95 → ***99***
S-A 96 → ***77***
S-A 97 → ***78***
S-A 98 → ***100***
S-A 99 → ***79***
S-A 100 → ***101***
S-A 101 → ***102***
S-A 102 → ***103***
S-A 103 → ***104***
S-A 104 → ***105***
S-A 105 → ***106***
S-A 106 → ***107***
S-A 107 → ***1***

À partir du n° **108**, les numéros de la collection « **S-A** » coïncident exactement avec les numéros ***chronologiques***.

R. Milési

Achevé d'imprimer sur les presses de

BUSSIÈRE

GROUPE CPI

à Saint-Amand-Montrond (Cher)
en octobre 2004

FLEUVE NOIR
12, avenue d'Italie
75627 Paris Cedex 13
Tél. : 01-44-16-05-00

— N° d'imp. : 45066. —
Dépôt légal : novembre 2004.

Imprimé en France

Pour Bernard HALLER
Alain CHEVALLIER
Alain MALLET
les trois mousquetaires d'une folle équipée dardienne.
Avec tendresse et reconnaissance.

San-A.

Après mûres réflexions, je crois pouvoir affirmer que le plus court chemin d'un cul à un autre, c'est ma bite !